第一部　秀頼九州落ち

1

折よく空は晴れ渡っている。日差しの強い一日になりそうだった。

慶長二十年（一六一五）五月七日（太陽暦六月四日）。

大坂城に立てこもる右府・秀頼《ひでより》は、母・淀《よど》を山里曲輪《くるわ》の土蔵に残し、早朝から天守閣に登った。従う者、小姓と数人の若侍のみ。

眼下には堀を失い二の丸三の丸を失った大坂城が哀れな姿をさらしている。先の「冬の陣」の和睦《わぼく》によって内堀まで埋められて城は裸同然。東方（徳川方）の圧倒的な火器による猛攻を浴び、あれほど美しかった天守閣は、そこかしこが焼け落ち、見る影もない。

緒戦からわずか一日だが、はや劣勢は蔽《おお》うべくもない。しかしこの場所で見届けたいものがあった。

昨夜中にひそかに真田《さなだ》出丸を出て茶臼山《ちゃうすやま》に陣取り、最期《さいご》の抵抗を試みる真田信繁《のぶしげ》の挑戦を、秀頼は見届けずにはいられなかったのである。

「すまぬ、そなたを、これほどの寡兵《かへい》のままに送り出した不甲斐《ふがい》ない余を許してたもれ」

秀頼は、心の中でそう叫んだ。

今考えると、すべては昨日の緒戦にあった。まさに戦略上の失敗だった。

「敵は狸親父《たぬきおやじ》ただ一人。そのしわ首一つ頂戴《ちょうだい》すれば、後は有象無象ばかり。この戦《いく》さの大勢は、それだけで決しましょう。されば、拙者に先陣を、そして三万の将兵を、たとえ一時でもよろしうござりますゆえ拙者の指揮下にお預けくだされ。ほとんど無傷のままにて、家康のソッ首を土産につけて、お返しして進ぜますほどに」

信繁は、昨年の入城当初から、何度もそう繰り返し、母の淀と、その側近で総大将格の大野治長《おおのはるなが》の説得に努めたのだった。

併せて、その出撃の折りには、これはしばしの間でよいが、三万の攻撃兵の士気を鼓舞するために、是非とも秀頼公の前線ご出馬を、と乞《こ》うた。

この秀頼への出馬嘆願がいけなかった。

秀頼本人はもちろん、その気十分だったし、云《い》われなくとも愛馬・蒼影《あおかげ》に騎乗して途中まで信繁に同行するつもりだった。その覚悟で心を奮い立たせていたのである。

だが、母と治長が、これを許さなかった。

牢人《ろうにん》たちも、これによって、真田信繁と、その軍団に、戦功が独り占めされることを恐れ、一斉に反対の声を上げたのである。

しかし、このような大戦さでは、緒戦の行方が大きく物を言う。

その大切さを知らぬ母と治長は、

「真田信繁？　知らぬな、そんな田舎侍。それがなんぼのもんじゃい」

という牢人どもの嘲弄《ちょうろう》と罵声《ばせい》に圧倒されてしまったのである。

彼ら牢人たちにとっては、かの「関ヶ原の合戦」で、徳川秀忠《ひでただ》の大軍を中山道で阻止し、きりきり舞いさせた真田信繁の才腕は、すでに遠い遠い過去のものにすぎなかった。

淀と治長は、秀頼の出馬を許さなかったばかりではない。

三万の兵を出し惜しみして一万に削り、しかも、昨日の緒戦にさいして牢人の顔を立てることを優先した。真田軍の先陣を許さず、控えに止《とど》まることを厳命したのである。
その結果は火を見るより明らか、たちまち凶と出た。
統率者不在の、牢人衆だけの無秩序な小集団戦となっての完敗である。あたら後藤《ごとう》又兵衛《またべえ》のような豪傑まで失ってしまった。
そして今朝は――、
籠城《ろうじょう》する城兵は、昨日とは逆に、臆病風《おくびょうかぜ》にでも吹かれたのか、焼け跡同然の裸城を、なお頼りにして、ほとんどが傍観を決めこんでいる。
積極的に出撃したのは、予定された一万。その内訳は、
毛利《もうり》勝永《かつなが》軍六千五百
真田信繁軍三千五百
後は、戦況如何《いかん》での待機姿勢というかたちである。
対する東方（徳川方）は、各藩とも新たな軍勢を投入して、総勢四万。
劣勢は明らかである。
こちらの救いは、昨日と違い、勇将・毛利勝永と知将・真田信繁の二人に率いられる西方最強の軍団であること。
戦さぶりが全く違っているだろうとの期待だった。

特に毛利隊である。

その将・毛利勝永は尾張の産。亡《な》き秀吉が、その武将としての資質を認め、名門・毛利の名を、敢《あ》えて名乗らせただけのことはあった。先の「関ヶ原の合戦」でも西方として参戦。敗れた後、土佐の山内《やまうち》家に預けられたが、脱走して、再び豊臣方に加わっている。

それだけに、筋金入りの命知らずの集団で、雨あられの矢弾に対しても肝が据わっていた。

秀頼は真南の方角に目を凝らした。晴天のため遠望が利《き》く。

毛利勝永と信繁の布陣する天王寺口でにわかに動きがあるのが見てとれた。勝永の手勢六千五百の進撃である。

戦さの火《ひ》蓋《ぶた》が切られると、その働きはまさに鬼神というにふさわしく、徳川方の本《ほん》多《だ》、榊原《さかきばら》の両大部隊を、あっという間に蹴《け》散《ち》らしてゆく。そして自らは〈捨て石〉となって、後に続く真田決死隊三千五百のために、徳川本陣のある天王寺方面への突破口を拓《ひら》いたのである。

信繁は、この勝永の玉砕覚悟の友情に感謝しつつ、深紅の軍扇を一閃《いっせん》、

「一路徳川本陣へ」

と突撃を敢行したのであった。

秀頼の額を汗が伝った。

ここまでの二人の友情を知るはずもなく作戦上の連携もわからないが、この真田軍団の攻撃の推移は、はるか天守閣からも望見できた。

というのも——、

茶臼山を駆け下りる今日の信繁以下の真田の将兵は、あらかじめ用意していたのであろう、甲冑《かっちゅう》から胴丸、股袴の一切を赤一色に統一していたからである。

それは、敢えて自らを敵中にさらけ出す危険と引き替えに、敵に後ろを見せることのない堅い決意と団結を内外に示すものだ。加えて秀頼以下の友軍には、「真田軍ここにあり」を鮮明にし、後に続く勇気を促すためでもあった。

だが、真田軍の進攻は、寡兵のため思うようには進まない様子である。秀頼は固唾《かたず》を呑《の》んでそのさまに目を凝らす。

十重《とえ》二十重《はたえ》と囲む敵方によって、真田軍は何度も押し返され、時に寸断され、散りぢりになった。かと思うと、また不意に火の玉のようにつながる。この繰り返しの中で、この赤色軍団が次第に細く絶え絶えになっていくのに、さして時間はかからなかった。

しかし——、
赤い細帯と化した真田軍団だが、家康本陣の直前、ほんの数間ほど手前までその矛先を伸ばした。そして、点となったまま動きを止める。だがその赤い点も、やがて敵に踏みにじられたかのように立ち消えた。

秀頼はそこまでを見届けると、ふっと吐息を漏らした。

（あと三千、いや千の兵を授けておけば、あるいは、家康本陣中央までの信繁の騎馬隊の到達もあり得たのでは……）

今更ながら、軍議のおり、「余は信繁を信じる。よって、三万の軍勢を真田に預けよ」と、強く言い出さなかった己れの優柔不断を恥じた。

それが震えるほど悔しく悲しかった。

やがて、秀頼は、両の手を合わせ、しばし黙礼した。

力なく立ち上がった秀頼は、そのまま山里曲輪に戻るつもりだった。そこで、自害する母をこの手で介錯《かいしゃく》し、その死を見届けた後、自分も潔《いさぎよ》く腹を切る。

もちろん、母子二人の首級は敵には渡さない。最後に自分を介錯してくれる腹心の者が二人の首級を持って、秘密の抜け穴から城外に逃げる。

その手はずは、すでに調っていた。

ところが——、
ふと明るい西方を見渡すと、秀頼から三間ほど先の同じ櫺子窓《れんじまど》で、真田軍団の奮戦ぶりを見届けている男がいた。

明石掃部《あかしかもん》である。

城中の作戦会議では、牢人席にあって、胸の大きな金のロザリオを握りしめて終始無言だった。しかし、その従容《しょうよう》とした姿がひときわ印象的であったことから、秀頼は、小姓からその名を聞いて知っていた。

掃部は、背をかがめ、ゆっくりと進み出るやこう叫んだ。

「お待ちくだされませ、右府様」

かつては、秀吉の時代に切支丹大名として十万石を拝領していた。その後の秀吉の禁教政策に抗して棄教せず、牢人までした頑固者である。こたびは秀吉への恩顧から、豊臣方の一将として参戦していたが、昨日の合戦で負傷し、城内に留まっていたのである。

「おう、掃部であるな、覚えておるぞ。そこにおったのか。知らなんだ。近うよれ——」

秀頼が手招きした。すると、掃部は足を引きずりながら再び大声をあげた。

「右府様。僭越《せんえつ》ながら、もしや山里曲輪に戻ってのご自害をとのお考えなら、滅相もなきこと。お考え直しくだされませ」

「何を申すか！　事ここに至って――」

生き恥をさらすよりは死を、と言いかけて、ふと秀頼は、掃部の背後に一人の女性のいることに気づいた。

女にしては大柄だ。が、まわりの気配を絶つかのように、ひっそりと佇《たたず》んでいたので、それまで気づかなかった。

「ご免そうらえ。さて、手前、跛足《はそく》ゆえ、ご無礼仕《つかまつ》る」

云いながら、掃部は、秀頼にゆっくりと近づき、床に、どさっと足を投げ出した。

「初めてお連れ申し上げました。拙者の養女、実は、右府様のお姉上。これなるは、桐姫《きりひめ》様にござりまする」

「なに桐姫とな、余の姉じゃと！　それはまことか」

「はい、まっことにて、とくと、そのお顔をご覧くだされませ」

薄明かりですかしてよくよく見れば、男女の違いもあって瓜《うり》二つとまではいかないが、確かにその面立ちは自分に似ているようだ。

「不思議じゃ。いや、これは……、ひょっとすると」

自分には、双生児として生まれた姉がいるとは、幼少時、一度だけ、それも、ちらりと城屋敷での襖《ふすま》越しに耳にしたことがある。口さがない茶坊主《ちゃぼうず》の噂《うわさ》話だった。

その翌日、これを質《ただ》そうとした矢先、その茶坊主は姿を消していた。いや消されたのかも知れぬ。

それが、もし事実とすれば、双子は、当時、「畜生腹」として忌《い》み嫌われ、生後直ちに誰ぞの手に託されたのではないか。

その託された相手が明石掃部だったことは想像にかたくない。切支丹ゆえそのような禁忌など歯牙《しが》にもかけぬはずだからである。

「いかにも。拙者、お預かりして二十二年。この桐姫様にござりまする」

掃部は後ろを振り返り、姫に一礼すると、そっと姫に手をさしのべた。

姫と呼ばれた女性が、それに答えて白い手を差し出したはずみに、はらりと袂《たもと》から黄金色のロザリオが垂れ下がった。

(やはり親子ともども切支丹信者か!)

秀頼は、改まった思いで姉を見た。

桐姫の名は豊臣家の家紋の〝五七の桐〟から採ったのであろう。表面上は豊臣家から追放の憂《う》き目を見たが、せめて名前には、豊臣家との繫《つな》がりを残して差し上げたい、との掃部の〝親心〟による命名であろうか。

しかし、この落城間際《まぎわ》に、掃部が、なぜ桐姫をこの危険な城中に伴ったのか。

その意図は、まだ明確には読み取れない。

「豊臣家との縁薄く、これまでの二十二年の間を過ごしてこられた桐姫様にござりますが、せめて、最期の時だけは、御母堂の淀の方様と共に迎えたいとの、たってのご希望にてござる……」

掃部は、言葉尻《じり》を曖昧《あいまい》にして説明した。

「うむ」

とは云ったものの、切支丹が自害を禁じていることはすでに承知している。そのために関ヶ原の敗将の小西行長《こにしゆきなが》は自害切腹を拒んで、武士としては屈辱とされる打ち首による刑死を選んだ。

また、細川忠興《ほそかわただおき》夫人の洗礼名ガラシャこと珠姫《たまひめ》（玉）も、関ヶ原合戦時に石田三成《いしだみつなり》の軍勢に囲まれた際に、家老の小笠原少斎《おがさわらしょうさい》の手に懸かる方法で死を遂げた。

しかし二人とも、死を免れ得ない状況に追い込まれたからこそ、その道を選択したのである。

桐姫には、その必要はないはずではないか。

これまで育ったであろう掃部の屋敷地から逃れさえすれば、あるいは徳川方の探索の手を免れることもできように……。

（では、なんのために、ここへ？）

だが、〝徳川方の探索の手〟とまで考えたところで、秀頼にも桐姫の真意が、なんとなく透けて見えてきた。

（そうか、母と共に死ぬことだけが、桐姫の目的ではないのかも知れぬ）

ひょっとすると――？

容貌《ようぼう》がそっくりなことで、大坂城の落城後に行われる徳川方の詮議《せんぎ》に、余の身代わりを務めるつもりなのか。

しかし、それにしても何故《なにゆえ》の余の身代わりか、も一つ、それが解《げ》せぬ。

そこまで類推したところで、桐姫が、小さく片手を挙げて秀頼の言葉を押し留めた。

「すでに、おわかりでございましょう。ご覧の通り、わらわは、切支丹にございます。父上は徳川様の影響を受けて、天正十五年（一五八七）に切支丹追放令を筑前《ちくぜん》箱崎の地にて発したのみならず、死の直前には二十六人の切支丹宗徒衆を、あろうことか、京から長崎まで延々と引き回しの上に、磔刑《たっけい》に処しました。これが、父上の犯した最大の過《あやま》ち。豊臣家の今日の没落あるは、意図せぬながらも、父上が悪魔の手先となって働いた呪《のろ》いにございりましょう」

桐姫に指弾されるまでもない。確かに、父の禁教令を犯した犯罪者とはいえ、二十六人もの切支丹の耳を削《そ》ぎ落とし、京から長崎までの長い道程を素足で歩かせた上で磔刑に処したのは、いかに〝見せしめ〟とはいえ酷《ひど》すぎた。

秀頼の表情の、この心の変化を読み取ったかのように、桐姫は、なお切々と訴えた。

「わらわは母上と一緒に、天国《ハライソ》に参りまする。わらわの、この世の最後の願いは、切支丹信仰の許される世の再興にございりまする。三年前には、とうとう徳川様も、悪魔の正体を現し、基督《キリスト》教会の破壊と布教の禁止を命じた禁教令を布告されました。まさに、この世は地獄にございります。この地獄を根底から覆《くつがえ》し、天国を地上に齎《もたら》すことができる力のあるのは、右府様、貴方《あなた》様しかおりませぬ。それ故、わらわが身代わりになることによって、ここを落ち延びることを武士として恥じてはなりませぬ。どうか、どうか、わらわの願いを……」

そこまでで、桐姫は涙に噎《むせ》ぶあまり、続く言葉を失った。

これで充分と見て取ったのだろう、掃部が桐姫の言葉を引き継いだ。

「さて、これで拙者が姫様をお連れしたわけが、お解《わか》りでございましょう。右府様、どうか、姉上や拙者ら切支丹の願いを容《い》れ、恥を承知で落ち延びてくだされませ。そして再起を図られませ。豊臣家の再興には、地に潜った全切支丹が、陰に陽に働きましょう。掃部も、お供をば仕ります。城外への抜け道は、この掃部、亡き太閤《たいこう》様の頃より、秘《ひそ》かに調べあげておりますれば。さ、さ、急ぎお支度を」

掃部の緊迫した表情を見れば、その場凌《しの》ぎの虚言を弄しているのでないことだけは明確に知れた。

が、秀頼は、まだ迷っていた。

残る母をどうする。なぜ子の国松《くにまつ》を連れては出られぬのか。

それに、母は熱心な仏教徒である。切支丹信者の桐姫と死をともにすることを納得するかどうか。

その秀頼の心の中を見透かしたのか、掃部が言い切った。

「差し出がましうはござるが、残される母君様のことなら、ご懸念《けねん》には及びませぬ。我等の手の者にて、右府様の山里曲輪のお留守中に、すでに、これこれしかじかと、お話を申し上げておりましたれば……」

「そうか、で、国松は、国松はどうする……」

「国松様は、あまりのご幼少ゆえ、我らと同じ長途の旅はご無理。ならばと、聖護院《しょうごいん》衆《しゅう》（天台修験《しゅげん》の集団）の案内にてここを抜け出し、しばらく畿内《きない》にて匿《かくま》うという手はずを調えてございます。十分な金子を与え過分な褒美《ほうび》も約しておりますれば、ご心配なきよう。仔細《しさい》はいずれ申し上げますほどに、ささ、この場は……」

確信は持てないが掃部を信頼するしかあるまい。しかし母の反応はどうだったか。

今はそこまでは聞けなかったし、掃部もそれ以上は触れなかった。そのまま手を挙げて合図すると、ここで忍びの女と思われる黒装束の者数人が現れ、桐姫の黒髪を切り、慌《あわ》ただしく男化粧を施し始めたのである。

「ささ、ここまでにて右府様」

掃部は、有無を言わせぬ命令口調で、そう叫んだ。

2

その後のことは、緊張のあまり、秀頼の記憶に薄い。喧噪《けんそう》と混乱と暗がりの中で、先導する掃部とその部下の背中を追うのがやっとであった。

とにかく、下へ下へと細く暗い階段を、転げ落ちるようにして降りて行ったことは確かである。行くうちに、秀頼は、いつしか背後に音もなく一人の者が追ってきているのに気づいた。
ぎょっとして振り返る。すると、掃部が足を止めて口早に語った。
「右府様。ご懸念には及びませぬ。その者は、真田左衛門佐《さえもんのすけ》殿が手の忍び、望月六郎《もちづきろくろう》
太《た》にございます。我らが通った後の抜け道を、徳川の伊賀者、甲賀者などに辿《たど》られぬ
ように、爆破崩落などして塞《ふさ》ぐ役目を命じておりますれば」
「そうか、そうであったか。しかし、忍びの者が、わずか一人か」
「いえ。他にも十数名。しかし、落城後に徳川が探索のために多数の忍びを動員する
のは必定。それら追っ手の目を眩《くら》ますには、こちらの手の忍びも、できる限り表に姿
を出さず、陰から陰へと動くように配置してございます」
「さすがは、知恵者掃部よ。で、我らが落ち延びる先は、いずこじゃ」
「肥後熊本にございます」
掃部が即答する。
「熊本？　か」
秀頼は、いささかがっくりと、声を落とした。
熊本には、加藤主計頭清正《かとうかずえのかみきよまさ》の建てた銀杏城《ぎんなん》がある。清正は四年前に没し、今は三男
の肥後守忠広《ひごのかみただひろ》が継いでいる。しかし、まだ十五歳のはずだ。

とうてい頼り甲斐があるとは思えない。

だが、それ以外に頼りになりそうな豊臣旧家臣となると、福島正則《ふくしままさのり》ぐらいしか考えられない。ところが正則は、今回の大坂の陣に際し、大坂方の再三に亘《わた》る参陣要請をも拒否していた。理由はわからない。

それに関ヶ原合戦において、西軍の主力の宇喜多秀家《うきたひでいえ》勢の先鋒《せんぽう》を務めた明石掃部の軍勢と激突したのが他ならぬ福島勢なのだ。双方とも大きな損害を出したこともあって、つまるところ〝犬猿の仲〟である。

正則の居城の安芸《あき》広島など頼りたくない掃部の心情は容易に理解できた。となれば、そこを飛ばして、肥後熊本が唯一《ゆいいつ》の選択肢となるのか。

こんなことを考えながら掃部に付き従って進む秀頼の後方で、時折、激しい音が響いた。

火薬の爆発音とも異なり、秀頼が不審に思うと、掃部が振り返った。

「爆薬は、そう大量には持参出来かねます。それに、豊臣家再興の時に備え、火薬、鉄炮《てっぽう》の類《たぐい》も、可能な限り手元に残しておかねばなりませぬ」

「火薬、鉄炮の類まで持ち運ぶのか？　如何にしてじゃ？」

「これから行く、拙者の手の切支丹の者たちが、乞食《こじき》などに身を窶《やつ》して、もはや使えなくなった大坂城の武器庫から、この地下道を用い、我らに先んじて、運び出してござります。それに、この辺りは、要所要所の突っかい棒、楔《くさび》の類を抜けば壁が崩落して二度と通路が使えなくなるような仕掛けが施してござります。出口は、間もなくでござります」

しかし、「間もなく」と言われてから、更に延々と秀頼は歩かされた。

優に二里は歩いたのではないか。

日頃、歩き慣れていない秀頼は、足に肉刺《まめ》ができ、それが潰《つぶ》れて、悲鳴を上げかけた。喉元《のどもと》まで出かかるのを、歯を食い縛って辛うじて止める。

そこから、さらに一町（百九メートル）ばかりで、ようやく一行は地上に出た。

日頃は、城の高所からばかり見ていて知らなかったが、辺りには葦《あし》が鬱蒼《うっそう》と背丈よりも高く生い茂って暗く、数瞬は地下道から出たのも気づかないほどであった。

淀川の河畔であることだけは分かった。あたりには夕闇《ゆうやみ》が迫っている。

葦の繁《しげ》みの合間を縫って、更に一町ほど歩いただろうか。後方で突如、爆発音が轟《とどろ》いた。

驚いて振り返る。やがて望月六郎太が、平然とした顔つきで駆けてきた。

「御城からの地下道を爆破して崩落させました。この方面から追っ手が懸かる懸念は最早《もはや》ございませぬ」

「ご苦労」と掃部が犒《ねぎら》う。

ここからは六郎太が替わって先頭に立った。六郎太は、何の目印もないにも拘《かか》わらず、葦の繁みを、やすやすと分けて進んでいくのであった。

やがて行く手に、長さ七間余、幅一間余の高瀬舟らしき舟が隠されているのが見えて来た。近づくにつれ悪臭が迫ってくる。なんと、舟には汚穢《おわい》を運搬する桶《おけ》が多数積まれているではないか。しかしその多くは偽装で、桶の中身は掃部の言った火薬や鉄炮だと教えられた。それにしても……。

「この舟にて脱出いたしまする。和泉灘《いずみなだ》、播磨灘《はりま》、水島灘、備後灘《びんご》、燧灘《ひうち》、伊予灘と抜けて、まずは、豊後日出《ぶんごひじ》を目指し、日出より山越えして肥後熊本に入ります。刀剣類は船底に油紙に包んで隠し、着るものは、すべて古い漁師着の襤褸《ぼろ》の刺し子にて統一しますれば、ここしばらくは、右府様にも、ザンバラ髪の同じ衣装にて耐えることをお願い申し上げまする」

掃部が手筈《てはず》を手短かに語る。

一同が乗り込むや、ただちに六郎太自らが櫂《かい》を手にして漕《こ》ぎ始める。汚穢舟は大坂湾を目指し、静かに淀川を下り始めたのであった。

夕陽の残影が目に染《し》みた。東を振り返れば黒煙に包まれ炎上する大坂城が嫌でも目に入る。涙が出てくる様子のないことを、秀頼は訝《いぶか》った。

3

一ヵ月余を費やす、のろのろした屈辱の舟旅であった。

「屈辱」というのは他でもない。なにしろ外見が汚穢舟である。どこの小さな漁港でも、中央の艀《はしけ》には、地元の漁師に鼻をつままれて寄せてもらえず、遥《はる》か端の岩場にしか接岸できない。

そのくせ不思議なことに、魚の差し入れだけは、どの漁場でも、大量にあった。

隠れ切支丹同士の横の連携でもあったろうか。

しかし、船底にひそむ秀頼には、すべてが新鮮な体験となった。

夜になると、漁夫姿で船上に出ることを許され、そこに並ぶ魚介類の珍しさに飽きることがなかったのである。

しかも美味。

それまでの秀頼は、淀城、二条城、そして大坂城の池の鯉《こい》しか美味な魚というものを知らなかった。その鯉ですら、食するときは、骨皮一切を取り去った、魚の姿形もない、冷めきった煮付けである。海魚の煮付けや焼きものでも、冷めているばかりでなく新鮮味も何もない。

そんな理由から秀頼は、その頃から流行《はや》りだした「かまぼこ」の美味を愛していた。

その秀頼が、生きた魚やイカなどの「踊り食い」を、それも、あぐらをかいて、気ままに舟上でほおばるのである。

それは秀頼に慮外の解放感をもたらした。

(この味を母上はご存じないまま身罷《みまか》られたのだな)

ある瞬間その思いが込み上げてきて、秀頼は大坂城を脱出して初めて涙を流すことになった。母ばかりではない。側室や奥向きの者たち、臣従してきた家臣たちの末路に思いが至り、嗚咽《おえつ》が止まらない。慌ただしい脱出行が続く中で思い出しもしなかったことが不思議でならない。

「かまぼこ」の大量摂取で太っていた身体《からだ》も、新鮮な焼き魚を食することで引き締まってきている。身体は壮健になったものの、懸念はなかなか消えない。この先いったいどうなるのであろうか。

こうして秀頼主従一行は、豊後日出の小浦の地に舟を乗り着けたのだった。

小浦は文字どおり小さな港町で漁船も多く、舟を乗り捨てても、見咎《みとが》められない。

火薬や鉄炮を詰めた桶を放置して掃部が先に立って行こうとするので、秀頼は不審に思って声を掛けた。

「掃部。桶はどうするのじゃ」

「ご懸念には及びませぬ。汚穢溜《だめ》を除く桶の武器は、陰ながら我らを警護してきた忍びの者どもが、密《ひそ》かに、来たるべき旗揚げの時に備え、安全な場所に運びまするゆえ」

「そうか。そこまで手はずが行き届いているとは」

秀頼は感嘆しきりである。

確かに秀頼一人だけでも足手纏《まと》いなのに、火薬や鉄炮のような大荷物を運んでのこれからの忍び旅では、いざという時に迅速な行動が困難になるだろう。

上陸を果たしたものの、西に向かって四町と行かない内に、早くも山間を抜ける九《つ》十九折《づらお》りの狭隘《きょうあい》な道となった。時には街道ではなく、獣道ではないかと疑うような細い悪路になる。だが、先頭に立つ望月六郎太は、まるで勝手知ったる屋敷内の道を歩くかのように、一切の迷いがない。

秀頼が不審気な顔になったのを見て取った掃部が、すかさず説明する。

「こと、ここに至る事態を考え、予《あらかじ》め真田左衛門佐殿より六郎太を借り受け、事前に熊本までの経路を下調べさせておりましたれば、右府様には何のご懸念にも及びませぬ」

「そうであったか。さすがは掃部。ところで、この豊後日出は確か木下右衛門大夫《きのしたうえもんのたいふ》の領地であったな」

木下右衛門大夫延俊《のぶとし》は、豊臣秀吉の正室高台院（寧々《ねね》）の兄、杉原肥後守家定《いえさだ》の子である。だから、高台院を秀頼の義母と見れば、秀頼とはいとこ同士になる。

しかし、秀頼の生母の淀の方と高台院の関係は最悪だった。

淀の方が秀吉正室の座を寝取った形になっているのだから無理もない。

関ヶ原合戦時、延俊は家康に誓紙を出して直ちに東軍につき、また、西軍大崩壊の最大要因となった小早川秀秋《ひであき》は、延俊の実弟である。

父の家定は東西どちらにも与《くみ》せず、妹の高台院の身辺警護に徹し、周囲からの「大坂城に入って右府様に忠節を尽くすべき」との諫言《かんげん》にも、頑として動かなかった。

「よもや、ここまで落ち武者狩りはないと思うが、万が一、捕えられた場合、右衛門大夫は余を徳川に売るのではあるまいか」

「それは、ございますまい」掃部は即答したが、顔をやや曇らせて続けた。「それよりは、主計頭殿亡き後の加藤家が、果たして我らを、すんなりと受け入れてくれるかどうか、そちらのほうが懸念大でござる」

掃部は熊本への道順を語った。

まずは、ひたすら北西方向に進むのだという。万が一、敵方の忍びに足跡を辿られた場合に備え、真の目的地を気取られないためであった。

陰警護の忍びたちが敵方の忍びの追跡の目を誤魔化すために、あらゆる偽装工作を道々に施しつつ追ってきているとは掃部の口から聞かされてはいるものの、秀頼自身の目では何一つ見えていない。一抹の不安が漂う。

一行は、上陸した小浦からおよそ十五里を踏破し、標高二百五十丈（七百五十メートル）余の鹿嵐山《かならせやま》の裾《すそ》を迂回《うかい》して、耶馬渓《やばけい》に至った。

耶馬渓は、熔岩《ようがん》台地が山国川《やまくにがわ》の浸食で形作られた奇岩の連なる絶景の景勝地だが、この物語の時点では、まだ山国谷という名前である。後の文政元年（一八一八）に頼《らい》山陽《さんよう》がこの地を訪れて、「耶馬渓山天下無」と漢詩に詠《よ》んだことで耶馬渓と呼ばれるようになったものである。

が、ここでは、一応、耶馬渓と仮に呼んでおく。

この耶馬渓からは南西に方向を転じて日田《ひた》に出、日田からは、ひたすら南に進んで、阿蘇山《あそさん》の北側の外輪山・尾ノ岳（標高三百四十七丈）に至る。

この行程も、山また山で、およそ十五里。

この尾ノ岳が、有明海に注ぐ菊池川の水源で、この菊池川沿いに、道なりに南西方向に進み、山鹿《やまが》に至って真南に方向を転ずれば、熊本である。この行程が二十里。

山鹿以降の道は、加藤清正によって整備された街道で、山家《やまえ》から鳥栖《とす》、久留米《くるめ》、八女《やめ》、熊本、八代《やつしろ》、水俣《みなまた》、阿久根、川内《せんだい》と経て鹿児島に至る西九州では最も主要な薩摩《さつま》街道の一部となっている。

合計五十里。忍びならば急げば一日半で踏破できる距離だが、足腰の弱い秀頼では四日ないし五日はかかる。山鹿までの難路で、足に肉刺でもできて潰れれば、六日から七日を要する可能性さえあった。

「熊本までは、そんなにもかかるか」

と秀頼は、鹿嵐山に至る遥か手前で早くも音を上げた。膝《ひざ》が思うように曲げられず自分のものとも思えなくなった。落武者の惨《みじ》めな境遇を嘲笑《あざわら》い始めているようだ。

「右府様。これしきのことで弱音を吐いて、如何《いかが》なされます。徳川の天下を覆して豊臣の世を回復するという壮挙を野分の大嵐《おおあらし》とするならば、ほんの産毛《うぶげ》を逆立てるほどの微風にござりまするぞ」

掃部は呵々《かか》と笑い飛ばした。

4

熊本までの道程は、案の定、秀頼が疲労困憊《こんぱい》して休み休みになった以外は、陰の警護の忍び衆の働きもあってか、何事も起きなかった。

「ご覧下さりませ」

掃部が秀頼に遥か前方を見るよう促した。

見やれば彼方《かなた》に、銀杏城の異名を持つ熊本城が望見できる。ついにここまで辿りつけたかと感慨も一入《ひとしお》である。

「して、どうやって、あの城に入るのじゃ。まさか、堂々と大手門で名を名乗るわけにもゆくまいが」

不審に思って秀頼が首を捻《ひね》るのを、掃部は笑った。

「右府様。その件につきましては、既に何度か道中で申し上げましたぞ。右府様には、あまりの疲労にて耳に入らず、馬耳東風と、聞き流されたと見えまするな」

「そうであったかな。それは、済まぬことをした。では、今一度、聞かせてくれぬか、掃部」

「宜《よろ》しゅうございます。そもそも銀杏城は淀の方様の肝煎《きもいり》で、裏から大金の補助が亡き主計頭殿（加藤清正）に与えられて築城されたものにござります。淀の方様も、夫の太閤様亡き後、家臣との団結が弱まり、もしやの徳川との戦さに敗れて、九州の地に落ち延びざるを得ぬ事態もあると想定されたのでござりましょう。そこで、築城名人の誉れ高い主計頭殿に対徳川を想定しての城を築くよう、御下命になったものでござります」

「さようであったか。母も、その点では、少しは先を見る目があったということかな」

にわかに涙腺《るいせん》が緩みそうになるのを辛うじて耐えた。

「唯一の誤算は、徳川との決戦以前に主計頭殿が罷られたことにござりますな。家康の忍者に毒を盛られたとの話もありまするが」

「じいが毒を盛られたとは余も聞いておる。そう信じて疑わぬ者は多い」

秀頼が「じい」と呼ぶ加藤清正がちょうど五十歳で亡くなってから、四年ほどの歳月が流れている。

その四年で天下を巡る状勢は大きく変貌した。そこまでを読み通すことは、女人の淀の方はおろか自分たちでさえ不可能であった。

「で、さきほどの我等が入城の話だが」

不安に襲われた秀頼が訊《たず》ねた。

「はい。実は、彼《か》の城には、右府様が落ち延びて、ここに残られた場合を想定し、城外より密かに城内に忍び入れる抜け穴が穿《うが》たれてございます」

「それは、まことか」

「はい、抜け穴とは、右府様が大坂城で、つぶさにご覧の通り、中から外に抜け出るものでござる。が、そのたった一つの例外がこの城。つまり外から中に入る抜け穴でござる。これは、既に、六郎太が探って確かめてございますれば、迷うことなく城内に入れましょうぞ。いざ」

掃部の言葉に、後ろに控える六郎太が万事を心得た顔で、大きく頷《うなず》き言葉を継いだ。

「はい、日の暮れ落ちるのを待って、某《それがし》がご案内を仕ります」

「そうか。よろしく頼む」

秀頼は軽く頭を下げた。これはこのひと月ほどで習い性になっている。

本来であれば頭を下げる必要などはない身分卑《いや》しき者ではあるが、この者の助けがなければ、到底ここまで生きて落ち延びてくることが叶《かな》わなかったことを思えば、自然と頭も下がるのが道理である。

5

六郎太が「銀杏城に通じる抜け道の入口」として案内したのは、城の北西およそ半里に位置する、発星山《ほっしょうざん》本妙寺という日蓮《にちれん》宗の寺院であった。

「そういえば、じいは熱心な日蓮宗徒で、戒名も生前より浄池院殿永運日乗大居士と決めていた。それを日頃から唱えておったので余まで覚えてしまったぞ」

秀頼は、清正の在りし日の姿を懐《なつ》かしく思い出した。

「慶長十六年の主計頭様の没時、ご遺言によって本妙寺では主計頭様の木像が中尾山上の浄池廟《じょうちびょう》に奉安されましてございます。その木像が、抜け道の入口でございます」

「なるほど！　そうだったのか」

秀頼は思わず膝を打った。

「遺言で己が木像を奉安させるとは、あまり聞かぬ話だが、なるほど、それを入口の偽装に使うとは、さすがは、余のじいじゃ。築城の名人ばかりではなかった。見事な策士でもあったわけだの」

本妙寺は去年、火災によって焼失し、浄池廟のある中尾山の中腹に再建されたので、浄池廟まで登る人間はさほど多くはない。しかも、日没後の人影は皆無となる。

ようやく日が暮れた。

この時を一日千秋の思いで待った秀頼一行である。身を隠す苦労もなく、本妙寺の境内を抜けて中尾山に登り、造作なく浄池廟に着くことができた。

重厚な扉が入口を閉ざしているだけで、門衛などの姿はない。大きな錠前が付いていたが、六郎太が細い錐《きり》のようなものを取り出してこじあけ、三つ数えるほどの間に、造作もなく開錠した。

「どうぞ、中へ。某は、施錠《せじょう》し直した後、塀を越えて中に入りますので。施錠しておけば我らが入ったことは、誰にも気取られませぬ」

「なるほど。さすがは……」

左衛門佐に仕えた手練《てだ》れだけのことはあると、秀頼が感嘆しつつ廟内に入ると、背後に重苦しい軋《きし》み音を残して扉が閉じられた。

次の瞬間、六郎太は、すぐ目の前に、塀を躍り越えて立っていた。秀頼が思わず苦笑している間に、六郎太は、さっさと廟内に入って、加藤清正の木像に一同を案内した。

「この主計頭様の木像を、このように動かしまするとーー」

と呟《つぶや》くように説明しながら、六郎太が木像の台座に手を掛けて力を込め、回転させる。

すると、それまで台座のあった位置に、三尺四方ほどの地下への入口が、ぽっかりと口を開けた。中に誘うように梯子《はしご》が見えている。

六郎太は燧石を打って龕灯《がんとう》に火を点《とも》し、先頭になって梯子を下りた。

秀頼、掃部の順で、その梯子を下る。一丈半（四・五メートル）ほど下ると、そこが踊り場になっていた。そこから先は、さらに螺旋《らせん》階段で、下へ下へと続いていた。

「ここから先は、掃部様が先頭に立ってくださりませ。某は、主計頭様の木像を元通りに戻し、誰にも察知されないようにした後、追いかけますので」

そう言い置いて、六郎太は再び梯子を登っていった。

龕灯を手に先頭に立った掃部に続いて階段を降りながら、秀頼は、今は焼け落ちたであろう大坂城の天守閣最上階から地上まで下った時の情景を思い返していた。

ここの階段は、大坂城天守閣の階段よりも急勾配《こうばい》である。気もそぞろになって足を滑らせでもしたら、前を行く掃部を巻き込んで、何尺も転げ落ちて大怪我《おおけが》になる事態もありうる。

6

秀頼は気を引き締め直し、掃部に続いて慎重に足を繰り出してゆく。

やがて、背後に、六郎太が追いついてきた微《かす》かな気配を感じた。

（それにしても、いったいどこまで下るのだ）

暗がりの中で行動していると距離の感覚が狂うから、どれくらい下ったのかが判然としない。大坂城天守閣の最上階から地上まで降りた時よりもさらに下ったような気がしないでもないが、本当のところは分からなかった。

階段の数を勘定しながら降りれば良かったと思ったが、今さら遅い。

浄池廟は中尾山の頂上に建っていて、中尾山もかなりの高さがある。その丈の分だけ下って、更に一丈か二丈は地中に入り、それから先は水平の隧道《ずいどう》となって熊本城の地下にまで続いているのだろう。

秀頼が大坂城から淀川畔まで逃れた地下道よりは短いだろうか。

それにしても、こんな大規模な掘削工事を、誰にも気取られることなくよくもやり遂げたものだ。

秀頼が「いったい、どこまで続くやら」と呆《あき》れてから程なく階段は終わりとなり、そこからは、ほぼ水平の道に戻った。

おそらくは金山や銀山の坑道と同様の掘削方式を採用しているのだろう、坑木が天井の崩落防止に数多く組まれ、その間を抜けていく。

天井までの高さは六尺、隧道の幅は三尺。伏見《ふしみ》稲荷《いなり》大社の鳥居を抜けていく光景を秀頼に連想させた。

が、さしもの隧道も尽きる時が来た。

行く手は頑丈な大扉で塞がれている。ここに閉じ込められれば袋の鼠《ねずみ》である。一刻も早く外の空気を吸いたい。

「この大扉を開けば、向こうは天守の地下蔵でございます」

六郎太の声に我に返った。

「では、六郎太。ご苦労だが、先に抜けて、誰ぞ加藤家の要職にある者を迎えに寄越してくれぬか」

と掃部が命じ、六郎太は大きく頷いた。「畏《かしこ》まってござります」

六郎太が早速に大扉の解錠に取りかかる。

見たところ、錠前もなければ、閂《かんぬき》の類もない。が、六郎太は大扉の材に手を掛けて力を入れ始めた。

すると、材が上に動いたり下に動いたりし始めた。秀頼は安堵《あんど》に胸をなでおろしつつ六郎太の手許《てもと》を見つめる。

材を巧妙に組み合わせることによって開く絡繰《からくり》仕掛けになっているようだ。掃部の指示を受けて熊本城に忍んだ六郎太が、この仕掛けを突き止めて戻ったに違いない。

十回ほど、材をあっちへ動かし、こっちへ動かしすると、やがて閂でも外れたような鈍く重い音が響き、大扉は隧道側へと開いた。

扉が開いた向こう側は城の備蓄庫らしい。米俵が所狭しと積み上げられている。味噌《みそ》の匂《にお》いも微かに漂ってくる。米俵を乗り越えなければ備蓄庫の入口に辿り着けない構造なのであろう。

要するに、城外に通じる抜け穴の入口は絡繰仕掛けの扉と米俵の山と二重に塞がれていて、ちょっとやそっとでは気取られない工夫が凝らされていたのである。

「では、これにて、暫時《ざんじ》お待ちを」

と言い措《お》いて、六郎太は身軽に米俵の山を乗り越えて向こうに消えた。

7

六郎太が戻ってくるまでに、半刻《はんとき》(一時間)ほども待たされたであろうか。

地下蔵に人が降りてくる気配があって、六郎太の声が聞こえた。

「御家老の加藤美作守《みまさかのかみ》様をお連れいたしてござります」

そこで初めて秀頼と掃部は米俵の山に手足を掛けてよじ登り、向こう側に降り立った。

「美作守殿は、亡《な》き主計頭殿の従兄弟《いとこ》の女婿《じょせい》にあたるお方にござります」

掃部が秀頼に小声で耳打ちした。

熊本まで無事に逃れられた場合、当主の肥後守忠広では未《ま》だ頼りない。そこで、誰を頼るのが妥当か、事前に人間関係を調べていたものと見える。

秀頼と掃部が米俵を越えて降り立つと、三十代の半ばと見える加藤美作守は、平伏して挨拶《あいさつ》した。

「次席家老を務めます加藤美作守正次《まさつぐ》にございます。右府様には、よくぞご無事で当城まで落ち延びてこられました」

「余はもはや、右大臣ではない。父の残した大坂城を失い、今や一介の素牢人《すろうにん》よ、さしずめ豊臣藤吉郎とでも申そうか。だが、昔のよしみで世話に相成る」

声を掛けながら、さすが秀頼は武将の子だった。美作の反応に胡乱《うろん》げな気配を感じ取ったのである。

どうも〝招かれざる客〟の気配がある――と。

秀頼が藤吉郎を名乗ったのは、ほかでもない。それは、父秀吉が織田信長に仕えて美濃攻めに従事した頃、信長の許しを得て名乗った通称である。この藤吉郎を縁起の良い名前として、秀頼も、四歳の元服時に受け継いで、幼名の拾丸《ひろいまる》から、一時、藤吉郎を名乗ったことがあった。

ただの即興ではなかった。これによって道が拓《ひら》くのではないか――そんな気がしたのであった。

もちろん、そんなこととは露知らぬ美作。

「勿体《もったい》なきお言葉。それでは、藤吉郎様。まずは、手狭ながら拙宅にお越しくださいますよう。これより、ご案内をば仕ります」

と立ち上がって、先に立って自宅への道を案内した。

(城ではなく自邸か？)

秀頼は俄《にわ》かに緊張した。

城中までの抜け穴で、掃部から耳打ちされて知っていた。

「この城には、万が一の九州落ちに際し、右府様をお迎えするための〈開かずの間〉が用意されております。そこに案内されれば、ひとまずはご安心」

ということは、「安心はできぬ」ということだ。

秀頼は辺りに気を配った。が、しかし、殺気らしきものは感じられない。

歴戦の掃部や、忍びの六郎太が緊張の様子を見せないところから判断して、今のところは害意まではないと見て良さそうであった。

美作は、西へ西へと向かい、二つの櫓《やぐら》門を抜けて空堀を渡り、二ノ丸に秀頼主従を案内した。

二ノ丸には、美作のような家老をはじめ重臣の屋敷が設けられ、それぞれが合戦時を想定した出丸の趣に造られていた。

屋敷に入り、奥座敷に案内されると、美作は改めて秀頼の前に、額を擦り付けんばかりにして平伏した。

その過度に丁重な態度を見て、掃部が苦々しげに訊ねた。

「美作守殿。我らが不意に訪れて参って、ほとほと弱っておるようにお見受けするが如何。図星であろう」

「はい。掃部殿が単刀直入の慧眼《けいがん》、恐れ入ってございます」

と美作は顔を歪《ゆが》め「実は……」と、早速に加藤家の現状の打ち明け話に入った。

加藤家は四年前の清正の死に際し、嗣子《しし》の忠広が幼年であったため、その存続に徳川家から厳しい要求を突きつけられたのであった。

「水俣城、宇土城、矢部城の破却。城は熊本城と麦島城（八代城）のみとする」

「支城主の人事や重臣の知行割は徳川家が行う」

などといった要求である。

加藤家としては、これを受け入れざるを得なかった。

この時に麦島城代とされたのが加藤家の筆頭家老で、次席家老の美作とは従兄弟同士の間柄になる加藤右馬允正方《うまのじょうまさかた》であった。

「なるほど。右馬允殿は、他国は一城のみとされたのに対して、肥後は二城の存続を許され、のみならず、自分が城代に任じられたことに恩義を感じ、徳川寄りの態度をとっている、ということとなのじゃな」

「ご賢察のとおりにございます」

と美作は再度平伏した。

「右馬允めに右府様が落ち延びてこられたことを気取られるや、徳川に通報して、右府様の身柄を、策を弄《ろう》して押さえ、差し出すような愚挙に立ち至るやも知れず――いや、いや、拙者が見るに、それは九分九厘《りん》、確実なことのように思われます」

やがて顔を上げた美作の額には脂汗《あぶらあせ》がにじみ出ていた。

もう「右大臣ではない。一介の素牢人の藤吉郎だ」と釘《くぎ》を刺したことなど、消し飛んだように見えた。

現在、加藤家の当主・忠広はお飾りの人形に過ぎない。すべて政事は合議による運営がなされているものと見える。が、合議といっても、筆頭家老の右馬允が親徳川の立場を鮮明にしつつあるとなれば、秀頼主従としては熊本の地に留まることは叶わず、退散せざるを得ないだろう。

では、どこに向かえば良いのだ――、
と秀頼が考え込んでいると、掃部が存外にさばさばした顔で切り出した。

「さような状況であれば、是非もない。右馬允殿に気取られる前に我らの方から退散といたそうぞ」

「えっ、それはまことで……」

現金なもので、美作の顔にうっすらと赤みまでさした様子である。

「しかし、条件がある」

「はい、なんなりと」

「ご覧のように、右府様は大坂の地より落ち延びてこられて、疲労困憊の極みにあられる。せめて三日ほどでよい。お世話願えまいか」

すると、美作の顔が見る見る明るくなった。

「三日ほど、ということでござれば、この美作、この胸を張ってお匿《かくま》い申し上げましょう。右馬允めは難儀な輩《やから》なれど、日頃は八代の地におりますれば、すぐに右府様の来られた件を気取られる懸念は、まずもって、ござりませぬ」

美作屋敷に宿泊の手配を頼み、主従三人となったところで、掃部が声を潜めて言った。

「この熊本の地が駄目となれば、次に頼るは薩摩の惟新斎《いしんさい》殿（島津《しまづ》義弘《よしひろ》）しか考えられませぬ。惟新斎殿には、かつて関ヶ原の敗将、宇喜多中納言《ちゅうなごん》（秀家）殿を匿われた経緯もございますれば」

「だが、惟新斎の後を継いで島津家の当主となった大隅守《おおすみのかみ》（島津家久《いえひさ》）は宇喜多中納言を徳川に差し出し、併せて妻子も江戸に送って徳川への臣従を誓ったのではなかったか」

と秀頼が疑問を呈すると、掃部は重々しく頷いた。

「ご明察。そこは、右府様のご懸念のとおりにございます。島津の実権が大隅守殿の手にあれば、これを頼っていくは、飛んで火中に飛び込むなんとやら同然の愚挙にござる。それこそ琉球《りゅうきゅう》にでも落ち延びるほかございませぬ。島津の実権が、まだ惟新斎殿の手にあるか、あるいは父子《おやこ》の力が拮抗《きっこう》しているか、もはや惟新斎殿は隠居老人も同然の有様にあるか、その辺りは六郎太に見極めてもらわねばなりませぬ」

ここまで聞くや、六郎太は躊躇《ちゅうちょ》なく立ち上がった。

「それでは某《それがし》、これより直ちに薩摩に走り、惟新斎様が頼るに足る人物であるか、見極めて参りまする」

「疲れておろうが、これは今後を占う重大な岐路だ。返すがえすも頼んだぞ。期限は、これより三日じゃ」

と掃部が声を掛けた時、六郎太は既に部屋を出て、背後の障子は音もなく閉じられていたのである。

8

掃部が期限を設けた三日後、六郎太が無事戻ってきた。

表情は目に見えて重苦しかった。

「やはり、不首尾であったか……」

その問いかけに、六郎太は首を振った。

「そうではございませぬ。島津は、徳川が大坂での勝利に力を得て、そのまま九州の地に攻め寄せる事態を懸念し、肥後や日向《ひゅうが》との国境地帯に続々と砦《とりで》、出丸の類を築きつつあります」

「なんと、そうか。では、右府様を匿っていただける可能性はないわけではないな。うむ、そうなると、其方《そち》の懸念は、そこではないと見えるが……」

「御意。まず、国境を固めておる島津の将兵に見咎められぬように薩摩に入らねばなりませぬ。したがって、右府様には、今までにも増して、山また山越えの難路中の難路を踏破していただかねばなりませぬが」

六郎太は懐中から絵図を取り出し、秀頼と掃部の前に広げた。絵図に描かれているのは阿蘇山から南方の山岳地帯のみであった。

朝来《あさこ》山、城雄山、間谷《まんたん》山、万坂《まんざか》山、目丸山、国見岳、五勇山、烏帽子岳《えぼしだけ》、時雨《しぐれ》岳、銚子笠《ちょうしがさ》、馬口《ばくち》岳、江代《えしろ》山、市房山、牧良《まきら》山、湯ノ原山、黒原《くろばる》山、猪《い》ノ岳、白髪岳、国見山、八ケ峰《やつがみね》、天狗《てんぐ》山、百貫山、矢岳《やたけ》山、滝下山、黒園《くろそん》山、安良《やすら》岳、上床《うわとこ》山といった山々が描かれ、そこに踏破すべき稜線《りょうせん》が赤線で書き込まれて加治木に至っている。

「この加治木に、惟新斎様は慶長十二年に館《やかた》をお建てになり、現在は、ここにお住まいでございます。敷地面積は、およそ一万六千坪。周囲には堀を巡らせ、館とは申しながら、徳川勢が北方より山越えに攻め寄せる事態に備えた、立派な城にございます」

「まず、誰にも気取られぬように加治木まで辿り着き、更に、誰にも見咎められぬように城内に忍び入って惟新斎殿に会わねばならぬと、そういうわけじゃな……」

傍らで聞いているだけで、秀頼は気が遠くなる思いがした。

豊後日出の小浦に上陸後の、熊本に至るまでの道も想像を絶するものだったが、どうも薩摩に入る道は、それすらも平坦《へいたん》な街道に思えるほどの難路になりそうな雲行きである。

距離は短くとも、優に半月は踏破に要することだろう。そう考えただけで、不覚にも溜息が漏れそうになる。

が、これも試練だと思い直すだけの成長を、秀頼は遂げていた。ただ肉体的に辛《つら》いだけである。この程度の試練を乗り越えられなくては、強大な徳川を向こうに回しての豊臣家の再興など、たとえ切支丹宗徒の総決起支援があったとしても、とうてい叶うまい。

秀頼は気を取り直して、六郎太を賞賛した。

「六郎太。わずか三日で、よくぞ、ここまで詳細に調べ上げてくれた。豊臣藤吉郎、この通り、礼を申す」

と秀頼が頭を下げると、六郎太は感涙に噎《むせ》んで目を真っ赤にした。

「右府様。もったいのうございます。豊臣家の再興が成るまでは、そのように軽々と家臣に頭を下げるものではございませぬ」

こうして、秀頼主従の新たな難儀の旅路が始まることになった。

9

熊本から薩摩加治木までは半月を要したのだが、その過程は秀頼の予想を遥かに凌《りょう》駕《が》していた。端的に言って、六郎太を師匠としての〝忍び技〟の修練に、かなりの時間が費やされた。

山から山へ、道なき道を踏破するのだが、そのために急峻《きゅうしゅん》な崖《がけ》を登ったり下ったりの危険極まる行程が必要だ。

これには、加藤美作守に用意してもらった太く長い荒縄を用いた。荒縄には三尺間隔に結び目が設けられており、これを手懸かり、足懸かりに、上り下りする。

登る際には六郎太が先頭で、掃部が殿《しんがり》となり、下る時には、その逆となる。いずれの場合にも、秀頼が中間となった。

「惟新斎様の加治木館には、正面から訪ねてゆくわけには参りませぬ。堀を越え、塀を越えて、密かに、真っ先に惟新斎様の前に出るように行動しなければなりませぬ。今ここで山越えの技を磨いておけば、加治木館に忍び入るのは造作もござりませぬ」

崖を登りながら六郎太がそう説くのだが、秀頼は頷くのが精一杯である。あまりに過酷な踏破行に、身体中の筋が悲鳴を上げ、関節はしばしば砕けそうになる。軟弱な秀頼を身体が嘲笑っているようで、口を利《き》く元気を搾《しぼ》り出すことさえできない。

途方もない難路を越えて、かつがつに一行は獣道から解放された。あたりはまだ暗い。あるかなきかの道を踏みしめながら、秀頼主従は、彼方に加治木館を見通せる地点まで辿り着くことができた。途中、誰何《すいか》を受けることを免れたのも幸運だった。

夜が明けかけている。

「ここが、かつて加治木城が建っていた地点にて、惟新斎様は当初、ここに新館を建てる予定だったものの、ここでは充分な広さが得られないと分かり、あちらに建てたものにござります」

と六郎太は説明した。

加治木館の南側には武家屋敷が建ち並び、その手前側に、堀を巡らせた広大な館が秀頼の前に広がった。

「では、某、まずは忍んで、惟新斎様の居場所を突き止めて参ります」

そう言い措いて、六郎太は急斜面を下っていき、何の障碍《しょうがい》もないかの如《ごと》くに堀を渡り、塀を躍り越えて、加治木館の中へと、姿を消した。

それから待つこと半刻あまり。突如どさりと物音がした。なんと、館内から塀と堀越しに、山越えに使った荒縄が投げられたのであった。

秀頼は掃部と頷き合って、その荒縄を手に取った。熊本からここに至るまでに踏破した山々の峻険な絶壁急坂と比較すれば、造作もない。二人は難なく加治木館に忍び入った。

塀を乗り越えた秀頼は、ひとまず庭木の繁《しげ》みの中に潜んで、六郎太の報告を受けた。

「館内に、さほどの人数は詰めておりませぬ。かつては薩摩大隅二カ国に君臨して絶大な権力を有した惟新斎様ですが、名目上とは申せ、隠居された今となっては、身辺を固める必要最低限の人員しか置いておられぬかと思われます」

これに対して掃部は「肥後や日向方面からの越境者を警戒して、そちらに可能な限りの人員を配置しておるのであろう。我らにとっては好都合な状況じゃ」と推測を口にする。

「この館は東ノ丸、西ノ丸、中ノ丸と分かれておるようだが、惟新斎殿のおられるのは、どこじゃ。常識的には東ノ丸だが」

「御意。東ノ丸の、東南の角部屋にござります」

東南の角部屋は最も日照の良い部屋で、夜が明けると、朝の柔らかい陽差しが部屋の奥まで差し込む。老齢の惟新斎には最も相応《ふさわ》しい居室である。

天文《てんぶん》四年（一五三五）の生まれの惟新斎は、この時、八十一歳。家康が天文十一年の生まれであるから、七歳も年長で、この時代では、例外的な長命であった。

六郎太は東ノ丸の東南の角部屋に着くと、苦無《くない》で雨戸を外しに懸かった。館内から鋭い声が飛んだのは、その瞬間である。

「それへ参ったは、何奴《なにやつ》じゃ！　何をしに忍んで参った！　余の首級でも狙《ねろ》うてか！」

さすがに惟新斎は、稀代《きだい》の名将。ことりとも音を立てなかったにも拘《かか》わらず、敏感に六郎太の気配を感じ取って起き出したのである。

惟新斎が三尺有余の豪刀を手に現れたのを見て、六郎太は即座に平伏して応《こた》えた。

「某、真田左衛門佐が手の忍びにて、望月六郎太と申しまする。左衛門佐の指図《さしず》を受け、右府様と明石掃部様の身辺警護を仰《おお》せつかり、惟新斎様にお目通りをば願いたく、他人目《ひとめ》を避けて、このように参上いたしましてござります」

六郎太の平伏に合わせて、掃部がその場に平伏した。秀頼もすでに平伏など習い性となっている。

「何だと、右府様が徳川の包囲陣を抜けて、この薩摩まで落ち延びてこられた、と……おう、そこにおられたか。これは、これは、紛れもなく右府様じゃ。まずはお顔を上げて下さりませ」

そう言って惟新斎は秀頼をまじまじと見つめる。

「大坂時代からお目通りを得ているので存じておる。が、その頃より精悍《せいかん》なお顔になられたは、ここまでの旅の苦労ゆえかな。ははは。いやご無礼。それにしてもめでたい。掃部殿も、ご健勝のようで何より」

夏の陣の情報から、秀頼は死んだものと信じていたのであろう。さすがの惟新斎も驚きを隠せずにいる。

「よくまあ、この加治木まで。しかし、窮鳥懐《ふところ》に入れば猟師も敢《あ》えて撃たずともいう。ましてや、故太閤《たいこう》様がお子じゃ。よくまあ……」

惟新斎は、それきり、しばし黙り込み、瞑目《めいもく》した。

隠居した惟新斎には、島津家を確実に動かせるだけの絶対的な権力はない。息子の家久の協力を取り付ける以外に手はないが、家久は、かつて宇喜多秀家を匿うことを拒み、徳川に差し出した男である。

家久が秀頼保護を拒めば、希望は消え失《う》せる。秀頼の庇護《ひご》を家久に頼めば、もう後戻り不可能な状態になる。惟新斎は、そこまで思いを巡らせていたであろう。

しばしの間を置き、ようやく惟新斎は心が決まったように目を開けた。

「右府様、よくぞ、この老人を頼って参られました。決して右府様に悪いようには致しませぬ故《ゆえ》、安心してお過ごしくださりませ。まずは、お上がりくださりませ」

惟新斎は秀頼主従を館内に案内して上へと招いた。

「いや、身共は、今や一介の素牢人にて、亡父の名を受け、藤吉郎と自ら名乗っておりまする。どうかその、右府様の呼び方はお止《や》めくだされ、惟新斎殿。藤吉郎と呼び捨てくださるのが、今の最も相応しき扱いにござる」

「殊勝なお心がけにござる。それでは、藤吉郎様、と申し上げることにいたしましょう。直ちに倅《せがれ》の大隅（家久）めに申しつけ、藤吉郎様の居館として相応しい館を用意させまする。それが整うまでは、どうか、この加治木館で、気兼ねなくお過ごしくださりませ」

惟新斎が倅と呼ぶ家久は、惟新斎の三男で、天正四年（一五七六）の生まれ、この時、三十八歳であった。文禄《ぶんろく》慶長の役では惟新斎と共に出陣し、島津軍の苛烈《かれつ》な戦《いく》さぶりを朝鮮や明国にまで轟《とどろ》かせている。

更に、関ヶ原合戦の二年後には家督を継いで大隅守となり、六年前の慶長十四年（一六〇九）には琉球に出兵して征伐、薩摩の事実上の属領とすることに成功した。ひたすら薩摩を天下の強国とすることに腐心している人物で、琉球征伐に先立つ、慶長六年、家久は鶴丸城《つるまる》の築城に着手していた。

この時に家久と惟新斎は、築城場所の選定で対立したという。

惟新斎は防衛上の観点から、島津家第七代の元久《もとひさ》以来、八代に亘《わた》って島津氏が本拠とした清水城を改築して本城とすることを主張した。

惟新斎は、関ヶ原合戦で西軍についた。その後は、西軍諸将が取り潰《つぶ》されたり大幅減封に遭遇したことから、いずれは徳川軍が薩摩まで攻め寄せる危険性を十分に感じ取っていた。戦時の防備を重視した本格的山城の築城を急務と考えたのは、このためである。

それに対し、家久の志は、あくまで海の外にあった。琉球征伐を敢行した行動にも家久の発想が如実《にょじつ》に窺《うかが》える。

家久は海外雄飛を狙った新時代には、むしろ海岸に近い要衝に城を築き、その付近に家臣や町人を住まわせる城下町を造ることこそ肝要と考えた。そこで選ばれた場所が、桜島の西の対岸の錦江湾《きんこうわん》を見下ろす地点であった。

家久は家督を継ぐや、惟新斎の反対を押し切って鶴丸城を築城し、次いで、宇喜多秀家を徳川幕府に差し出した。家康の覚えを良くし、徳川軍が攻めてくるやも知れぬという、後顧の憂《うれ》いを断つためである。

こうした経緯を見ても、家久は父親の言いなりになる軟弱な当主ではない。島津家安泰のために秀家を突き出したくらいである。いくら惟新斎が庇《かば》うと請け合おうが、秀頼も同様に突き出す可能性は、まだ充分に考えられた。

家久に対面するまで、決して安堵は許されないだろう。

これらは薩摩に至るまでの道々、掃部から微に入り細を穿って聞かされた情報であったが、島津家を頼る以外に選択の余地がない以上、もはや運を天に任せるほかなかった。

10

家久の居住する鶴丸城から惟新斎の居住する加治木館までは、距離にして約六里。使者が馬で行き、家久が直ちに馬で進発したとしても、一刻半は要する距離である。現実には「来い」と言われても、即座に対応できるわけがない。

家久の来着は早くても半日後、あるいは明日ということも考えられる。秀頼にとっては、それまでの時間が気が遠くなるほどに長く感じられた。

だが、さすがは行動力のある当主だけに、家久が加治木館に駆けつけてきたのは、その日の夕刻であった。

「大隅。其方も、お顔だけは存じ上げておろう。右府様じゃ。今は木下藤吉郎と名乗っておられるが」

豊臣をさけて「木下」としたのは惟新斎の熟慮であろう。

にもかかわらず、秀頼を紹介された家久は、憮然《ぶぜん》とした表情で腰を下ろし、挨拶もそぞろである。ここでも秀頼が明らかに〝招かれざる客〟である事実を、家久はあからさまに態度で示した。

「大隅。窮鳥が懐に入らば猟師もこれを撃たず、という言葉もある。父は敢えて藤吉郎様をお匿い申し上げようと思うが、どうじゃ」

惟新斎の提案が、家久には気に入らないようであった。が、次の瞬間、家久の口を突いて出たのは、秀頼には思いもよらぬことであった。

「藤吉郎様をお匿い申し上げる、その見返りは、何でござろうか」

家久は、漢気《おとこぎ》や同情などでは決して動かないことが、これで分かった。島津家や薩摩大隅の両国にとっては、具体的な利益がなければ協力は不可能、と明確に意思表示したのである。

これが、惟新斎と家久の決定的な差と、秀頼は初めて理解した。

関ヶ原の合戦で敗れ、惟新斎を頼って薩摩に逃れた宇喜多秀家は、身一つで逃れたがために、何も匿いの代償として島津家に提供するものがなかったのである。

そのために家久は、あっさり秀家を見限った。

身一つという点では、秀頼も秀家と全く同じである。

落城時の大坂城内には、まだ相当な量の太閤遺金が残っていたが、黄金の一枚すら持ち出せてはいない。

大坂冬の陣の前、秀頼は全国各地の豊臣恩顧の諸大名に、麾下《きか》に馳《は》せ参じてくれるよう密使を送り、豊臣家の誠意の証《あか》しとして、高価な脇差《わきざし》などを贈った。それでも豊臣の麾下に馳せ参じた大名はただの一将もなく、中には使者を斬《き》り捨てて徳川に付く意思を表明した者さえあったと聞いている。

掃部は大坂城から大量の火薬と鉄炮《てっぽう》を運び出したらしい。が、秀頼自身は、見ていない。それに、この状況で掃部が火薬と鉄炮の件を持ち出さないところを見ると、何やら腹中に秘めているものがあるのだろう。助けてもらった身として、秀頼の一存で火薬と鉄炮について勝手に持ち出すことは慎まなければならない。

秀頼は天を仰いだ。慨嘆の溜息《ためいき》を漏らさないように懸命に歯を食い縛るのがこの場での唯一《ゆいいつ》の手段であった。

が不意に、ここで下座から声が上がった。

「大隅守様に申し上げます。某は真田左衛門佐が子飼いの忍びにて、望月六郎太でござります。某にお任せくださいますならば、この薩摩に鉄壁の忍び網を作って差し上げましょう。信州上田城は、二度に亘る徳川勢の猛攻を易々《やすやす》と凌《しの》いで撃退してのけたこと、大隅守様ならば、先刻、ご承知のはず」

家久の口元に、薄笑いが浮かんだ。

かつて真田氏の上田城は、二度に亘って徳川の大軍による攻撃を受けている。一度目は、天正十三年（一五八五）に大久保忠世、鳥居元忠、平岩親吉《ちかよし》らを将とし、一万名弱の兵力で攻撃を受けた時。この時、徳川軍は、真田軍の神出鬼没の戦さぶりに翻弄され、惨敗《ざんぱい》を喫して敗走を余儀なくされている。

二度目は、言うまでもなく、中山道を通って関ヶ原に急ぐ徳川秀忠麾下の大軍を釘付けにしたことである。

「鉄壁の忍び網？　これからの世に、何故にそのようなものが、我が薩摩に必要だと申す？」

「これはしたり。大隅守様こそ何故に忍び網が必要か、理由が十二分にお分かりのはず。薩摩の動きを虎視眈々《こしたんたん》と見守る徳川に島津家取り潰しの口実を与えぬためでございます」

「徳川が、何故に我が島津を取り潰す。我らは先年、関ヶ原の謀反人《むほんにん》・備前中納言の身柄を差し出すなど、心底から徳川に恭順を示しておる。徳川が島津を取り潰す理由は唯《ただ》の一つもない」

「さようでしょうか」

六郎太はそう言い放ってにやりと笑った。

「無礼な。一つとてこちらに非はないぞ」

「非ではございませぬ。アメにございまする」

「アメ？　なんじゃそれは」

「琉球でございますよ。例えば黒砂糖」

その言葉に、家久の表情が僅《わず》かながら動いた。秀頼は家久の変化を見て、六郎太の言葉が正鵠《せいこく》を射たものと理解した。

六郎太は胸中を見透かすような目で家久の顔を見つつ、先を続けた。

「今を去る六年前、大隅守様には琉球に出兵なされ、これを薩摩の属領となさいました。行く行く琉球は海外交易の拠点として島津家に莫大《ばくだい》な財を齎《もたら》しましょう。徳川がこれを看過すると思《おぼ》し召しでしょうか」

家久は、グッと口をへの字に結んで応えない。

いよいよもって六郎太の言葉が急所を抉《えぐ》っていると分かる。

「関ヶ原での島津軍の凄《すさ》まじい戦さぶりに、島津家の戦闘力が侮《あなど》り難いと徳川が痛感したことは火を見るより明らかでございましょう」

六郎太の語りは、淀《よど》みなく続く。

関ヶ原の後に、徳川は西軍諸大名を取り潰し、あるいは減封した。しかし、島津家は、手を触れられなかった。これは島津家の戦闘力の強さ故である。

今は見逃しても、現状では島津家に単独で天下を狙うほどの力量はない。だが、琉球を拠点とした海外交易で、島津家が今以上に財力を蓄えれば、天下を狙う企てもあながち不可能ではあるまい。

となれば、徳川家は万難を排してでも島津家を取り潰さんと考え、汚い策略を巡らせるは必定だろう。

「故に、強固な忍び網を築き上げ、徳川に海外交易で巨利を上げる事実を摑《つか》まれぬようにすることが第一に肝要かと。第二には、取り潰しの口実となる領内の仕置き不備を摑まれぬが大事でございます」

「我が領内に、仕置きの不備などは、断じてないぞ」

家久は怒ったように否定した。が、強い口調は影をひそめている。

すかさず六郎太は畳み掛けた。

「仕置きの不備などは、手練《てだ》れの忍びを送りこんで、あらぬ噂《うわさ》を流し、内部攪乱《かくらん》を起こすことによって、なんの造作も無きこと。いくらでも、その前例はございます」

関ヶ原合戦後には、大量の大名が西軍に付いた廉《かど》で、取り潰しや減封に遭っているが、それ以外にも仕置き不備を口実に、数多くの改易取り潰しが起きている。

家久は苦笑しつつ頷《うなず》いた。

「分かった、六郎太とやら。其方が、この薩摩に鉄壁の忍び網を作り上げて見せる、と豪語するほどの真の手練れの忍びであることは、国境の警備を潜《くぐ》り抜けて藤吉郎様をご案内してのけたことで信じるといたそう。では、決めた。藤吉郎様に相応しい美麗な館を建てて進ぜようぞ」

ここで、すかさず掃部は、片手を挙げて、これを遮った。

「あいや上様」

「なんじゃ」

「恐れ入りますが、そのような斟酌《しんしゃく》は、ご無用に願います。頂戴《ちょうだい》する館は、容易には人の踏み込めぬ峻険の地に建ったものがようございます。できますれば、戦国乱世以来の山城を頂戴して改築し、住居に充《あ》てたく存じまするが」

家久はしばらく思案顔になったのち、こう提案した。

「では、千々輪《ちぢわ》城ではどうじゃ。そこに、城代として、お住まいくだされ。千々輪城は、かつて懐良《かねなが》親王が、征西大将軍として薩摩に来られた折り、その一画に居館を築き、五年半に亘って滞在された。徳川家転覆を果たさんと志す藤吉郎様には、相応しい城でござりましょう」

懐良親王は後醍醐《ごだいご》天皇の皇子で、足利尊氏《あしかがたかうじ》と対立して南北朝の争乱が続いた当時の話である。それを持ち出すとは、さすがの当主である。

「結構でございます」

と掃部が即答し、話は纏《まと》まった。

11

翌日、秀頼主従は千々輪城に向かった。

桜島の噴火口から直線距離にして四里程度。黒い噴煙を巻き上げる桜島が、錦江湾の向こうに、おぼろに霞《かす》んで佇《たたず》んでいる。

間断なく火山灰を被《かぶ》るせいか、この辺りの畑の作物は、緑が薄く、薄汚れて、百姓家は数えるほどしかない。そんな貧しい畑が広がる中に、村を貫き、狭い道が九十九《つづら》折りにうねって山上の千々輪城に達していた。

高さ二十丈にも満たない低い丘を利用して造られた城である。だが、攻め難い典型的な山城であった。すぐそこに本丸が見えているのに、道は一直線には向かえず、うねうねと蛇行した幅三尺ほどの急坂を辿っていかなければならない。

この急坂を東北方向に三丈ほど登ると、ようやくそこが目指す本城で、伊勢神宮の分社が本丸防衛の櫓を兼ねて祀《まつ》られていた。伊勢神社から本城に通じる急坂は虎口である。

ここを通過すると、初めて平坦地になる。

本城の前に出ると、家久から指示を受けていたのであろう、城代が、城内の者たち全員を付き従えて出迎えた。

「禰寝《ねじめ》七郎重政《しげまさ》にございます。木下藤吉郎様には、ようこそお越しくださいました」

息を整えた秀頼は、精一杯に胸を張って、しかし、努めて鷹揚《おうよう》に答えた。

「木下藤吉郎である。以後、宜《よろ》しく頼む」

もしかすると、この禰寝という男、城代役を奪われてあらぬ反感を抱いてはおらぬだろうか。

ちらりとそんな疑いが頭を掠《かす》めたが、そういった様子は微塵《みじん》も窺えない。

後から聞くと、話は逆であった。城代を辞して中央に戻ることを喜んでいるのだというのである。


千々輪城詰めを命じられた者たちとの挨拶が済むと、秀頼主従は早速に城の全容を把握するために曲輪《くるわ》全体を見て廻った。

城は、東側から順に本城・弓場《ゆば》ヶ城・陣之尾の三区域から成り、東端から陣之尾の西端まで、およそ二町。他の城ならば本丸の部分に相当する本城は、地形を利用して、上下に二段の構造になっていた。

上段の建物が建っている箇所が、東西が約二十二間強、南北が約十一間強の、整然とした方形台地である。その東西北の三方向は崖であった。

高さ五尺から七尺、幅一間強の土塁が構築されている。東北端の隅は、幅八間二尺で外側に突き出しており、見張り櫓を兼ねた守護神の愛宕《あたご》神社が祀られていた。

秀頼は、虎口を登らずに、本城上段の下を巡るようにして歩いた。

本城の下段と上段の間は五丈から七丈の急峻な崖になっており、ほとんど登ることは不可能と分かった。露出した岩肌には、足掛かりになる突起が存在せず、楔《くさび》などを打ち込みながら登るには、岩盤が堅すぎる。虎口を抜ける以外に、本城に入る経路は存在しない。

本城と弓場ヶ城の間には深い天然の浸蝕谷《しんしょくこく》が切れ込んで通行を妨害しており、僅かに、狭隘《きょうあい》な尾根状の、幅三尺ほどの道で繋《つな》がっていた。

つまり弓場ヶ城が西側の台地方面からの攻撃に対する防御線で、陣之尾がその前楯《まえたて》にあたり、幅約五間半、深さ三尋《ひろ》（五・四メートル）、長さ一町の空堀がぐるりと回され、隣接台地と隔絶した構造になっているのである。空堀の向こうには、青々と常緑の樹木が茂った薩摩半島の丘陵地帯がどこまでも続いていた。樹林を隠れ蓑《みの》にすれば気取られずに千々輪城に接近することは可能だが、空堀に遮られ、攻めかかるのは容易ではない。

秀頼が、そんな地形を見取っていると、六郎太が口を開いた。

「上様。この千々輪城は、忍びの訓練にはもってこいでございまするな。この城を鍛錬の場とすれば、島津家の上下士を如何様《いかよう》にでも凄腕《すごうで》の忍びに仕立て上げられましょう」

「そうか、それはよかった。島津家に恩を売らねば、こちらは肩身が狭くなるでな。

大いに凄腕の忍びを仕立てあげよ。とは申せ、あまり島津ばかりを強くしてはいかんぞ」

「と申されますと」

「それでは、余が天下を奪い返すことができぬようになるではないか」

と言って大笑した。実に久しぶりの笑い声である。

「なるほど、それもそうでございますな」

「ほどほど、ほどほど。我が父・太閤は、そのあまりの豪毅《ごうき》さゆえ、物を与えることの鷹揚さが過ぎたらしい。三成に、くどいように言われていたそうじゃ。部下に恩賞を当てる時は、いつも、目方を量って、その量を手加減なさらねばなりませぬ、ほどほどに、ほどほどにと。我々も、とことこに及んでは、自今それでいこうぞ。そちも、できれば、余のために、薩摩同様、いや島津以上に、余に直属する軍師、剣士などの養成に、より多くをと心かけてくれぬかな」

「心得ましてございまする」

「しかと、頼んだぞ。ただし、家久にはゆめゆめ気づかれぬようにな」

秀頼は、再び笑いながら、ふっと、今は遠い記憶でしかない、あの赤備えの真田軍団の最期《さいご》の光景を、万感の思いで思い起こすのだった。

（会いたい、信繁に……、あの男こそ、余の無二の忠臣であったのだ）

こうして、薩摩千々輪城における秀頼の、気の遠くなるような雌伏の時代が始まることになったのである。

第二部　女剣士の行方

1

寛永元年（一六二四）七月中旬（陽暦九月初旬）、若き女剣士・小笛《こぶえ》と真田《さなだ》忍者小《こ》猿《ざる》の二人は、信濃《しなの》川中島の配流地《はいるち》で無念のうちに自刃《じじん》した福島正則《ふくしままさのり》（四万五千石、六十四歳）の荼毘《だび》（火葬）を見送った。

その後、遺骨が地元高井野村の厳松院に無事に納められるのを見届けると、そっと、この地を後にした。

入れ替わるようにして江戸から駆けつけたのは幕府の検視役一行である。

その中には、宇都宮城で死闘を演じた相手の柳生宗矩《やぎゅうむねのり》とその子息十兵衛《じゅうべえ》が忍んでいた。しかし、なぜか正則の急死については一切質《ただ》さず、小笛たち二人の姿が消えたことについても、見て見ぬ振り。そのままでやり過ごしたのである。

下手に追及して「宇都宮城事件」と正則の関係が露見すれば、これに関与した柳生一族の陰の活動と、惨敗《ざんぱい》に終わった企《たくら》みが明るみにでる。

それを恐れたのであった。

それからおよそ一カ月後。

小笛と小猿の二人は、ようやく薩摩に姿を現した。

手間取ったのは、できるだけ徳川方の監視の厳しい瀬戸内の海路を避けたためである。陸路についても、途中、幕府の伊賀者に足跡を追われることのないよう、和歌山の雑賀崎《さいかざき》から淡路島を経て四国阿波の撫養《むや》に渡るという迂回路《うかいろ》をとった。

さらにその先は、吉野川を源流まで辿《たど》り石鎚山《いしづちさん》、青滝山、打越山、神南山《かんなんざん》……と稜線《りょうせん》を踏破。佐田岬から豊後水道を渡って佐賀関に達した。

九州に入ってからも用心には怠りなかった。

博多からは僧衣に替えて船で対馬《つしま》に渡り、さらに天草から長島を経て薩摩入り。その後は、辺りに気を配りながら阿久根、川内《せんだい》、串木野、日置を慎重に通過した。

目指すは、谷山の地に建つ千々輪《ちぢわ》城。

そこに豊臣秀頼《ひでより》公が、今なおご健在でおられる——その諜報《ちょうほう》は、小猿の朋輩《ほうばい》・望月《もちづき》六郎太《ろくろうた》の配下、名張の才助を通じ、途上の名だたる神社の社殿裏に張られた真田一族間の符牒《ふちょう》で知らされてきた。

その点の抜かりはなく、また迷いもなかった。

（問題は、この密書よ）

小笛は、そのふくよかな白い胸を、時々、ぐっと抑えつけるようにして確かめる。

そこには、死の寸前、福島正則から託された徳川家康の「秀頼の身命安堵《あんど》」を誓った約定書がある。油紙に包み、しっかりと肌身に巻き付けていた。

この密書が、実は偽書であるという事実も小笛は承知している。

正則の叔父・福島丹波（広島城の前城代家老）が、甥《おい》の正則と家康との間に交わした口頭の約定を、江戸に戻ってから改めて文書とする——この約束の実行を家康が怠ったことに憤《いきどお》り、巧みに偽造した代物《しろもの》である。

しかし、この密書の存在をめぐっては、噂《うわさ》が噂を呼び、争奪戦が繰り返されてきた。

つまり、すでに単なる偽書ではなくなっているのだ。事実、小笛の師・富田重政《とだしげまさ》も、その争奪と真偽確認の旅に加わった一人である。

結果として正則の暗殺集団の首魁《しゅかい》・丸目《まるめ》蔵人佐《くらんどのすけ》に戦いを挑む形となり、重政は、相討ちして果てていた。

この密書には、そんな幾多の人々の怨念《おんねん》がこもっている。

これからも、徳川の世への呪詛《じゅそ》を抱く人達にとっては、家康の「打倒豊臣」を巡る大嘘《おおうそ》を暴《あば》く最大の決め手。更に進んでは、幕府転覆を謀《はか》る者の有力な切り札となろう。

（これを、秀頼様に、なんと説明申し上げて、お渡ししたものか）

そこまでの細部の指示は、福島の殿様からも頂戴《ちょうだい》してこなかった。

聞いたのは、宇都宮城の天井崩落計画に失敗し、失意の中で、ともに過ごした小さな砦《とりで》同然の城中。その、ごく短い期間に、時に、愚痴るように、そして時に訴えるように、一人つぶやいていた正則の独白である。

多分、その時の〈幻の話し相手〉は、二枚舌使いの家康だったに違いない。

そこからの類推でしかない。ましてや、ここ薩摩では、事前に相談すべき相手はいなかった。

だが、しかし――、

正則や師匠が命を懸けた想《おも》いを、小笛は、ずしりと胸のうちに重く受け止めていた。

（秀頼様とて、徒《あだ》やおろそかには、これをお渡しできない。まして、偽書だということまで秀頼様に申し上げてよいものやら……）

小笛の胸中は、なお複雑に揺れていた。

谷山に着くと、緩やかな山道を一気に駆け上った。

急に目の前が拓《ひら》けた。

一面の畑地である。そこに二人の農夫が鍬《くわ》を振るっている姿が望見できた。

一人は、初老の、がっちりした体格の中肉中背の男。振るう鍬の動きにぶれというものがない。

もう一人は、顔の大きな、見上げるような巨漢。こちらはというと、鍬を振るう腕と腰の動きがどうも合致していない様子である。

と――、
小猿が、突然手を大きく振って、この二人に呼び掛けたのである。

「おお〜い、藤吉郎様〜、六郎太〜」

藤吉郎様とはいったい誰のことか。小笛は思わず立ち止まった。

その声に巨漢が手を止め、腰を伸ばして振り向いた。

日焼けして顔も手も真っ黒。頬は土汚れしているようだ。

だが、おやっと思うほど目鼻立ちの整った、涼しげな美丈夫である。一目で只者《ただもの》でない気品があった。

（まさか！ このお方が、あの大坂城の主・右府様で？）

嘘だろう。いくらなんでも、こんなところで、しかも百姓仕事など、なさるわけがない。

そんなことはあり得ないと思いながらも、小笛は、しばし、うっとりとその精悍《せいかん》な巨漢の顔に見惚《みと》れるのだった。

「なんだ、小猿ではないか。やっと来たか。待ったぞ待ったぞ」

もう一人の初老の男——が、額の汗を拭《ぬぐ》いながら、からかうように小猿を見た。

「お〜い、六郎太。元気にしとったかや？」

小猿が呼び返すと、六郎太と呼ばれた男は耳に手を当てて首を傾《かし》げた。

「おお〜な、ちいっと耳が遠くなったが、この通り、まだまだ元気じゃい。忍びの技にはいささか支障があるが、こげな野良《のら》仕事なら、何の不自由もないわい。そこらの、やわな百姓には負けぬで」

男は二の腕に力瘤《ちからこぶ》を作って見せる。

しかし、小笛の方には関心がないらしい。ちらりと見て、一度、軽く頭を下げただけ。

隣にいる巨漢を、小笛に引き合わせようともしない。

小笛は、所在ないまま、辺りの畑を見回してみた。

桜島が目の前に迫っている。そのせいか、土地は、見るからに火山灰が多く、白っぽく痩《や》せて見えた。これでは米も野菜もろくに穫《と》れないだろう。実際、この辺りに水田は見当たらず、畑には作物がない。枯れたような細いネギの株が点々と見えるばかりである。

それでも、二人の農夫は、せっせと畑を耕している。

（なんのためだろう？）

小笛は不審に思い、思い切って訊《たず》ねてみた。

「お伺いしたい。お二人とも、鍬を振るって耕しておいでのようだが、いったいこれからの秋冬場に向かって何を植えられるので？」

すると、六郎太が、やおら腰を伸ばした。

「しまでこん（桜島大根）だ」

今度は最初のようなそっけない態度ではなかった。しみじみとした優しげな声。

どうやら人見知りするらしい。一旦《いったん》気持ちがほぐれると、能弁になるのだろうか。

「……今、種を蒔《ま》くと、年末から年明けにかけて収穫できるのだ。とうてい大根とは思えぬ途轍《とてつ》もなく大きくなるうまい大根じゃ。太さが一尺五寸前後、重さは八貫目にもなる。その種蒔きのための畝《うね》を二人して作っておったところじゃ」

小笛は嬉《うれ》しくなった。

「お教え、有り難うございます。そんなに大きく育つのですか。この地元の大根は」

「なにしろ米に代わる天の恵みじゃでな」

「それでは、大根どころか、大大根様ではありませぬか」

そんなたわいのないことまで口にした。

「ははは、大大根様は、よか。嬉しいことを申す剣士様じゃな。まあ、それはともかくとして、遠路はるばるで、さぞ疲れたであろう。早速だが、これより千々輪城に案内仕《つかまつ》る。それ、あそこが、そうじゃ」

と、六郎太は、西に聳《そび》える、鬱蒼《うっそう》と雑木の茂る小高い山を指差した。

2

この後、千々輪城に通じる畦道《あぜみち》を、小笛は、もう一人の巨漢の男と並んで歩くことになった。六郎太と小猿が、それまでの積もる話に夢中になって、我を忘れていたせいもある。

小笛にとって、男と並んで歩くのは格別なことでも何でもない。

だが、五尺二寸そこそこの自分と、五寸以上も上背の違う、しかも貴公子然とした男と歩くのは、いささか勝手が違った。

最初は緊張気味だった。だが、少しずつ気持ちがほぐれると、むしろ並んで歩ける嬉しさに、はしたないとは思いながらも、心が浮き立つのを感じてしまうのだった。

なぜなのか自分でも不思議である。

傍を流れる小川を見ると、巨漢は、それを、ふと指さした。

「見よ、この清らかな流れを。これは福元川と言うのだが、いずれ木之下川と名前を変えたいと思うておる」

「何故《なにゆえ》でございます？」

「美しいものはすべて余の色に染めたい。男の勝手かも知れぬがな」

かすかに微笑が浮かんで消えた。

「で、木之下とは」

「余の家系の最初の姓だと亡《な》き父から聞いておる」

「余」という言葉が、ごく自然に、すんなりと口から出た。

やはり右府様だったのか――という、ほっとした気持ちと同時に、小笛は、身体《からだ》にじんとくる、なにか不思議な感覚に圧倒された。

これまで幾多の背の高い男剣士と言葉を交わし、命の取り合いになるような試合までしてきたが、こんな震えるような、しびれるような感覚は初めてだった。

巨漢は、なお続けた。

「六郎太が申すように、ここはほとんど米が穫れぬ。だが、それを別とすれば、大根の出来具合の見事さといい、陽気の良さといい、余は、この白い土地が妙に気に入っている。むしろ良い土地だとさえ思う。もっとも他の土地の、米どころの黒い土くれには、これまで触れたことがないので、余の勝手な思い入れ、思いこみかもしれぬ。そちはどう思う」

「さて、拙者、まだ御地に参ってから、土に触れておりませぬ。他所《よそ》の土くれも全く知りませぬので、なんとも」

土は、試合前に、滑らぬようにと踏みつけるだけのもの。それが習い性になっている。それに、使い慣れているはずの「拙者」という言葉に、何故か、初めて羞恥《しゅうち》が走った。

身体のどこかで、男装する自分が自然に反するものと感じ始めているのかも知れない。

「では、試しに、触れてみるがよかろう」

巨漢は、背をかがめると、周囲の土を一握り摑《つか》んで、

「それ、握ってみよ」と、小笛に手渡した。

「では頂戴いたします」と答えて握った土は、不思議に温かかった。

小笛は、手の土を頰に当ててその温みをしばし楽しんだ。

「頂戴いたしますとは、ははは、たかが土塊《つちくれ》の一かけらを、大げさな。しかし、その、たかが土塊のひとかけらにも、頂戴いたしますという、そなたの大地に対する感謝の気持ちが嬉しい。そういえば、そんな自然への畏《い》敬《けい》の気持ちこそが、この世で大事なことなのだと、余は、ここにきて初めて教えられた。誰にだと思う？」

「さて一向に……」

「明石《あかし》掃部《かもん》と申す切支丹よ。しかし、薩摩は切支丹嫌いの国故、その身を隠し、ごくありふれた武士姿をしてはおるがの」

「切支丹？　名前だけは聞いたことがあります。しかし、これまで、恥ずかしながら剣の道のみ、それも命のやりとりの場だけに生きてまいりました拙者、それ以上の切

支丹の教えなどは、とんと存知ませぬ。ご勘弁を」

「いや、そういう余も似たようなものじゃよ」

「ご謙遜《けんそん》を——」

「いや本当じゃ、しかし、疑念もある」

「疑念と仰《おお》せられまするど」

「切支丹の教義への疑問じゃ。掃部は時々、余の所に忍んでやってきては、あれこれと切支丹の教義を余に教え込もうとする。だが、難しいというか、理解に苦しむところが多いので困っておる」

「どういうところでございましょうか」

「たとえばこの世の始まりのこと、生娘が神の恩寵《おんちょう》とやらで子を懐胎したこと等々じゃが。いや、その前に、もしその説く所の切支丹の教えだけが正しいとするなら、仏教徒として自害した我が母はどうなる。間違った信仰をしていたことになるではないか。もしそうなら気の毒でならん仕儀じゃ。また、この国の神道《しんとう》信者であった我が父も、それでは浮かばれまい。人は、おのがじし己れの信ずる神を持ってなんで悪いのだ。それでもよいではないか、と反論すると、それこそが悪魔の誘惑だと、色をなして申すのだ」

「悪魔ってなんでございますか」

「そうか、悪魔まで説明せねばならぬな。そうなると、それ以上の話はこみ入ってくるので、続きはいずれ後のことといたそう。余の住まう千々輪城はすぐ目の前じゃしな」

「はい、ではよろしくお願いいたします」

城の門前だった。

そこには、白髪混じりとなった総髪を無造作に結わえ背中に垂らした、眼光の鋭い侍が佇《たたず》み、じっとこちらを見ていた。

微塵《みじん》の隙《すき》もない姿である。

「上様。この者たちは？」

そう問う間も不審気に見る気配だ。

六郎太が、ここで進み出て、小笛と小猿を引き合わせると、侍は渋面を作って叫んだ。

「おいが、こん城の警備ばしとる、東郷藤兵衛《とうごうとうべえ》でござりもす」

「東郷藤兵衛様と申されますと……もしや、あの示現《じげん》流御宗家の？」

小笛が代わって興味津々《しんしん》に訊ねた。

「左様にごわす」

藤兵衛は、何者だ貴様はとでも言いたげに小笛を露骨に睨《にら》む。

東郷藤兵衛重位《ちゅうい》。

永禄《えいろく》四年（一五六一）の生まれで、この時、還暦を過ぎた六十四歳。

藤兵衛によって、タイ捨流が薩摩から撤退を余儀なくされたと言われる「薩摩の必殺剣」として、示現流の名は、中央にまでその名が轟《とどろ》いていた。

もちろん小笛も、これを熟知しての問いである。

藤兵衛の目線を読んで小猿が、さらに、

「これなる小笛殿は〝名人越後《えちご》〟様の晩年の一番弟子」

と告げた。すると藤兵衛の不審の眼差《まなざ》しは却《かえ》って強くなり、胡乱気《うろんげ》に小笛を、まるで舐《な》めるように見据えた。

「この方が、タイ捨流の丸目蔵人佐先生と互角に戦うた……という小猿どんの話は、ちいっと信用できもはんがのぅ……。おいも元々は、タイ捨流ば学んでおりもした。だから判《わか》る。丸目先生は、おいが戦っても、到底、勝てるとは思えんほどの相手じゃ。それが、こげな、おなごのような優男に……」

藤兵衛は率直である。納得できなければ主君すら叱《しか》りつけたとも伝え聞く。

小猿が少し不快そうに着物の中に手を突っ込んで胸を掻《か》いた。まるで猿そのものに見えたので、小笛は思わず口元を隠して苦笑した。

すると、藤兵衛は、自分が侮蔑《ぶべつ》されたとでも思ったのか、ぎらりと冷たい視線を小笛に投げかけた。

横にいた秀頼が少し慌《あわ》てて、

「まあ、待て。藤兵衛がそう思うのも無理はない。だが、この女性《にょしょう》のごとき御方や小猿が嘘をついているとも思えぬのだ。そもそも、誇れるほどの武芸の腕がなくば、徳川の詮議《せんぎ》の厳しい中、無事にこの薩摩に辿り着くことさえ、できまいが」

と押しとどめた。

「それは解《わか》りもす。しかし上様。も一つ、その証《あか》しを固めるためにも、おいと、この御方との試合ば、許してつかわさりませ」

突然、藤兵衛が秀頼に頭を下げて頼み込んだ。この場を丸く収めるつもりで言った秀頼の言葉が、逆に藤兵衛の自尊心を傷つけたのかもしれない。

「藤兵衛、それはいかん。いやしくも余の客人ぞ」

だが、いったん言い出すと云《い》うことを聞かないらしい。

「いや、万が一にも、この御方が、身分を偽った、徳川の間者であるとしたらなんとなされまする。御身の一大事。千々輪城の警備を仰せつかっておる、おいの手落ちとなりもす。真実ば確かめるには、おいが立ち合うてみるしかなか！」

藤兵衛の唯一《ゆいいつ》の欠点が、こうした直情径行なところなのであろう。一度、こうと思い込むと、他人の助言など耳に入らなくなる性格と見える。

秀頼は、心底、困った顔で腕組みして考え込んだ。すると、藤兵衛の頑迷さに堪忍《かんにん》袋《ぶくろ》の緒が切れたと言わんばかりに、小猿がわめいた。

「やいやい、示現流が何ほどのものかは知らんが、小笛様の腕は本物じゃぞい！」

こうなっては、さらに引っ込みがつかない。

小笛は進み出た。

「承知しました、藤兵衛様。貴殿との立ち合い、お請け仕ります」

こうしてひょんなことから、その翌早朝に、小笛と藤兵衛の試合が実現することになったのである。その場所も、何と千々輪城本丸西側の伊勢神宮分社の境内である。

3

この地の伊勢神宮分社の規模は、本社の神域とは比ぶべくもない。が、当時、百坪ほどの境内を有し、小人数の立ち合いの場としては充分であった。

秀頼は本殿の階《きざはし》に腰掛け、左右に六郎太、小猿、その他、島津家から派遣された侍たち二十人ほどが居並び、まさに急造の〝御前試合〞となった。

試合に用いる得物は、鹿子《かご》の木の棒を木剣代わりに遣うことと、これは前日のうちに決定した。

藤兵衛は四尺ほどの長棒を執り、小笛は二尺くらいの短い棒を二本。ごくごく自然な態度で執った。

「ほう、左右ともに同じ長さの小太刀を使う二刀流か？　珍しいの」

藤兵衛は興味を引かれたのか、何度も小笛の細腕に目をやった。

確かに〝名人越後〞こと富田重政は、小太刀の名手として名高かったが、まさか小猿の〝名人越後の晩年の一番弟子〞の言葉が真実とは、この場におよんでも、なお信じていなかったのであろう。

しかし、構えに入って、初めて驚いたようだ。

（うぬっ？　この優男……、棒を持った途端に別人になりおったわ……）

藤兵衛は、ここで本気になった。

遠く七間の間合をとって、鹿子の棒をトンボの構えに入った。

対する小笛は、左右の手に棒を逆手に持って垂らしている。

棒は腕に隠れている。藤兵衛からは、無手で突っ立っているようにしか見えない。

（これは……なんという構えだ？）

藤兵衛は一瞬、躊躇《ちゅうちょ》したかにみえた。が、邪念を払い、猿叫《えんきょう》と呼ばれる猿の雄叫《おたけ》びに似た気合を発し、いきなり小刻みに疾駆した。

（ままよ、このまま）

示現流剣術の骨子は「一の太刀を疑わず、二の太刀は負けと思え」という教えにある。

（全身全霊を初太刀に込めるのだ！）

この試合を、秀頼は、最初は、瞬《まばた》きもせずに見守っていた。

「ちぇぇぇ〜いいっ！」

鼓膜が破れるような藤兵衛の凄《すさ》まじい絶叫。

これと共に、電光の一撃が小笛の頭蓋《ずがい》を砕いた……かに見えた。

武術に暗い秀頼は、思わず、ここで目をつぶってしまった。

だが――、

「参った……」

なんと土煙の中から最初に上がったのは、しゃがれた男の声。続いて、

「おいの、負けでごわす」

藤兵衛が、力なくつぶやいたのである。

見ると、棒を振り切った形の藤兵衛の両腕と、その喉元《のどもと》には、小笛の逆手に握ったままの短棒二本。ぴたりと、吸い付くように突き付けられていた。

藤兵衛の凄まじい長棒攻撃を躱《かわ》し、その手元を軽く、しかし、びしりと抑えながら、他方で喉元に突きを入れるという二点同時攻撃を、小笛は難なくやってのけたのである。

神業と月並みな表現で呼ぶのも陳腐に思えるような超神速の技だった。

「富田越後守様に学ばれたこと、その晩年の一番弟子であられたこと、もはや兎《うさぎ》の毛ほどの疑いも申しませぬ。流石《さすが》じゃ。おいの剣は、まだまだと知りもうした。小笛殿、昨日までの御無礼、どうぞ、ひらにお許しくだされ」

藤兵衛が正直に頭を下げる。

「いいえ、藤兵衛様の剣の速さ、聞きしに勝るものでございました。どうぞ、今後は

お教えを賜りたく」

「何と、お心の広い……」

藤兵衛は、その両眼に涙まで浮かべている。悔しさではなく、感動からだったのだろう。根は、南国育ちの純情な男なのだ。

秀頼も感嘆しきりだった。

天下一の剣客と頼もしく思ってきた藤兵衛を、あっさりと破ったのが、まだ二十歳にもならぬ年若い男であったという事実。それと、その心根の美しさに心打たれたのである。

この後、千々輪城中の小笛を見る眼が一変した。

特に秀頼である。

4

数日後のことである。

小笛は、城中・本丸の秀頼の居室に招かれた。

広さ二十畳ほどの小さな素朴な部屋だが、城内唯一の畳敷きである。

控えたのは、小姓二人と六郎太、この他に薩摩藩から派遣された側近が十人ほど。

ここで、

「小笛殿。頼みがある」

秀頼がじきじきに切り出した。

ぴんと張った、なにか思い詰めたような声だった。

「はい、なんなりと」

「どうか、このまま、ずっとこの城に留まってはくれぬか。頼む、このとおりじゃ」

秀頼は懇願し、なんと小笛の前に頭まで下げてくるではないか。

これには小笛のほうが、かえって面食らった。なにしろ相手は先の右府様。つい数年前には天下人だったお方である。

なのに、この腰の低さはなんだろう。

十年足らずの苦労で、人はこうまで変わるものなのだろうか。

「もったいのうございます。もとより、そのつもりで、こちらに参りましたが……」

答えながら小笛は顔まで火照《ほて》ってきた。

「そして、できれば、余の身辺警護も頼みたいが」

「申すまでもございませぬ」

「そうか、それを聞いて安堵した。だが、も一つ、これは、ごく内密に訊ねたきことがあるのだが、それもよいかな」

「なんなりと」

「しかし、それは、余人をまじえず、余とそなたの二人だけの場でとしたい。されば、ご一同、席を外してくれぬか」

秀頼がそう命じると、直ちに、小姓と薩摩の武士、そして六郎太は、無言で席を辞した。

やがて二人だけの無人となった。

「近う」

秀頼は、にこやかに云った。

小笛が、にじり寄る。

「さらに近う、もそっと近う。内密ゆえな」

秀頼に再度云われ、小笛は、なお、もう一間ほど近寄り、そこで平伏した。

これ以上は近づき難い。

なんとなく、まだ怖かった。

「訊ねたきこととは、他でもない」

今度は秀頼の方が、脇息《きょうそく》を脇《わき》にどけて、にじり寄ろうとする。

「此度《こたび》、余が警護の手薄の折りに、そなたのような頼もしき護衛の若者に恵まれたこと、こころから嬉しく思う」

「はい、そう仰《おっしゃ》っていただけると、ふつつか者ではございますが拙者も嬉しうございます」

「だがな……」

秀頼は、ここで一息いれて、じっと小笛を見つめた。

眼光がこれまでより急に鋭くなった気がした。

「六郎太にも先日訊ねたことだが、そなたの此度の薩摩下り、実は、信州の真田一族からの正式の要請ではないそうじゃな。推挙の手紙もない」

小笛は虚を突かれる思いだった。そうか、そうだった。そこまでは気づかなかった。が、もう遅い。

「それに、そなたは、信州の真田の郷からではなく、余の知らぬ、もそっと別の所から、小猿という男と連れだって出て参ったと聞く。その辺の事情と経緯を知りたいのじゃ」

柔らかい言い回しだが、疑惑の核心を突いた言葉だった。

この問答を予期していなかった小笛も迂闊《うかつ》だった。途方に暮れて身を縮めているほかない。

「もしかすると、余の大坂脱出後の窮状を知る真田以外の誰かの頼みで、こちらに参られたのかな。であれば、正直に申してくれぬか。礼の一つも秘《ひそ》かに云わねばならぬ。ともかく、これはあくまで念のためだ。それ以上の他意はない」

「はい、それが……」

「これでも答えに躊躇するところを見ると、なにか明かせぬような事情でもあるのかな」

「いえ決してそのようなことは……」

「ないか、それも。困ったな」

と、云いながらも、秀頼の顔には、別にそれほど困った様子がない。目まで優しくなった。これまた不思議だった。

やがて、秀頼の扇が音を立てて閉じられた。

「では仕方がない。余のほうから正直に疑念のもとを申すがよいか」

「なんなりと」

小笛は、覚悟した。

「そうか。では云う。実はな——、この数日の間のそなたの部屋付きの侍女から、そなたのことで異な話を聞き及んだのでな」

「えっ、そこまで拙者の身辺を、お探りでございましたか」

しかし、それに気づかぬは武術家の恥でもある。

「許せ。つい長い間、大坂城のような、敵味方のいずれとも判らぬ者どもがうようよしている魑魅魍魎《ちみもうりょう》の城に住まっていたゆえかな。あれから何年もたつのに、今もって人を信じられぬ人間になってしもうたのじゃ。自分ながら、これはいかぬことだと思いながら、ついな」

「それを聞いて、小笛、悲しうございます」

「悪かった。わびる。これこの通りじゃ」

また頭を下げようとする。

小笛は慌てた。

「わびるなど、滅相もありませぬ。上様。どうぞ、おつむをお上げくださいませ。しかし、拙者、上様をお守りしたい一心で、こちらに参りました。邪心など毛頭ありませぬ。その拙者に異な話とは、一体、なんでござりましょうや」

「では申す。そなたは、この数日、毎夜、床に就く前に、胸から外して、大事そうに伏し拝んでから枕《まくら》の下に忍ばせる書状のようなものを持参しておるそうじゃな」

「あっ、あれでございますか」

不意を突かれた恰好《かっこう》だった。

「最初は、神仏のお札か、経本か、あるいは切支丹ならクルス、祈禱書《きとうしょ》などかなと、その侍女は思うたそうな。だが、それなら、夜は、部屋の床の間にでも安置しよう。わざわざ、枕の下に隠し置くのは、万が一にも、誰にも、その内容を見られたくないものゆえではないか。いや、余に関係ない書状なら、正直に云ってくれ。余も知らぬこととして、このままにしておく故な。しかし、余にかかわる書状ならば、何事でも教えて欲しい。そなたの武術の腕のことは、しかと見た。が、それ以外の、そなたのことは何一つ知らぬのだ。それでは余の心が落ち着かぬ。それに男としてもな」

「男としても……、と仰せられますと」

「そなたが、もしや女の身では……とは当初から薄々疑っていたことだ。それがこの侍女による探索の始まりじゃった。ところが、その確証を得る前に、そなたの胸から外す書状の話となったというわけよ。それでは、いっそのこと、余から直截《ちょくせつ》に小笛殿に訊ねてみようと思うたまでのことじゃが」

そこまで言われて小笛は観念した。というより、むしろ、いい機会だ、ここで密書の秘密を語ろうと思い直したのである。

だが、その秘密も半分まで――、
偽書ということまでは、まだ云うまい。

「では、お許しを得て、その書状のことを、お話し申し上げます。その前に、その書面、拙者の肌身に付けておりますれば、取り出すために、お見苦しくないように、どこぞの小部屋を、お借りできませぬか」

「おお、おう、そうじゃったな。迂闊だったわい。余の後ろの廊下の奥にある遺緒所《いしょどころ》（城主の衣装の管理所）を使うがよかろう」

「では、そういうことで、しばし、お待ちくださりませ。しかし、その間、お一人では危のうございますゆえ、一時、信頼のおける、例の小猿を拙者の代わりに呼びますが、よろしうございますか」

「そうか、そうしてくれるか、頼む」

「では」

小笛は、素早く腰の龍笛《りゅうてき》を取り出し、その端を口に当てて、一吹き。音は発しない。いや発しているのだが、通常人の耳には聞こえない。

それは、忍びの小猿の耳にだけ達する不思議な合図であった。

こうして、小猿を招いて交代し、一旦この場を引き下がると、小笛は、教えられた遺緒所の分厚い黒漆の引き戸の前に立った。

しかし、引き戸を開く前に、斜めに身を構えながら、小笛は小さく叫んだ。

「そこにいるのは誰？……、まさか、小猿」

内部からかすかな人の動く気配がして、やがて、「へい」という小猿の間延びした答えが返ってきた。

「なにをしている。上様の守護はどうしたのじゃ」

「やっておりますだ」

「やっております？　というと、そこにいるのは」

「小猿でございます」

「あちら、上様の部屋に拙者の代わりに控えたのは」

「同じく小猿にございます」

「というと」

引き戸が不意に開いて小猿が姿を現した。

「小猿は、三人まで分身を持ちますだ。その一人が、殿下をお守りしております。それより小笛様の来られる、こちらの方が大事ということで本人はここに」

「なぜじゃ」

「この衣装部屋の中を、前もって点検するためでございます。ここでおなごが一人で着衣を脱がれるのでございましょう。あの、ご持参の書状を取り出すために」

「そうだ、よく知っているな」

「最初から天井裏に身を潜めて上様との話の一切を聞きおりましたゆえ」

「ならば、拙者が寝床の下に書状を置いて休むのを侍女にのぞき見されていた。そのことを、なぜ防いでくれなかったのじゃ」

「小笛様の寝所は一切覗《のぞ》きませぬ」

「何故」

「そのようなこと、できませぬ。目がつぶれまするだ」

と言って赤い舌をぺろりと出した。

「それに、ここの侍女に、その寝る前の儀式の様子を見せるのは、思慮深い小笛様が、わざとなさっているものと考えたゆえでございます。その方が後日、上様に書状を見せやすいということでもあろうかと」

「そうではない。小笛の全くの不覚だった。日頃なら、床に就く前のこと、当然気づくはずのことだったのだ。何故か判らぬが」

「もしそうでしたら、この地の酒のせいでございましょう」

「酒？　小笛は、夜食にも酒はたしなまぬが」

「いえ、この地の酒は強うございます。大方、琉球の黒糖の甘みに混ぜて呑《の》まされたに相違ございませぬ。お気をつけくだされ」

「そうか、そうだったのか。とはいっても、どうやって以後、それを防ぐ？」

「造作もございませぬ。これなる忍びの丸薬を、夕餉《ゆうげ》の前に、さりげなく一粒。それで防げまする。ご持参くだされ。では、上様がお待ちでございます。手早くお脱ぎになって、書状を取り出され、一刻も早くお戻りなされませ。これ以上、お疑いのかからぬように」

「わかった。そうしよう」

「しかし、お気をつけくだされ」

「なにを？　酒か」

「それればかりではございません」

「では、なに？」

「女でございます。上様は、そちらの方の手がすこぶる早い。百姓仕事も、地元の若いおなごを捕まえるための探索の手段ではないかとは、地元のもっぱらの噂。ともかく悪評ふんぷんでござれば」

「わかった。心しようぞ」

5

小笛は秀頼公の部屋にとって返した。

そして「秀頼の身命安堵《あんど》」を約した家康の誓書包みを奉じて平伏した。

後は、長い長い沈黙となった。

当初、秀頼は事態がまるで呑み込めなかったようだった。この文書の書き手と宛先《あてさき》は読めば容易に判る。内容も難しくはないはず。それでも、さかんに首をかしげ、時に苦笑いまでしていた。

もちろん、平伏していた小笛は、このことを知らない。

おそらく秀頼は、この文書がいつどこで、何のために書かれたものかに、思いあぐねたのであろう。

最後に秀頼は、さじを投げたように書面を置いて小笛に訊ねた。

「そなた、これをいずれで預かった」

これが、まず疑問の第一声であった。

小笛は、慎重に言葉を選びながら答えた。

「はい、信州は高井野と申す片田舎。お預かりしたのは、大坂の陣で、上様に背いた福島左衛門《さえもんのたいふ》大夫様からでございます」

「左衛門大夫は文書によって判っておる。が、左衛門大夫が、なぜそのような片田舎に？」

「さて、そこまでは拙者は。それも亡くなる直前に拙者に渡されましてございます」

「亡くなる直前とな？　すると左衛門大夫は死んだのか」

「はい、今年七月でございます」

「そうか。いくつだったな」

「六十四歳にございました」

「まだまだ、さほどの老境でもあるまいにな」

秀頼は、しばし眼をつむった。

冥福《めいふく》を祈っているのだろうか。しかし、やはり裏切り者は憎かろう。今でも憎いに違いない。

だが、正則と秀頼とは、義理ではあるが、正則の母が、秀吉の母、大政所《おおまんどころ》の妹ゆえ形としては従兄弟違《いとこちがい》の関係である。「憎さも憎し、懐《なつ》かしし」といった複雑な気持ちなのかも知れない。まして、幼時には、秀頼は、正則の背中で大坂城の廊下を転げ回って遊んでいたと聞いている。

それでも秀頼は、これを吹っ切ったようだ。

「で、どうして、左衛門大夫が、そのような片田舎に？」

と、話を元に戻した。

「はい、よくは存じませぬ。が、どうやら、ご自分の城の改築を巡って、将軍からあらぬ中傷を受け、それ故の広島からの追放だったとか聞き及びました」

「なに、広島？　清洲《きよす》ではないのか」

「さあ、拙者には、これ以上のことはなにも……」

「そうかもしれぬな。無理もないか。なにしろ、治部少が、家康めに、まんまと仕掛けられた関ヶ原での戦《いく》さが二十四年も昔のこと。そなたの生まれるよりはるか以前のことじゃ。それに、余が大坂城を抜け出て当地にやってきてからでも、はや、九年余。その間も、中央では、いろいろと人の移動があったやに聞く。剣一筋に生きた若いそなたに、このような昔の書面の背景を、順を追って語れという余の方が無理だったたかも知れぬ。解った、今夜、掃部を呼んで、この間の事情を、とくと、あの男から教わるとしよう。掃部も、切支丹の教義の話ばかりに熱心で、この国の中央の情勢のこと、なかなか語らぬのでな。もちろん掃部には、この書面の入手経路のことは云わぬ。内容も見せぬ。が、しかし、念のため、それまで、この誓約書、一時、預からせてもらえぬかな」

「承知しました。喜んで」

翌日。

秀頼は、小笛から預かった書面を懐《ふところ》に現れ、前日同様、二人だけの対面の続きとなった。

小笛が平伏して、面をあげる。

すると、意外に晴れやかな様子。秀頼は、にこやかに笑いながら書面を前に置いた。

「この書面、返してもよいぞ」

「はあ？」

これには小笛の方が面食らった。

「と仰せられると、この書面、ご不要だとでも？」

「いや、そうではない。逆だ。もう一通あれば、なにかと便利じゃからの」

「もう一通？　と仰せられますと？」

「余から話を聞いた掃部めも、もう一通、同じ文面のものを持っていたというわけじゃな。わははは」

「なんと！　全く知りませんでした。それは、ご無礼をばいたしました」

「なんの、無礼なものか。万一の盗難、紛失ということもある。それに徳川を倒す武器としては、一通より二通、多いに越したことはない。だがな……」

「はい」

「この書面、どちらのものも偽物《にせもの》じゃな」

「えっ！」

「知ってか」

「は、いいえ」

つい嘘《うそ》が出た。が、

「どちらも実によくできておる。だから偽物だと見破れなくても、その方の罪ではない。後生大事に持っていた掃部も同じように騙《だま》されていたのだからな。わははは」

と、秀頼は一笑に付した。

「卒爾《そつじ》ながら、お訊《たず》ね申し上げますが――」

「余が、どうやって偽書を見分けたか、と申すのであろう」

「は、はい」

「それはな。近うよれ」

「はっ、では」

「もそっと近う」

「はい」

「これじゃよ、これ、これ」

秀頼は、目の前の書面をひろげ、おどけるようにして、それを再び閉じて見せた。

「わかるか」

「わかりませぬ」

「この折形《おりしろ》よ。この折り方は、徳川家の折りではない。紙質と色も微妙に違うようだしな」

「解りましてございます。申し訳ございませぬ。まこと、この書面は、偽書でございます。書かれたのは……」

「ほう、そこまで知ってか。誰じゃ」

「福島丹波様。左衛門大夫様の叔父上だと」

「当時の清洲城の城代家老――、じゃな」

「はい、さようで」

「で、なんのために」

「家康公は、奥州《おうしゅう》への遠征中、この約束を口頭にてなされ、さらに江戸に戻ってからは、これを正式の書面にしてくださるとの約束もされた由《よし》。これを信じた左衛門大夫様は、当時、秀頼公ご幼少のこともあり、この際、一旦《いったん》は天下が徳川家に移るもやむなし。されど、ご存命にて、ご成長遊ばされ、天下にむけての力あれば、その時は、家康も亡《な》き後なれば、やがては天下人としての復活もありうる。それに賭《か》け、秘かにこの約束と引き替えに、大坂の陣（大坂冬の陣）では、裏切り者の汚名を承知の上で徳川方に、お味方されたのだと――そう承りましてございます」

「そうか、そうだったのか。その左衛門大夫の気持ち、余は知らなんだ」

秀頼は、長いため息をついた。そして、

「では、これは、偽書にあって偽書にはあらず、ということか」

と、もう一度。今度は、自分に言い聞かせるようにしてつぶやくと、

「解った。これで左衛門に対する、余の、この積年の胸のわだかまりが、すっと消え

たわ。それにしても憎っくきは家康よ。あの木訥《ぼくとつ》一筋の左衛門を、かく二度、三度と欺《だま》し、挙げ句に用なき者の如《ごと》く捨て去ったとはな。許せぬ。よし、これにて、長く引きずった余の逡巡《しゅんじゅん》は吹っ切れたわ。覚悟を決めようぞ」

「覚悟と仰せられますと」

「色々とある。後は掃部、六郎太と心を新たにし、豊臣家復活にむけてあい図ることにしよう。追ってそなたにも沙汰《さた》しようぞ。そなたには、別途、覚悟して貰《もら》いたい重大なこともあるでな」

最後に、謎《なぞ》の言葉を残して秀頼は消えた。

6

さらに数日後——、

この間、東郷藤兵衛に、示現流の剣術の稽古《けいこ》を受けていた小笛に、城中から慌ただしく呼び出しがかかった。

出向いてみると、侍女に、さきの遺緒所に案内され「お召し替えを」と促された。

稽古で、肌着まで汗びっしょり。このままでは、上様に、お見苦しい姿をお見せするしかない。それでは申し訳ない、と思っていた矢先である。

これは気の利《き》いたことをなさる、と喜んだのだが、ふと見ると、着替えは、白の小《こ》袖《そで》に紋服。紋はもちろん豊臣家の「五七の桐《きり》」である。

なるほど正式に家臣となるための「固めの儀式」に違いない。

そのための正装と思った小笛は、つい軽い気持ちでこれに応じた。

が、事は全く違っていた。

衣装部屋から着替えて出ると、小笛は、そのまま、いつも秀頼公の座られる上段に案内されたのである。

「これは、異な所に……」

小笛は、一瞬、尻込《しりご》みした。が、「そのまま、そのまま。ずいと、お進みくだされ」と、案内役の侍女に押し出されるようにして、上座に座らされたのである。

前方を見ると、驚いたことに、一段低く、平伏している武士が数人いるではないか。

その中央に、見慣れぬ初老の男。

面をあげて言上した。

「お初にお目に掛かりまする。手前、明石掃部にございます。元宇喜多家の家臣として太閤《たいこう》殿下には、主君ともども色々とご愛顧を給《たま》わりました。そのご縁で、秀頼様の、ここ九州下りには望月六郎太と二人して、お供仕《つかまつ》りましてございます。さて、そこで——」

掃部は、一息おいて、両脇の仲間を振り返り、

「では、皆々様、よろしいな」

と声をかけた。すると一同、「是非ともお願い申し上げます」の声。

再度、全員が平伏した。

ますます判らなくなった。

すると、再び掃部の声。

「ここに控えるは、六郎太とその部下。ならびに、拙者と切支丹の仲間にござりますれば、以後の御言葉、ご懸念《けねん》には及びませぬ。さて、その全員の総意ということで、以下謹んで申し上げます。卒爾ながら、小笛様には、腹蔵なく、お答え願わしう存じます。如何《いかが》でござりましょうか」

掃部の物言いが何やらひどく改まったものになっている。

「如何でござりましょうと申されても、事の内容も知らぬに……」

「それは、そうでござりますな。失礼仕りました。では申し上げまする。突然ではございますが、是非とも主君秀頼公のお方様になって頂きたい。もちろん、この場での

即答を、とは申しませぬ。が、上様ご本人も、ご納得というか、お望みの上のことなれば、できるだけ早く、よしなの、ご意向を給われればと。我等一同、かく参上した次第にございます」

小笛は、あまりの唐突な申し出に動転した。

かろうじて「お方様と申すと、わらわに、上様の奥方になれとのご所望か」とだけ訊《き》きただした。

掃部が、にこやかに答えた。

「さようでございます。これまでの大坂城では、上様の奥方は、家康めの孫娘でございました。されど、そのお方は、落城のおりに徳川方に引き渡しましてござります」

「お子はなかったのですか」

「幸い、ありませんでした」

「そうか」

よかった、と言いかけて、小笛は、その「はしたない言葉」をのんだ。

自分には関係ないことだ。だが、子がないと聞いて、不思議に落ち着きを取り戻したのは事実である。

それも女の業《ごう》であろうか、ままよ、と再び、勇をふるって訊ねた。

「と、申すと、他におそばに仕えるおなごは、いなかったと？」

「大坂時代にはおりました。そして、その間に、お子もございました。されど、家康めが、これをくまなく探し出し、親子共々、始末したとのことでございます」

「哀れなことよな。されば今の秀頼公は、まったくのお一人身。天涯孤独になられたということですね」

「はい、さようで」

「では、この地元では如何かな？」

これも念のため切り込んだ。小猿の、「上様は、ことの外の色ごのみにて、地元でも評判がわるうございます」とのささやきを思い出したのである。

「すでにお聞きおよびでございましたか……」

掃部は、かすかに苦笑いして答えた。「こちらに来られてからの数年、いや、つい、この間までの上様は、拙者が、切支丹信者の集団の復活と再編成のために、この地を離れることが多いこともあって、拙者の、この目を盗んでは、地元でも数々の不行跡を働いたのは事実でございます。されど、此度、小笛様と、こうして巡り合い、かつまた、福島左衛門大夫殿の、関ヶ原での裏切りの真意を聞くに及んで、本心から悔い改めたと、昨夜、拙者に、それこそ、涙ながらに告白なされましてございます」

「なに！　上様が涙ながらに？」

まさかとは思った。が、掃部は、真剣な表情で続けた。

「はい、特に女色については、小笛が妻となってくれれば、二度と、そのようなあやまちは犯さぬと、拙者に、それこそ手をついてわびるようにして誓われました。どうか、この上様のお気持ちを、お汲《く》みくださり、また我等一同の総意を容《い》れて、この際、是非にも、上様の〈小笛の方〉様におなりくださりますように、伏してお願い申し上げまする」

小笛は、この突然の申し出に、天を仰ぎ、腕をこまねくしかなかった。

ことはあまりにも重大である。

そうなれば、まず〈剣一筋〉で生きてきたこれまでの自分の人生を、完全に捨てなくてはならなくなる。

（それでいいのか）

自問する。が、いくら自分の胸に聞いても答はない。

秀頼公が嫌いではなかった。いや、最初に、ここに来て、一目お会いした時から、好ましい男性として、はしたないほど心をかき乱された。生まれて初めての経験だった。

しかし、身分が天と地ほども違い過ぎる。そんなお方の「奥方」になるなど、想像もつかないことだし、不遜《ふそん》も甚だしいことではないか。

それなのに——目の前には、小人数とはいえ、秀頼公の腹心一同が、平身低頭して、それを願っているのである。

返事のしようもない、というのが正直なところだ。

(仕方が無い)

最後に、自分に言い聞かせるように、そして、消え入るような声で、小笛は答えた。

「数日の猶予《ゆうよ》を頂きたい」と。

7

翌早朝、小笛は、腰の龍笛で小猿を呼び出し、城を抜け出して海辺まで下った。

どんよりした曇り空である。この日の海は、小笛の心のように、灰色に濁り、どろりと沈んでいた。

「昨夜は、一睡もできなかった。目まで腫《は》れぼったい」

つぶやくようにいった。

「そうでございましょうな」

小猿の両眼も、小笛同様、海に向けられたまま。しかし、こちらは、他人事《ひとごと》のように、ややそっけない。普段なら、(その気持ち、お察しします)ぐらい付けて答えるはずだが……。

「知っていたか」

小笛は念を押した。

「なにを、でしょうか」

「わらわが眠れぬ夜を過ごしたことを」

「いえ、存じませぬ」

「なぜ」

「小笛様のお部屋は覗き見しませぬゆえ」

「そうだったな。なにか、目がつぶれるとか申したが……」

「いいえ、此度は違いまする」

「ほう、違うのか?」

「目がつぶれるのではなく、あのような殿様の奥方になるようなおなごの寝所覗きは、小猿の好みではございませぬゆえ」

「あはははは、小猿もなかなかに云《い》うではないか。まさか上様に妬《や》いているわけではあるまいが」

「妬く？　まさか。小笛様がお気の毒に思っているだけでございます」

「お気の毒？　そうか、考えようによっては、そうかもしれぬな」

小笛は、妙にしゅんと、納得させられた。

「それに」

「それになんじゃ」

「あの掃部とかいう男の言葉には、嘘がございます」

「ほう」

「申し上げてもかまいませぬか」

「かまわぬ。申せ」

「上様の、お子、ご長男の国松《くにまつ》君とやらは殺されてはおりませぬ」

「なに！　それは――」

小笛は絶句した。

「胸を張って間違いなし、とまでは断言できかねます。というのは、徳川方に捕まり、六条河原にて処刑にされた国松君が一人おられますから」

「ほう、それもしらなんだ。しかも、あの広い六条河原での打ち首か。万余の見物衆がいたであろうに」

「はい。拙者は見てはおりませぬが、それはそれは、悲惨な光景だったらしゅうございますな。しかし、我々の調べたかぎりでは、国松なる幼子は、もう一人おり、上様の大坂城落ちからしばらくして、なぜか、突然、九州に現れたと……」

「ほう、それで」

「羽柴延由《のぶよし》を名乗って日出《ひじ》藩（三万石）に入り、その分家（五千石）として、現に一家をなしておられます。もとより幕府の公《おおやけ》の調べも受けたらしうございますが、それも難なくやり過ごし、豊臣秀頼公とは一切関係なし、との結果を得たとか。ではございますが、我々忍び仲間では、こちらこそ本物の国松君ではと、かなり疑いの目をもって見ております」

「そうか、そういうことか。では、一度調べねばなるまいな」

「その必要があるでしょうか」

「ないか」

「おかしうございますよ」

「なぜじゃ」

「なぜと申して、そうではありませぬか。上様の奥方になると決められたのならともかく、ならないのなら、関係ないことではございませぬか。他人の後継ぎの子が生きていようが、いまいが。それとも、なんですかい。小笛様は、すでに、その気になられたのでしょうかね」

「よしてくれ、とんでもない」

「ならば放っておかれませ」

小猿は、冷たく言い放った。

城に戻り、一夜明けての明石掃部との面談で、小笛は——。

「一度、本土に旅し、その後の天下の趨勢《すうせい》を把握した上で、ご返事したい」

とのみ回答した。

心の内では、この重大な身の処し方について、意見を聞きたい何人もの人達の姿が浮かんでいたのであった。

この小笛の回答に、掃部は、一瞬だが落胆した様子を見せた。

が、しかし、さすがに世故に長《た》けた武士だった。この、是非の判断を明かさない小笛の返事を、今後、自分の構想が有利に展開できる方向に誘導することを忘れなかった。素早く心を切り替えると、掃部は、うやうやしく平伏して言上したのだ。

「では、小笛様の旅の安全を、我々切支丹の裏組織にて、是非ともお守りいたしますので、どうか、心置きなく、大船に乗ったお気持ちにて、おいでくださされませ。その上での早い吉報を、お待ち申し上げまする」

8

この年（寛永元年〈一六二四〉）九月初旬。

小笛は、髪を剃《そ》り、浄土真宗の「尼講」の一員に紛れて、京・大坂に向かう島津の商い船に乗り込んだ。二年前から本格化した幕府のキリシタン禁圧政策の流れで、当時、仏教の各宗派とも、俄《にわか》に信者が増え、折からの上からの「仏教奨励策」の一環として、京への旅となる「尼講」が流行《はや》っていた。

これに便乗したのである。

もちろん、すべては掃部の裏工作、「お膳立《ぜんだ》て」であった。

従者は、水手《かこ》に化けた小猿と才助。そして水先案内人を装《よそお》った六郎太の三人。

六郎太の参加は、掃部から別途の密命を受けたためらしい。

が、小笛は、その子細を知らない。

当時の幕府は、まだ天下を取って間もない頃で、「外様《とざま》大名」に対する姿勢では、まだ腰が引けていた。特に薩摩藩との間では、「各大名は、妻子を江戸に留める」という幕府の人質政策に、当主・島津家久が、ようやく同意し——ただし表面的には家久の方からの建議の形を取らされたのだが——この秋から率先垂範するという形で友好関係が進んでいた。

それもあって「丸に十の字」の薩摩帆船に対する幕府側の検閲などの干渉が一切なかった時期であった。

こうして、小笛の船旅の往路は何事もなく終わった。

畿内《きない》に着いてからの小笛は、六郎太と別行動をとった。

小笛が小猿、才助を引き連れて、いの一番に訪ねたのは、当時、京・誓願寺に居を構え、寿芳院《じゅほういん》と称して出家している松の丸竜子《たつこ》であった。

この頃の誓願寺は、天正十九年（一五九一）に、当時の愛妾《あいしょう》・松の丸の願いを容れた秀吉が、現在の新京極に移築させた浄土宗西山深草派の総本山である。その広大な敷地は、秀吉が、竜子の兄・京極高次《きょうごくたかつぐ》に命じて拠出させたものであった。

寺院としては二十余の塔頭《たっちゅう》を擁する、京有数の巨刹《きょさつ》である。

ちなみに、竜子が太閤の側室（西の丸）になったのは淀の方こと茶々よりずっと早かった。一度は、若狭《わかさ》守護の子武田元明に嫁《か》し、子をなした経験がある。茶々に勝る美《び》貌《ぼう》と血筋の良さ。そして過去に子を産んだことのある実績。

これで二人の間に子ができぬわけはない。それに、二人は気が合い、文字通り「琴《きん》瑟《しっ》相和《あいわ》する」仲の良さであった。

秀吉は竜子を伴って、何度となく有馬を訪れ、子作りに励んだものである。

だが、それでも二人の間に、子宝は恵まれなかった。

やがて、竜子は、後継者作りで新たに加わった若い側室・茶々に先を越された。泣く泣く「西の丸」（後継者の近親の住居）の呼称と部屋を返上し、今の松の丸を名乗ったという経緯がある。

だから、亡き淀の方（茶々）の孫・国松には、愛憎半ばするところがあったであろう。

とはいえ、国松君の六条河原での処刑時には、これを見物する気などさらさらなかった。

ところが幕府が、この松の丸の傍観を許さなかったのである。

おそらく「国松の顔を知る重要参考人」とでも思ったに違いない。実際のところ国松の顔はほとんど見ていないのだが、そんな松の丸の弁明は通らなかった。処刑当日は、呼び出しを受けて、その執行の土壇場《どたんば》（処刑台）近くに座らされていたのである。

小笛が訪れた当時、寿芳院は、側室時代から持病となった眼病を、まだ引きずったままで、目が不自由だった。が、しかし、小笛の訪問の話とその目的は、すでに掃部から、同じ切支丹の従姉《いとこ》の初（京極高次の寡婦《かふ》）を通じて耳打ちされていたのであろう。

なにも聞かず、喜んで小笛を迎え入れ、自ら進んで国松の墓所へと案内してくれたのであった。

それは寿芳院の住まいの北側。ほとんど人の訪れることのない新開地の竹藪《たけやぶ》の際《きわ》の、昼なお薄暗い場所にあった。

「ここでございます。小笛のお方様」

寿芳院は、にっこり微笑《ほほえ》んで、その、古びた卒塔婆《そとば》を指さした。

戒名は難しい梵字《ぼんじ》で書かれており素人《しろうと》には読めない。

それより小笛が驚いたのは「お方様」と呼ばれたことである。

「まあ、お方様なんて……、まだ」

決めたことではありませぬ、と云う前に、寿芳院は小笛を制した。

「この世は女も男も、子なきは地獄にございます。わらわは、亡き太閤殿下とともに、その地獄を、とことん味わいました。もちろん、子があればとて極楽とは限りませぬ。が、それでも心身を清め、仏様に、良き子をお授けくださいませと願えば、あるいは極楽を見るような立派なお子に恵まれましょう。わらわも、恥ずかしながら、殿下とご一緒に、お床入りの前にして、鳥羽上皇が皇子出産を祈願なされたという孔雀明《くじゃくみょう》王《おう》像を描いた衝立《ついたて》に向かって、明王様に何度祈ったことか。でも、おなごの子作りできる時期は短かったのでございましょうな。甲斐《かい》なく終わりました。ですからおなごは、求められるうちが華でございますよ。どうか小笛のお方様も、秀頼様に亡き殿下と同じ、子なき地獄を味わわせないでやってくださいませ。わらわからも是非にお願いいたします」

この柔和な寿芳院の微笑みに、小笛は、反論に窮し、言葉を失った。

「そうそう、言い忘れました。最後になってしまいましたが……」

寿芳院は、さらに言葉を継いだ。「ここに眠る国松君は、首を打たれた時、お気の毒に、わずか八歳にございました。が、その処刑の間際、幕府役人の許しを得て、刑場を見回し、わらわの姿を見つけたのでございましょうな。わが元に、首に縄打たれたままの姿で駆け寄ってくると、しばしこの細腕に抱かれて、お目を閉じておられました。そして、役人の隙《すき》を見計らうようにして、そっとわらわの耳元に、それこそ、ささやくようにして申されたのでございます。〈薩摩におられるお父上にお伝えを。余は右大臣の子として、あの世とやらに、お先に参りますゆえ〉と。そして、すっくと立ち上がるや、健気《けなげ》にも、涙一つこぼすことなく土壇へと戻られましてございます」

「まあ」

「なんと申し上げてよいやら。その後ろ姿、すでに仏様のように後光が射《さ》しておられましたぞえ」

そして、ぽつりと一言、最後につぶやいたのであった。

「あのお子が、偽の国松君のはずがありませぬえ、小笛のお方様」

9

誓願寺を辞した小笛と小猿の二人が次に向かったのは雑賀《さいか》である。

京から大坂までは大坂三軒家までの川船。大坂からは、早朝の旧石山の東側を石清《いわし》水《みず》・若江へと抜け、香庄《こうのしょう》（現・岸和田あるいは泉佐野か）から大坂湾沿いに信達《しんだち》（現・泉南市）に至る強行軍である。

しかし、若い小笛は小猿らの健脚に遅れることなく、無事、この勤めを果たした。

そして、地元の旅籠《はたご》で一泊。ここで大坂で別れた六郎太と予定通り落ち合った。

しかし、六郎太は見るからに元気がなかった。すっかり落ち込んでいる様子である。

「どうしたのでございますか」と訊ねる。と、

「それが……」と、めずらしく言いよどんでいる。

「六郎太様らしくもない」横で聞いていた小猿が言った。「じゃあ、いい話を教えて進ぜましょうか。小笛様がな、実は……」

そこまで言うと、「耳を貸してくだされ」と、二人だけで、後はひそひそ。

すると、「えっ、本当にお決めになったのか」と奇声を上げた六郎太の顔が紅潮した。

「なにを、ぼそぼそとしゃべっておるのだ」と、小笛が二人の話に割って入る。

すると、二人は、

「いや、なに、こっちのことで」と、にやにやするだけだった。

この後、気を取り直したのか、やっと六郎太らしい能弁が戻った。だが、その語る内容は、確かに芳《かんば》しいものではなかった。

明石掃部の密命で、六郎太は、大坂城の落城に際して隠匿《いんとく》した武器の点検を行ったのだが――そのことごとくが、腐食してしまって使い物にならない。玉薬（弾薬類）は湿気と黴《かび》が酷《ひど》く、これも復元不能と判明したのであった。

「念のため大坂に隠棲《いんせい》する雑賀の古老にも、秘《ひそ》かに、この見聞に同道を願って立ち会って頂きました。が、隠匿地周辺は、寛永に入って何度となく地震や地崩れに遇《あ》ったらしく、我等の苦心の荷造りも、すっかり崩されて水浸しになったままで……」

「なるほど、そうでしたか……」

「それに、雑賀の古老の申すには、銃そのものも、関ヶ原の戦さ当時のものが多く、仮に手直ししたところで、これでは合戦の際、我が方の鉄炮《てっぽう》方の劣勢は免れまいと……」

小笛は腕組みしたまま、しばし声も出なかった。

「この我が方の武器の劣化をどう立て直したらよいかは、至急帰国して改めて明石様のご指示を仰ぎます。が、小笛様は、これから如何なされます」

「雑賀行きはどうする。必要ないのか」

「もはや隠居した年寄りばかりで、すっかり荒れ果てておりました。昔の活況を知る拙者には、見るに忍びませぬ」

「そうか、そうであろうな」

「孫市《まごいち》様の一族郎党の主だった方々でしたら、今は水戸におられます」

「えっ、水戸、それはまた何故《なにゆえ》じゃ。伊達《だて》様の元ではないのか」

「はい」

小笛は、その後の雑賀一族の流転《るてん》の運命を知らなかったのである。

話は「関ヶ原の合戦」にさかのぼる。

雑賀一族は、この戦さでは西軍に属し、当時徳川方に占拠されていた伏見城攻めの先鋒《せんぽう》となって一番乗りで突入した。孫市はその手で守将《しゅしょう》鳥居元忠を討ち取ったのだった。

元忠は家康が最も可愛《かわい》がっていた武将である。奥州遠征中の伏見城の守護は誰もなり手がなく、しかたなく頼み込んで命じた職務であった。

その死を悲しんだ家康は、戦後、雑賀衆を目の敵とし、その首領孫市を全国手配して追った。ところが、あろうことか、奥州の伊達政宗が、孫市と雑賀衆を召し抱えるという挙に出たのである。

「大坂方との戦さに、お味方頂ければ百万石はお約束する」

と云って政宗を釣った家康である。それなのに、いざ合戦が終わると、その約束を反古《ほご》にした。

この背信行為に対する政宗の露骨な嫌がらせであった。

ここまでが、小笛の知るところである。

その後の家康は苦慮した。鉄炮名人孫市が、麾下《きか》の鉄炮隊の精鋭とともに政宗に仕えたままでは自分の死後のことが不安でならない。まして嗣子《しし》・秀忠は、関ヶ原の合戦遅参でも判《わか》るような戦さ下手である。

思い余った家康は、泣く泣く孫市の指名手配を撤回する。殺さないことを確約した上で、政宗から孫市の身柄を強引に取り上げ、水戸徳川家の祖となった十一男・徳川頼房の筆頭家老格の旗本として付けたのであった。

「そうでしたか、知らなかった。ということは、雑賀衆は、今では、上様（秀頼）の敵方ということか」

小笛は、落胆した。隠匿した鉄炮が粗方使い物にならず、その撃ち手と期待した雑賀衆が徳川方の直属となってしまっては、秀頼公の再起は益々《ますます》難しくなるに違いない。

だが、六郎太は、ここで首を横に振った。

「さてどうでしょうか」

「というと、なにか」

「雑賀の古老の申すには、あの孫市は、忠義など糞食《くそ》らえの男ゆえ、気に入らなければ水戸の殿など、いつでも捨てましょう……」

「それは心強い。だが、孫市さまは、あの宇都宮城の戦さで、お亡くなりになったのではなかったかな？」

「えっ！　ご存命のはずでございますが」

「そうかな」

「あるいは、もしかすると、拙者の知る孫市さまは、嗣子の方かもしれませぬな。代々が雑賀衆の首領は孫市を名乗りますゆえ」

「おそらくそうであろう。となると、我等豊臣方とは益々縁遠くなってしまったかもしれぬな」

「はい。それは考えられますな」

「そうか……、そうと知ったら、こうしてはおられぬな」

「と申されますと、小笛のお方様」

「お方様などと申されるな。まだ決めたわけではないわ。先ほどの耳打ちは小猿の早とちりと思うてくだされ。それより何より、拙者、いやこの尼は……」

「はい」

「これより江戸に参る。六郎太様、この尼の江戸行きに、再び、船の手はずを調えていただけますかな」

10

小笛は、小猿と才助を引き連れて江戸の地を踏んだ。

初めての江戸入りである。

当時、まだ江戸の「切り絵図」もなかった時代で、江戸は右も左も判らない。

だが、大名の中間《ちゅうげん》仲間に裏の人脈を持つ小猿と才助を連れてきたことで、雑賀衆が本郷追分（中山道と日光御成街道の分岐点）の水戸中屋敷のお長屋にいることは容易に判明した。

しかし、京と違って江戸の道は、くねくねと意図的に曲がっている。外敵の鉄炮による攻撃に備えるためである。そんなことで、歩いているうちに方角がわからなくなった。

早朝の品川の出発だったが、本郷の水戸のお長屋にたどり着いたのは昼過ぎだった。

小猿が中間風に衣服を替え「我がお師匠様が雑賀孫市様にお目通りを得たい」と長屋門の入り口で案内を乞《こ》う。

すると、連絡を受けた一番奥の比較的広い屋敷から、

「我が師匠？　なんじゃい、それは」

と、大声で叫びながら、草履をつっかけて出てきた男がいた。

小笛の知る孫市ではない。

「孫市様は？」と訝《いぶか》る小笛に、

「孫市は俺だ。が、そういう師匠は、なんだ、ただの尼っ子か」

年の頃は三十代半ばである。

これが新孫市・先代孫市の嗣子孫三郎重次《まごさぶろうしげつぐ》との出会いとなった。

重次は、なお、じろじろと不躾《ぶしつけ》に小笛の姿を見据えた末に、

「ほう、これはなかなかの美形じゃわな」と、老人臭い言葉を並べ、

「なにか知らぬがついてこい。どうせ退屈していたところだ。汚いところじゃで、そ

の美しい足なら洗わんでもよい。そのまま上がれ。ただ、そこな、むくつけき連れの二人の男は別じゃ。裏に回って井戸で手足を濯《ゆす》いできんさい」

そう言い残すと、後は自分から、すたすたと奥へ向かった。そして、広い出入り口正面の大きな囲炉裏端《いろりばた》にどっかと座る。

「で、尼さんが、拙者になんのご用かな?」ときた。

小笛は、背中の旅かごを土間の隅に置くと、まず一礼して、

「わらわ、いや拙者は、元小笛と申す武芸者にて、孫市様には、昔、色々と世話になりました者。その縁で、こたび、江戸入りにあたって、真っ先にお訪ね申した次第なのだが、貴殿は、当時の孫市様ではありませぬな、もしや……」と切り出した。

「さようか、いや、貴殿のお会いした孫市はおそらく我が父でござろう。実は、ある城の攻防で、重傷を負い、一月ほどの療養の後に亡くなり申した。拙者は、その後を襲名した嗣子の孫市にござる。以後、お見知りおきくだされ」

そして、「そうか、あのとき父が申した名が確か小笛と云ったな」と一人つぶやくと、居ずまいを正して再び話し続けた。

「実はな小笛殿」

「はい」

「父はしばらくの間、生死の境をさまよった末に、我が腕の中で息を引き取ったのでござるが、その虫の息の中でこう申した。たとえ、五年、十年、ひょっとするとそれ以上後になって、小笛と申す女剣士が、われら雑賀の鉄炮を頼りに訪ねてくることがあるやも知れぬ。その際は、いかなる依頼の内容であろうとも無条件にて受けよと」

「まことでございますか」

小笛は、その思いがけない強い言葉に、一条の光を見た。

「嘘《うそ》偽りはない。それによって雑賀衆が、たとえ石山、関ヶ原の両合戦の時のように、牢人《ろうにん》を余儀なくされようともかまわぬ。躊躇《ちゅうちょ》するでない。我が雑賀衆は、常に戦火の矢弾と共にあるべし。天下太平、安寧の世など糞食らえ。雑賀は畳の上で死なぬことこそ本望——これが亡父の末期《まつご》の遺言でござった」

「いかにも孫市様らしい御言葉でございます。早速にも九州に戻り、この話を上様にお伝えします」

「上様？　というと、やはり亡き父が申していた通り、秀頼公は彼《か》の地でご健在なのじゃな」

「さようで」

「なれば、いつ頃かは知らぬが、再び、徳川との間に、おもしろおかしき戦《いく》さが見られるというわけじゃな」

「その積もりでおりまする」

「益々気に入った。退屈で死にそうじゃった。いつでも呼んでくれ。とはいっても、このつまらぬ世をひっくり返すための武器、玉薬の蓄えとなると大事じゃ。すぐと云うわけにもいかぬが」

「ごもっとも。我等の方も、その用意に、時がかかりましょう。今は雌伏の時でございますれば」

「そうだろうな。しかし、これからは、そのために武器と玉薬を秘かにため込むという楽しみが増えるわ。面白い。だが、それはそうと……」

「はい、なにか」

「秀頼公は、おいくつになられたな？」

「三十二歳にございます」

「ご壮健か」

「はい」

「お子は？」

「おられませぬ」

「ほう、それは困ったものじゃな。島津の殿も徳川の威光を恐れて、そこまでは、秀頼公にお世話はせぬと見えるな。そうか、では考えぬといかんかな」

「と、申されますと、どなたか候補の当てでも」

小笛は、思わず口を滑らせた。何となく気になった。が、

「あるものか。しかし、あれだけのお方じゃ。そんじょそこらのおなごでは困る。かといって名門の娘では、秘密裏に、というわけにもいくまいで。下手に口はだせぬな。そこが難しいところじゃな」

「つかぬことをお聞きしますが、日出藩の羽柴延由殿のことはどうお考えでしょうか」

「ほう、そこまで知ってか。意外と早耳なのだな。しかし、あれは話題作りだけの売名男よ。もっとも、それだけで徳川からまんまと五千石をせしめた。利口といえばこれ以上の利口者はない。じゃが、俺はそういう要領の良い男は好かぬ」

「解《わか》りました」

「で、これからの連絡はどうする」

「諜報《ちょうほう》のご連絡は、隣室に控える二人の者、小猿と才助に勤めさせます。どうか、後ほどお目通りを頂きたい。もっとも、二人の名は、追って秀頼様の兵の増強によって、

もっと武士らしい名に変わるかもしれませぬが――」

「ははは、なんなりと偉そうな名を付けさせるがよい。だが、こちらは今のままじゃ。偉そうな名などご免じゃ。頼るのは鉄炮と我が腕のみじゃでな」

11

翌日――、

小笛は、二人を引き連れて最後の訪問先・伊達家に向かった。

伊達家の中屋敷は愛宕下。ここ本郷からは、ごく近い位置にある。

こちらも、あらかじめ掃部が密書連絡してあったに違いない。是非会って、身の振り方について意見を聞きたいと思っていた真田《さなだ》信繁《のぶしげ》の三女阿梅《おうめ》（白石城主・片倉小十郎《かたくらこじゅうろう》の後室）様の他に、同じく宇都宮城で共に柳生一族と戦った、戦友ともいうべき松林左馬助《まつばやしさまのすけ》（伊達家剣術指南）、その弟子山田《やまだ》浅右衛門《あさえもん》（二代目）の二人も馳《は》せ参じていた。

お互いに、しばしの懐旧を喜び合った後、小笛は、早速、阿梅様の私室で二人だけの密談に入った。

小笛が相談したかったのは他でもない。自分の今後の身の振り方、もっとはっきり云えば、秀頼公の妻女になるかならないか——である。

「明石様からも、そのこと聞き及んでおります……」

阿梅様の、それまでの笑顔が消えた。真剣そのものの顔になった。

それが小笛には、なによりも嬉《うれ》しかった。

「女は、子あってこその、この世の幸せ。されど相手の男選びでは、元々の三流男は駄目。二流は、その素質もないのに、上を狙《ねら》ってあくせくするのに付き合わされるのが、女としてはやりきれませぬな」

「わかります、そのお気持ち」

「かといって、一流は、幸せそうに見えても、これも窮屈でございますよ」

「と、申されますと、すべて駄目。武家相手はやめよと仰《おお》せられますか」

「ほほほほ、そうではありませぬ。もう一つの道があります」

「さて」

「解らぬかえ」

「残念ながら、こちらの道ばかりは」

「そうであろうな。小笛様のお年頃ではわかるまい。されば申し上げましょう。なに、ただの加減算でございますよ」

「益々わかりませぬ」

「一流の〈得〉を取り、その窮屈という〈損〉の部分を捨てるのです。つまり……」

ここで、阿梅様は、天井を睨《にら》み、早耳の小猿に聞かれないようにと思ったのか、

「お耳を拝借」

といって小笛を引き寄せ、何事か、そっとささやいたのである。

小笛の頬が、一瞬、ぽっと染まった。

そして、云った。

「阿梅様のご主旨、解りましてございます」

12

小笛が再び尼姿に戻り、海路、薩摩に戻ったのは、この年（寛永元年）十月初旬。途中、下田湊《みなと》までの薩摩商人船の船内で、一度だけ幕府役人の巡回点検を受けた。女は「江戸入りより出の方が難しい」という江戸市中の噂《うわさ》どおりだった。

しかし、そんな点検もあろうかと、小猿と才助が、あらかじめ「尼講」の一員として武州（秩父《ちちぶ》）のご遍路行に参加したことを証する「巡礼名札」を、小笛のために用意しておいてくれた。もちろん偽作である。が、これが救いとなった。

おかげで点検は素通り同然で終わった。

「如何《いかが》です、わしらを連れていってよかったでしょうが」

二人は鼻高々だ。

「まったくだ。江戸市中の円滑な案内といい、最後の、この巡礼名札の準備といい、二人には礼の云いようもない。帰国後は、明石様にその旨《むね》を申し上げ、礼を弾む積もりだが」

「礼などいらねえよ、小笛のお方様」

「その小笛のお方様だけはよしてくれといっているではないか。しかし、礼よりなにが欲しいのだ、二人は」

「名前ですがな、わしらの。帰国したら、早速、小猿や才助などというつまらぬ名前は以後返上したいと才助とも話していたところですがな」

「よかろう。それもよく伝えておく」

千々輪城に戻った小笛は、休む間もなかった。

早速に衣服を改めると、待ち構えていた明石掃部と早々に、二人だけの密談にはいった。掃部の訊《き》きたいことは、解っている。

小笛は、恭《うやうや》しく平伏すると、静かな口調で、まず帰国の挨拶《あいさつ》を述べた。

「長の旅路をお許し頂き、しかも行く先々までの、きめ細かな明石様のご手配の数々、身にしみて嬉しうございました。さて、そこで――」

続けてぐっと一息入れて、笑顔を作る。

そして思い切って云った。

「懸案の秀頼様とのご縁のことでございますが――」

「ふむ、どうでござりますな」

掃部が膝《ひざ》を乗り出した。

「はい、熟慮の末、喜んで、お受けすることといたしました」

「おお、それは、それは」

掃部の顔に、どっと赤みがさした。

「ただし……」

小笛は、ここでぐっと腹に力を入れた。

「ただし、なにか条件でもあると申されますか」

「はい」

「では謹んでお伺い致しましょう」

掃部は改めて耳を傾けた。

「お方様になるのだけはご辞退申し上げます」

「なんと！　と申されると――」

「秀頼公の、ただの名も無い〈女〉になりとうございます。できればたった一人の」

「側室――それでもよろしいのか」

「はい、結構でございます。呼び名は、なんなりと」

「解り申した」

掃部は、ぽつりと一言だけいうと、

「かたじけない。これから早速に上様の所へ、この朗報のご報告に参ります。さぞお喜びなさるに違いない。ここで待っていて下され。というのは他でもない。大坂での雑賀行きの前夜の宿で、すでに六郎太が小笛様に話したらしいが……」

「隠していた武器と玉薬の件でしょうか」

「さよう。我等の蓄えた武器と玉薬の件で、改めてお知らせしなければならぬことがございますでな。なに、悪い話ではない。反対じゃ。とびきりよき話の方じゃによって、一刻も早くお耳に入れたい。長くはお待たせいたしませぬ」

だが、それから一刻《いっとき》。

かなりの間待たされた。仕方がないので、小笛は、このもてあました時間を、習い覚えて間もない「示現流」の形の一人稽古《げいこ》に費やした。

が、待っただけの甲斐はあった。

薩摩入り以来の小笛の剣術指南・東郷藤兵衛、明石掃部、六郎太、才助、小猿以下、切支丹武士、真田の忍び衆一同が、全員うちそろって参集していたのである。

小笛の前途を心から祝ってくれる様子が伝わってくる。

小笛の居ない間に、味方の人数が、およそ五十人と、一挙にふくれあがっていたのも頼もしかった。

待たされたのは、その全員に声をかけて招集するのに手間どったせいであった。

もう一つの掃部の予告した明るい話——それは小笛の想像を絶する諜報であった。

祝いの挨拶が済み、一同が退席した後、掃部は、自ら進んで下座に座り直し、こうささやいたのであった。

「お喜びくだされませ小笛様」掃部の言葉遣いがさらに丁重になっている。「実は――、確かに、我等が懸命になって隠し置いた武器と玉薬は、役立たずと相成りました。されど武器と一緒に持ち出した大量の慶長大判、小判の金貨のすべてが無事でございました」

小笛は思わず問いかけずにはいられなかった。

「金貨？　金貨も一緒に持ち出したのでしたか」

「はい、この金貨は、太閤《たいこう》殿下が生前伏見城に蓄えておられたもの。その半分ほどは、狸親爺《たぬきおやじ》（家康）めに浜松へとかすめ取られました。が、狸親爺の東征（上杉征伐）中に伏見城を再奪取した石田（三成）様のご機転によって、残るキンのすべてが大坂城に運び込まれていたのでございます。元々秀頼公の継がれた財宝なれば、いささかもやましいものではありませぬ」

「そのことに掃部様は、いつ頃、気づかれたのかな」

「とうに気づいておりました。六郎太も同様に」

「それを、雑賀に向かう旅籠で、六郎太様は、なぜわらわに云わなんだかな。余計な心配をしたぞ」

「それは失礼仕りました。六郎太も相部屋の旅籠のことゆえ、キンの話題は禁句。ついつい、ためらったのでございましょうな。許してやってくだされ。それに拙者もキンの性質について、いささか知識が疎《うと》うございましたな」

「というと」

「掘り返してから、果たして使い物になるのかどうかに自信がなかったのでございます。後になって、物の本によって調べましたるところ、さすがは鉱物の王者キン。久しく埋もりて衣を生ぜず（埋められても錆《さ》びない）、百度錬するも軽からず（百回溶かしても蒸発しない）、革《あらた》むるに従って違《たが》わず（どんな形にでも変化自在）とありました。そっくりそのままにて、海外から鉄炮、大炮、その玉薬など、すべてが調達も可能と判明いたしましてございます」

「どれほどの量になるのかな」

「さて、まだ不要な武器と混ざっており整理つかずの有様。と、いうことで、全体を計りきっておりませぬゆえ、なんとも申し上げられませぬ。が、目測では数十万両いや数百万両にもなろうかと存じます。これで、来たるべき徳川との戦さの戦費問題は解決したも同然。後は、銃炮を扱う戦さびとの募集と、その秘密の調練だけでございます。が、これも小猿の申すには、雑賀衆が、請け合ってくれたとか。それはまことでございますか」

「その通りじゃ。先代の孫市様はすでにお亡《な》くなりになられたが、その遺言にて、子息の新しき孫市様に、われら豊臣の遺臣が立ち上がるときは、われらにお味方すべしとの言葉が残されておりました。折節、連絡は絶やさぬようにいたしますが、まずもって、こちらは安心してもらってよろしいでしょう。となると、目下は懸念《けねん》すべき懸案はなにもなくなったわけじゃな」

「いえ、いえ」掃部は何か言い足りない様子である。

「なにか、あるかな」

「おお有りでございますぞ」掃部は、微笑混じりに言った。

「なにかおかしいか」

「そうではござりませぬか。秀頼公のお世継ぎ作りという最も枢要《すうよう》なお役目が残っていることをお忘れなく。秀頼公は、お若いとはいえ生来の蒲柳《ほりゅう》の質にてござれば、一刻もはやくお世継ぎを得ておかねばなりませぬ。それも、これも、すべては小笛様のお気持ち、いわば胸三寸にございますれば、是非とも、お覚悟のほど願い申し上げまする。こればかりはいかな切支丹の拙者でも、どのような、お手配もいたしかねますゆえな。わははははは」

13

数日後――、遂《つい》にその日が来た。

小笛は、午後の東郷藤兵衛との剣術の稽古を、いつもより早めに切り上げ、軽い夕《ゆう》餉《げ》としばしの休息の後、城の域内にわき出る慈眼寺温泉の湯浴みへと出かけた。

これまでも何度となく、草履を突っかけては竹藪の中を近道して通ってきた素朴な「いで湯」である。

しかし、この日ばかりは違った。

目と鼻の先だというのに、この湯浴みの移動には、小笛は、御簾《みす》付きの御駕籠《おかご》に乗せられ、侍女十人と武士五人が随行するという、なんとも、いかめしいものとなった。

この十人の侍女によって、衣服を脱ぐのも湯を浴びるのも一切が侍女まかせ。

小笛は、ただ、されるがままになっていなくてはならなかった。

自分で自分の身体《からだ》を洗うことも、触れることもできない。

身をすすいでもらい、身体を洗った後、乾いた柔らかい絹のような綿布で丁寧に拭《ふ》かれ、そして素裸には、淡い麝香《じゃこう》の香料を塗られた。

その間、ただ、じっと正面の桜島を眺めながら、ぼんやりと立ち居しているほかはなかったのである。

（殿様の女になるって、なんと不自由なことか。正室様なら、どんなことになったのだろうか）

ふと、阿梅様の忠告が思い出された。

（でも仕方がない。秀頼様に惚《ほ》れて、自分で選んだ道だもの）

覚悟はすでにできていた。

ゆったりした時が流れた。

湯浴みを終わると、今度は純白の夜着に着替える。

これも、お仕着せ人形に終始した。

そして、再び帰城のための御簾駕籠に乗る。

ここまでは、覚悟のうえの手順だったが、

ここで――突然、

予定外の事が起きた。

御簾の周囲が、いきなりぽっと明るくなったのである。

それと同時に、十数本の松明《たいまつ》が一斉に夜空を焦《こ》がした。これを合図に、一人の侍女が横笛を吹き始め、和するように侍女たちが歌い出したのである。

さつましらなみ　鎮《しず》めや、しばし
この娘《こ》が嫁入る　夕べじゃないか
かぜ、かぜ、吹くな　今宵の初夜は
灰は飛ばずも　眼《まなこ》ば閉ざせ
カワイやの　嫁御
カワイやの　嫁御
閉じたまぶたが　なぜぬれる

(なるほど、そうか)

聞く小笛は苦笑した。

剣に生きてきた小笛は、いかな試合にも、相手を見据えたまま眼を閉ざすことはなかったからである。

(だが、今宵ばかりはそうはいかぬらしい)

いいことを教えられたと思った。

城内に戻ると、秀頼公の「寝所の間」までの長い回廊は、左右に五十人ばかりの侍女がびっしりと侍《はべ》っていた。そして、桃色のぼんぼりを持つ侍女に誘導されて、小笛が静々と進むたびに、左右の侍女が、薩摩白波よろしくひれ伏すのだった。

やがてそれも終わりに近づいた。

「寝所の間」が静かに左右に開く。

と、ぼんぼりを持つ侍女から、無言で、その灯りが手渡された。

後は、お一人で——ということだろう。

うなずいた小笛は、そこから、すいと進む。

背後の襖《ふすま》が音もなく閉じられた。

小笛の進む左側の部屋の一段高い正面に白い衝立があった。

そこには、松の丸様の話に出てきた赤い「吉祥果」を手にする緑衣の孔雀明王像が描かれていた。どうやら、松の丸様からの「祝いの品」らしい。

「上様」

小笛はささやく。が、その衝立の後ろに秀頼公が休まれていると伺ってはきたが返事はない。思い切って、小笛は衝立の裾《すそ》を巡った。

そして、一度だけ、ぼんぼりを高く掲げて、上様の寝床の方向を見定めると、そこで片手を突いて平伏した。そしてかねて用意してきた口上を述べる。

「上様。今宵、ふつつかながら、この小笛、上様のおとぎのお相手を務めるべく参上仕《つかまつ》りましてございます。これまでの十六年、男として生き、そして戦ってまいりましたが、今宵をもって、きっぱりと男を捨て、身も心も女として生きる覚悟を決めて参りました。願わくば、その決別して最初に女となった小笛の姿、恥ずかしながら、どうか、お慈《いつく》しみ頂く前に、じっくりとご覧いただきたく存じます」

そこまでを云《い》うと、手にするぼんぼりを、もう一度高く掲げた。そして、秀頼が、そっと起き上がって小笛の姿を無言で見据えるのを確かめると、やおら残る右手で、夜着の胸に手を当てた。

「では、参りまする」

それだけで、若い小笛の肌から、夜着が、するりと床に滑り落ちた。

やがて、ぼんぼり一つの薄暗い闇《やみ》に小笛の白い全裸像が浮き上がった。

たおやかに屹立《きつりつ》する二つの乳房の丘。

その丘から、名人の筆が緩く一閃《いっせん》したかのようになめらかに巡りながら下腹部へと続く曲線の起伏の連続の舞。

それだけである。

「では、これにて」

小笛は、ふっと、ぼんぼりを吹き消した。そして最後に、

「未熟者ゆえ、よしなに」

云うやいなや、秀頼の懐《ふところ》深く、さっと鮮やかに飛び込んでいったのである。

もちろん、歌で教えられたように、眼を閉じたまま——であった。

第三部　寛永御前試合の小波《さざなみ》

1

寛永十四年（一六三七）五月初旬（陽暦七月）。

江戸城内吹上滝見《ふきあげたきみ》の御茶屋に間近い武術御撰《ぎょせん》広芝《ひろしば》御稽古場《けいこば》に、三代将軍徳川家光臨席の下、全国各地の兵法家が招集された。

世にいう「寛永御前試合」の開始である。

剣術は、戦国時代、鉄炮《てっぽう》の普及と共に一時廃《すた》れた。だが、平和主義を標榜《ひょうぼう》する江戸幕府の安定化とともに、次第に武士の「たしなみ」という形で復活を遂げた。

当時の江戸は、下は中間《ちゅうげん》、奴《やっこ》、町人、丁稚《でっち》までを巻き込んでの「やっとう（剣術のかけ声、転じて剣術）」人気の最盛期である。

これに触発されたのであろう。大名は先を争って兵法家の召し抱えに狂奔した。戦《いく》さ商売のなくなった武士側も、心得たもの。退屈しのぎに、なにやら怪しげな「兵法書」をでっち上げては、暇で物好きな殿様の要望に応じたのである。

当然、そこには、大名間の「競争」と兵法の真贋《しんがん》を見分ける「場」が必要だった。寛永御前試合は、まさに、この要望に応《こた》えるためのものであった。

また、この寛永十四年は、奇《く》しくも、江戸から一番の遠距離である薩摩の島津《しまづ》家久《いえひさ》を除く九州の主だった大名が江戸参覲《さんきん》中であった。家久自身も、将軍と話の合う「剣術大好き人間」ということで、公務を離れ、私的に江戸入りを許されていた。

つまり、九州の大名のほぼ全員が持ち場を離れていたということである。

もっともそれが、九州の守りに、トンデモナイ風穴を空けることになると気づく者は、当時、誰一人いなかったのであるが——。

広大な江戸城の蟪蛄《にいにいぜみ》が時雨《しぐれ》が降り注ぐように一斉に鳴く中、ここ武術御撰広芝御稽古場の太鼓の音がドンドンと鳴った。

「新陰流、柳生刑部《やぎゅうぎょうぶ》様、出ませい！」

試合会場に審判の声が響く。

続いて、「ほお〜」という感嘆の声が広がった。会場に進み出たのが、女かと見紛《みまご》う颯爽《さっそう》たる美剣士だったからだ。

その名は柳生刑部少輔友矩《しょうゆうとものり》。先の惣目付《そうめつけ》、将軍家兵法指南役・柳生但馬守宗矩《たじまのかみむねのり》の次男である。

紫の稽古着に真っ白な襷《たすき》と鉢巻を締め、朱色の野袴《のばかま》。切れ長の目元は鋭く唇を引き締めて、やや緊張の趣が感じられた。

だが、背筋がピシリと伸びていながら、全身のどこにも力みがない。小さ刀を脇差《わきざし》にして、左手には細身の枇杷《びわ》の木剣を執っていた。

柳生新陰流では袋撓《ふくろしない》を用いるが、御前試合では木剣を用いるのが礼儀であった。

再び、太鼓が鳴った。

「一刀流、小野次郎右衛門《おのじろうえもん》様、出ませい！」

屈強《くっきょう》な壮年の剣士が進み出た。

飾り気のない紺の稽古着に紺の野袴。襷と鉢巻も使い古して黄ばんだもの。眼光鋭く、射竦《いすく》めるように試合相手の刑部を睨《にら》みつけた。

小野次郎右衛門忠常《ただつね》。小野派一刀流の二代目宗家である。腰には刃渡り一尺九寸の長脇差と、鉄扇《てっせん》を差している。左手に携えている木剣も黒光りする使い古した赤樫《あかがし》ものであった。

「御両名、前へ……」

すると、ここで「待たれよ」と次郎右衛門が手を挙げた。

「いかがなされた？　次郎右衛門様」

審判が訝《いぶか》し気に声をあげる。

「刑部殿のその木剣、手前のものと打ち合えば折れるであろう。お取り替えくだされ」

次郎右衛門は不愉快さを満面に表して、刑部の持つ細い木剣を指さした。

審判は困惑のていで刑部を見たが、刑部は涼しい顔で答えた。

「次郎右衛門様。これは新陰流開祖、上泉伊勢守《かみいずみいせのかみ》様より伝わりし、我が流儀に定められた木剣でござれば、ご懸念《けねん》無用。折れたらそれまでのこと。それがしの未熟不鍛練でござれば、斟酌《しんしゃく》ご無用に願いたい」

「左様か。ならば、このままでよろしいのだな。刑部殿……」

「いうにゃ及ばず」

どうやら次郎右衛門の本音は、当主の但馬守と試合うのが望みだったらしい。それなのに、試合の相手がその息子で、しかも家光の小姓を務める次男の刑部と知って、憤《いきどお》りを禁じ得なかったのである。

一歩譲っても、隻眼《せきがん》ながら父をも凌《しの》ぐ「剣才」を持つと評判の長男十兵衛《じゅうべえ》三厳《みつよし》が相手なら、打ち勝てば将軍家兵法指南役たる小野家の名声が上がる。

刑部に勝っても、さしたる名誉にはならない——そんな気持ちが、あけすけに読み取れた。

(かくなる上は、完膚《かんぷ》なきまでに柳生の小倅《こせがれ》を叩《たた》き伏せて見せるしかあるまい。それでいいのだな)

そう思って警告したに違いない。

次郎右衛門は余裕十分。一礼して木剣を正眼に構えた。

刑部も一礼して木剣を斜め正眼に構えた。

この二人の構えのどこが違うのか。

一刀流の正眼の構えは、上体を正面から真っすぐ対手に向け(向身《むこうみ》と称する)、攻守に即応できる形である。

対する新陰流の正眼は「斜め正眼」。

やや斜めに剣尖《けんせん》を寝かせ、上体を斜め半身に執る。当然、構えが(相手から見て)

左右非対称となり、そこに打ち込む隙《すき》があるやに見える。だが、それは、誘いをかけて対手に打ってこさせ、その瞬間に生じる隙に付け入るという「後先の戦術」であった。

およそ、剣術とは、対手の先を取って仕留めるのが王道であり、新陰流は、その点で——異端とはいわぬまでも——異質であった。

当然、次郎右衛門もそれは心得ている。従って、向き合うや否《いな》や、正眼の構えを崩すことなく、威圧するように真っすぐ突き進んだ。こうすれば刑部の側から仕掛けるしかなくなる。

敵刑部の動いた一瞬に、正中線《せいちゅうせん》（頭頂から股間《こかん》まで身体《からだ》の正面に垂直に引いた仮想の軸線。新陰流では人中路《じんちゅうろ》と呼ぶ）に小さく打ち込み、体勢が崩れたところを真っ向から打ち倒す——という戦法である。

ところが、

（うぬっ？　此奴《こやつ》は……）

次郎右衛門は、一瞬、たじろいだ。

なんと！　刑部も真っすぐに進んでくるではないか。しかも、少しも威圧することなく、また、上体を微動もさせずに——である。従って構えに微塵《みじん》の崩れもない。

（これは、もしや噂《うわさ》に聴く新陰流の秘伝「西江水《せいこうすい》」か？）

「西江水」とは揚子江《ようすこう》を意味し、大河の水が流れる如《ごと》く、しかも滞ることなく押し寄せてくる情景から命名されたといわれている。

この刑部の予想外の対応に、次郎右衛門は、一瞬だが次の手に迷いが生じた。

このまま進めば、互いの木剣が絡《から》み合い、予定の必勝の戦術が使えない。

かといって、剣と剣が組み合った状態では、柳生の秘術である「無刀取り」の餌食《えじき》にもなりかねない。

一刀流の極意は、互いの剣と剣が打ち合う一瞬の「切り落とし」にあった。対手の攻撃をこちらも攻撃で迎撃する「対の先の技」である。

これは対手が斬《き》ってでてきてこそ真価を発揮する。

かといって、次郎右衛門が木剣を引いて間を取ってから打ちにいこうとすれば、たちまち、その隙に付け入られるに違いない。

（かくなる上は――）

相手の木剣を叩き折るしかあるまい！

この次郎右衛門の判断は間違いではない。しかも決断が早かった。

刑部の細い木剣ならば、ほとんど振りかぶらずに打っても叩き折れる、と考えたのである。

「でぇいっ！」

裂帛《れっぱく》の気合と共に、次郎右衛門は、刑部の木剣を狙《ねら》って叩き打った。

しかし、この渾身《こんしん》の一撃が、なんと空を切ったのである。

次の瞬間、逆に、次郎右衛門の木剣の半ばから先端が消えてしまった。

地面に木剣の先端が落ちる乾いた音がした。

「勝者、柳生刑部様！」

審判の声と共に、次郎右衛門は、ガックリと膝《ひざ》から崩れるように座り込み、半分の長さになった己の木剣を凝視するしかなかった。

信じられないという面持ちだ。

実は――、
刑部が遣ったのは、新陰流「斬釘截鉄《ざんていせってつ》」と呼ばれる技であった。
斜め正眼に執ったままで間を詰め、対手が木剣を打ち落とそうとする瞬間、右半身から左半身に体を切り返しながら木剣を翻《ひるがえ》し、反対方向から打ち込む。
剣と剣が打ち合う瞬間、剣が車輪のように廻り、擦り抜けるように逆側から殺到することから「廻刀」と呼ばれた。輪の太刀、あるいは魔の太刀と畏怖《いふ》される秘剣であった。

ここに、新陰流の木剣がなぜ細身なのかの理由がひそんでいる。

対手の攻撃の瞬間に生じる隙に、スルリと埋め込むように遣うからこそ、針の穴を穿《うが》つような繊細な刀法に適した細身のものなのである。

本来は右小手か右甲、ないしは右手親指を打ち拉《ひし》ぐ技だが、刑部は敢《あ》えて間を外して、次郎右衛門の木剣を打った。

しかし、あまりに瞬転の体捌《さば》きであったために、加速度が付き過ぎて木剣に雷撃のごとき威力が乗り、技名の通りに「釘《くぎ》を斬り、鉄を截《た》つ」結果となって次郎右衛門の木剣を切断したのである。

次郎右衛門は知らなかった。眼前の美剣士、柳生刑部友矩こそが、この希少な技の数少ない体得者であることを。

そして師である柳生但馬守宗矩、父を凌ぐ剣才を持つと噂される兄の十兵衛三厳をも超える、江戸柳生一族で最強の天才剣客であるという事実を……。

2

冒頭に、この武術大会の発案者である小野次郎右衛門が敗れるという番狂わせはあったものの、続く試合は淀《よど》みなく進み、大会自体は、すこぶる盛り上がった。

全国から参集した武芸者の顔触れが多彩だったこともある。その主なものだけあげても以下のようであった。

尾張柳生新陰流の柳生兵庫助《ひょうごのすけ》、田宮流居合術の田宮対馬守《つしまのかみ》、関口《せきぐち》流居合柔術の関口柔心《じゅうしん》、神道夢想《しんとうむそう》流杖術《じょうじゅつ》の夢想権之助《ごんのすけ》、願立《がんりゅう》流開祖の松林左馬助《まつばやしさまのすけ》、柳生心眼流甲冑拳《かっちゅうけん》法術《ぼうじゅつ》の竹永隼人《たけながはやと》、示現《じげん》流開祖の東郷藤兵衛《とうごうとうべえ》、宝蔵院流高田派槍術《そうじゅつ》の高田又兵衛《またべえ》。

そして、孤高の剣鬼、宮本武蔵と続く。

この顔ぶれは、まさに当代一流の兵法の達者を全国から招集して御前試合をさせるという夢の企画そのものであった。

しかも、剣対剣のみならず、槍《やり》対剣、居合対拳法といった異種武術の対決も見られるのだから、武芸好きには堪《たま》らない。

では、主催者の家光はどうしていたか。

鮮やかに勝利した贔屓《ひいき》の刑部を、家光は、それこそ「乙女のような」うっとりした表情で見つめていたのである。だが、次の試合が始まると、暗闇《くらやみ》の猫のように両眼を見開き、再び試合を凝視した。

家光の武芸好きは祖父の家康似である。

だが、女の趣味は全く逆だった。

家康は、顔の美醜に重きを置かず、ひたすら女としての身体の豊満さを愛《め》でた。

これに対して、家光は、少年の頃からの美少年好き。自分も女装癖があり、このことは教育係の青山伯耆守《ほうきのかみ》忠俊（武蔵岩槻《いわつき》五万五千石の城主）を困らせてきた。そのため、将軍職に就くと、以後、なにかと、この、こうるさい伯耆守を遠ざけ、好き放題に振る舞うようになった。

三代将軍に就くに当たっては、人に云《い》われぬ親子、兄弟との葛藤《かっとう》と紆《う》余曲折《よきょくせつ》があった。この重圧が、「男としての心」にまで影を落としたのかも知れない。

すこし余談になるが――いずれ述べる「天草の乱」に対する将軍としての対応の稚拙とも関係してくることなので――少し話を先取りしてみよう。

まず、なによりも、父・二代将軍の徳川秀忠が、自分（竹千代＝家光）ではなく次弟の国千代（駿河《するが》大納言《だいなごん》忠長）を三代将軍に推していたという事実。

それればかりか、秀忠は、

「将軍の器に相応《ふさわ》しいのは国千代である」

周囲にまで、半ば公然とこれを漏らしていた。

竹千代にとって、この屈辱は、想像を絶するものがあった。

これを知った家光の乳母《うば》・春日局《かすがのつぼね》、松平伊豆守、さらには柳生但馬守が、敢然として竹千代の擁護に回ったのである。

この結果、秀忠の方が逆に折れるという、ドンデン返しとなった。

この将軍秀忠の後継者指名の敗北の裏に、なにがあったのだろうか？

通常ならあり得ないことである。

実は「竹千代様は、大御所様（家康）と春日局様との間の御子」との噂のあったことが大きかった。

事実、秀忠の国千代（忠長）指名の意向に、真っ向から異を唱え、駿府《すんぷ》に隠棲《いんせい》する家康の所まで直訴に及んだのは春日局本人であった。

ただの「乳母」でできることではないだろう。

では、なぜ、そんな直訴が、たかが乳母風情《ふぜい》に可能だったのだろうか？

話は、すこし太閤《たいこう》秀吉時代にさかのぼる。

当時、家康は、長い間、太閤秀吉の「お相手」を務めさせられて上方に在住しており、久しく空閨《くうけい》をかこっていた。

なにしろ若い頃から、一晩たりとも女を抱かずにはおれないほどの絶倫男である。

この間、稲葉《いなば》正成《まさなり》（豊臣家家臣）の美女妻として名高い阿福《おふく》（明智光秀の重臣、斎藤利三《としみつ》の娘）を偶然見初《みそ》めたのである。父の利三は美濃の名家斎藤一族の流れをくむ。

家康は強引だった。なんと正成に因果をいい含めて阿福を離縁させ、その上で、阿福との間に子をなしたのである。この事実を隠蔽《いんぺい》するために、秀忠の「子」として押し込んだというのがもっぱらの噂である。

そして、どうも、この噂のほうが真実らしいのだから話はヤヤコシイ。

そんな理不尽なことを家康がするはずがない――現代的感覚ではそう思うかも知れない。

が、当時は、女房に対して律儀者《りちぎもの》で通していた前田利家を初めとして、そんな「成り上がり者の祖父の身勝手」は珍しくもない。ありふれた事実であった。

それに秀忠と、その妻おえよの方（幼名小督《おごう》、信長の妹お市の三女）との間には当時まだ男子がいなかった。

この後、秀忠は、おえよとの間に、やや遅れて男子の国千代を得た。が、形の上では次男である。

それだけなら生まれ月の後先の問題だが——、

家康は、自分の後継者の血に、自分の忌《い》み嫌う「織田の狂気に近い血」を入れたくなかったという「血統重視」の問題がある。

これが大きいのである。

ここに、自分の好む、美麗かつ知性に富む明智系統の血を徳川の後継者本流——つまり自分の後継者の血——に加えたかったという、うがった解釈が成り立つのである。

実際、阿福の生まれ故郷・丹波（もっとも生地には諸説あるが……）では、阿福は絶世の美女で通っている。

ところが、徳川家では、阿福は頭は良いが「不器量女」で定着している。

そういえば現・文京区春日（阿福の拝領した土地）に現存する春日局石像も、見るに堪えない不器量である。

何故《なぜ》か？

そこに、「こんな不器量女には、権現《ごんげん》さま（家康）ともあろうお方が手を出すはずがない」という幕府役人の見え透いた小細工がうかがわれるのである。

この馬鹿《ばか》げた小細工に、もう一つ加えれば――、
阿福を「家光の乳母」に選定するに当たって、幕府が全国から一般募集し、たまたま、それが、明智光秀の重臣の娘だったとするのが、これまでの巷説《こうせつ》である。
だが、そんな偶然などあり得ないこと。いかにも頭の悪い徳川の小役人の考えつきそうな噴飯物のウソ話である。

というところで話を家光に戻そう。

そんな複雑怪奇な葛藤の末、やっとの思いで三代将軍職に就いた家光である。

就任するや、真っ先に、そのお礼を、ということで、亡《な》き祖父――実は父――の改葬先である日光東照宮を、金に糸目を付けずに大改造している。

そして、その時の東照宮参詣《さんけい》では、臆面《おくめん》もなく己れを「二代将軍」と記帳し、先代秀忠を排除したのであった。

その後の家光は、なんとか政治家としての隠れた才能を発揮し始めたように見える。

がそれは、知恵伊豆と呼ばれる松平伊豆守の手腕と、陰働きを引き受けた柳生但馬守の力に負うところが大きいだろう。殊《こと》に、柳生但馬守の存在である。

但馬守は、全国諸大名家に「柳生流剣士」を送り込んでは、江戸にいながらにして

全国の「反徳川」諜報《ちょうほう》活動に精を出したのである。この但馬守とその一統の裏面活動を称して「裏柳生の働き」という。

だが、たった一つ、この裏柳生の働きには例外があった。

薩摩である。

薩摩は柳生剣士を受け入れず、ガンとして、その独自の剣法である「タイ捨流」を守っていたのである。

実は、この御前試合も、家久の不在を狙って薩摩にタイ捨流を捨てさせる狙いがあったのだが——これは、家久の家光への江戸入りの直訴で不発に終わった。

その問題の薩摩剣士が、今、まさに、この寛永御前試合に登場する。

3

その前に、柳生側の複雑な内部事情を知るために、ちょっとした寸劇を、ここに挟んでおこう。

「兄上、御見事でございました！」

柳生刑部の弟又十郎宗冬《またじゅうろうむねふゆ》が満面に笑みを湛《たた》えて、試合後の兄に近づいてきた。兄弟とは言え、母親が異なる刑部とは違って凡庸そのものの顔つきである。長兄の十兵衛とは母を同じくする。が、又十郎は自分に年齢の近い刑部を慕っていた。

宗冬がまだ俊矩《としのり》と名乗っていた幼い頃、剣の修行相手が兄の刑部友矩であったことはあるが、長兄十兵衛三厳は、荒々しい性格で、剣風も苛烈《かれつ》。とても真似《まね》のできるものではなかった。稽古をつけてもらっても、一方的に打ち据えられるだけで、発奮するよりも心が挫《くじ》けた。

その点、刑部の剣風は繊細緻密《せんさいちみつ》にして流麗《りゅうれい》。野性的な剣豪が十兵衛なら、刑部は孤高の達人であった。

「これ、これ又十郎、そのような顔をするでない。相手の次郎右衛門様に無礼であろう」

刑部が小声で、宗冬をたしなめた。

又十郎は叱《しか》られた童のような顔をした。

「又十郎、浮かれておってはならぬぞ。お前の相手は、タイ捨流を承継する薩摩示現流の開祖・東郷藤兵衛殿じゃ。心してかからねば……」

「いや、それは先ほど伺いましたが、東郷殿は御高齢故《ゆえ》に試合は遠慮し、若い門弟の方が代わられるとのこと。それ、あのお方で……」

宗冬が指さした場所には、若衆髷《わかしゅまげ》の小柄な少年がいた。しかもそれは、刑部も絶句するほどの美少年。

「あのような子供を相手に出すとは、とても勝てぬから、最初から負けた時の言い訳にするつもりなのは明白でございましょう……」

「そうとは限らぬぞ。又十郎、油断してはならぬ。あの若さで東郷殿の代役を務めるとすれば、余程の天分の持ち主と考えねば……決して見掛けに惑わされてはなるまい」

「はあ、そういうものですか……」

と応えはしたが、又十郎は全く信じていない顔つきであった。

――以上、柳生兄弟の寸劇はここまで。

さて、又十郎の試合が始まると、会場にどよめきが広がった。

「薩摩示現流東郷藤兵衛様に代わり、益田《ますだ》四《し》郎《ろう》様！」

柳生刑部にも劣らぬ美少年の登場がどよめきの理由だったが、そのうえ童子とも呼ぶべき若さが驚きを誘ったためでもあった。見たところ十四、五歳というところか。

会場内には、別の意味で驚愕《きょうがく》の表情をしている者が二人いた。

一人は、家光の傍らに座している柳生但馬守。もう一人は、仙台の伊達家から招かれて来ていた松林左馬助である。

両人は、まったく同じことを考えていた。

（この者、昔見たことのある、あの小笛という女剣士に瓜《うり》二つではないか？　しかし、それにしても若過ぎる。あれから十五年の歳月が流れておる。小笛が生きておるとしても、三十前後の大年増《おおどしま》。かほどに似ておるとは……まさか小笛の血筋の者では）

二人が首を捻《ひね》っている間に、試合が始まった。

又十郎は、兄の刑部と同じく斜め正眼に木剣を構えた。

対して四郎という少年は、示現流独特の、八相を高く構えるトンボの構えに木剣を執った。

「ちぃえええ〜〜〜いっ！」

少年は、トンボの構えのまま「猿叫《えんきょう》」と呼ばれる示現流独特の甲高い気合と共に、一直線に走り出した。

疾風《はやて》の如く駆け寄ると、猛烈な速度で木剣を右、左、右……と滅多打ちにしたのである。

面食らったのは又十郎である。相手の木剣を打ち払うのに必死で、防戦一方となり後退するしかなかった。

遂《つい》には、足を滑らせて、尻餅《しりもち》を搗《つ》いた。

途端に、肩口にビシリと木剣を打ち込まれた。

又十郎は口から泡を吹いて白眼を剝《む》くと、そのまま仰向けに倒れ、失神した。

将軍家指南役の御曹司が、かくも無様な負け方をしたことに、家光は不機嫌な仏頂《ぶっちょう》面《づら》でそっぽを向き、息子の醜態《しゅうたい》に啞然《あぜん》とした但馬守は、ひたすら平伏して恐縮の意を示すのみであった。

（あの太刀筋、明らかに小笛とは別人。しかし、技量の程は勝るとも劣らぬ。益田四郎とは、そも、何者なのか？）

左馬助も首をひねっていた。おそらく但馬守も同じ疑念に取り憑《つ》かれているだろう、と思いつつ。

思い立った左馬助は「浅右衛門、ここで待っておれ」と門弟の山田浅右衛門に告げ、立ち上がった。

左馬助は、かって高井野で共に戦った盟友、山田浅右衛門の息子を内弟子として預かり、心血を注いで教導してきた。だが、自らの願立流ではなく、あくまでも山田流を名乗らせている。

左馬助は、益田四郎に近づいていった。

「益田四郎殿、御見事で御座った……」

振り向いた四郎は、小首を傾《かし》げて不思議そうな顔をした。

(うむ、ますますあのときの小笛に瓜二つだが……某《それがし》の顔に見覚えはなさそうじゃな)

ところが――、

首を捻った直後に「おい、左馬助……」と背後から肩を指先で突っつかれて振り返る。と、見慣れない小柄な老人が立っていた。

「はて……どなたか？」

「俺だよ、俺……下柘植《しもつげ》の小猿じゃ」

老人が小声で囁《ささや》き、左馬助は眼を見開いて驚いた。

確かに、名乗られてみれば、見覚えのある顔。手練《てだ》れ忍者の、下柘植の小猿ではないか。

忍びの変装術か、はたまた十五年の歳月が刻んだ老醜なのかの判別は、つかない。

「小猿？　どうして、こんなところへ……」

「なぁに……三代将軍様とやらの御尊顔を拝しに来たまでよ」

「それはよいが、では、こちらの益田四郎殿は？」

「見りゃあ判《わか》るじゃろう？　小笛様のご子息じゃ」

「子息？」

「おっと、しまった……余計なことだったかな」

「まさか、将軍様の暗殺を企てておるのではあるまいな？」

「ほう、そこまでは考えなんだ……」と小猿は、にやりと笑う。

「とぼけるな。ここで暗殺を企てても無事に逃げることはできぬぞ。やめておけ」

「心配するな。本当に何もする気はないわい。世話になっている島津様の江戸入りに、急遽《きゅうきょ》帯同を命じられ、仕方なくやってきただけだ。つまらぬことをすれば島津家に迷惑が掛かる。今度はただ、四郎に天下の将軍様を見せてやるだけが目的よ。それも済んだ。四郎、そろそろ帰ろうかのぅ」

「はい、森様」

四郎は、小猿を森様と呼んだ。名前を変えているのだろう。

「待て待て、まだ話がある」

小猿に代わり四郎が微笑《ほほえ》みながら答えた。

「……松林左馬助様ですね？　母から御名前は、よく聞かされておりました。いずれ、母とも、ゆっくりお話しすることもあるかとは思いますが、本日は、これにて失礼つかまつります」

四郎は深々と一礼すると、小猿と連れ立って試合会場から去っていった。

4

「お待ちください、益田四郎殿」

半蔵門を出た先で、さらに、四郎はもう一人の男に声をかけられた。

「これは、これは。柳生刑部様。拙者に、何用でござりますか？」

「何ですかのぅ？　弟の敵討ちでもなさろうという魂胆《こんたん》ですかのぅ？」

従う小猿が四郎に続いて皮肉交じりに、横から挑発する。

刑部は微笑して受け流した。笑うと余計に美貌《びぼう》が引き立ち、凜々《りり》しさが際立《きわだ》つ。釣られて四郎も微笑んだ。

「いや、勝負に異を唱えに来たのではありませぬ。あれは我が弟が未熟であっただけ」

「ならば、このまま通してくださらんかのぅ。我らは国許《くにもと》の薩摩に火急の用事ができて、先を急いでおりますので」

「師の東郷藤兵衛殿を残して、ですか？」

と刑部は不審《ふしんげ》気に柳眉《りゅうび》を寄せた。高齢の師匠を残したまま帰るのは腑《ふ》に落ちないというのだろう。大会が終わってからも参加者は宴《うたげ》に出るのが礼儀であったからである。

だが、四郎はさらりと受け流した。

「東郷先生には許しを得ており申す。他に御門弟衆もおられますので、我らだけ先に帰ってもよいと……」

しかし、刑部は鋭い視線を四郎に向けたままである。

「お引き止めしたのは、お尋ねしたい儀があったからです」

この問いに四郎が身を堅くした。

小猿は無言で空っとぼけた顔をする。

「お尋ねしたい儀とは、何でございましょうか？」

四郎の方から訊《たず》ねた。

「四郎殿は、母上がひとかどの女流剣士との噂を耳にするが、今もご健在かな？」

「はい」

「お父上は？」

「身元調べですかい」

小猿が、横からむっとした顔で訊ね返した。

「いや、そういうわけではないが」

「では、やめんかい。煩《わずら》わしい」

小猿はそっけない。しかし、四郎は、にっこり笑って答えた。

「拙者、父を知りませぬ」

「そうですか、これは益々《ますます》失礼仕《つかまつ》った」

「いや、いいのです。母も父母を知らぬ生まれでしたから。そういう巡り合わせの親子なのかもしれませぬ」

「いやはや、それはそれは、立ち入ったことをお聞きした。無礼の数々、ひらにお許しを」

刑部は、顔を赤らめて去っていった。

その後ろ姿を見届けると四郎は、今は森宗意軒《そういけん》といういかめしい名前を名乗る小猿を振り返った。

「これで、よかったのでしょうか、森様」

「ご立派なお答えでございましたぞ四郎様。さあそれでは一刻も早く、ご帰国を。それにしてもさらりと、父を知りませぬ、はよかった。内心このじいは、四郎さまが、どうお答えになるかと、ビクビクしておりましたぞ」

「そうですか、でも、それは本当ですから」

「というと」

「我が父は天にましますゼスス・キリシト（イエス・キリスト）様。我が母は、その天の父から、この四郎を授けられたとのことでございますから」

「また、それですかい」

小猿は舌打ちした。女がこの世で、男なしに子を宿したなどというキリシタンのバカバカしい教えを、小猿は、ハナから信じない。むしろ南蛮人どものまやかしの教えと軽蔑《けいべつ》していた。

「でも、それは事実です。母もそう申しますし」

「小笛様がですかい。まさか」

十三年前の十月、小笛が温浴の後、夜着をかなぐり捨て、目をつむったまま秀頼公の胸の中に飛び込んでいった初夜の光景を、小猿は天井裏から見届けていた。だが、そこまであからさまなことは言えなかった。

「いえ、そのまさかです。それに……」

「それになんですかい？」

「あの刑部というお方、我等に敵意などない様子でした。だから、私も家族のことまで打ち明けたのです。ただ、あの人は、心のどこか奥の方に、なにか病んでいることがおありのようです。それがお気の毒で」

「ほう、心の奥の方にね」

小猿は知っている。刑部が、家光の寵童《ちょうどう》だったという事実を。

しかし、これも言えない。四郎はわずか十三歳。そこまで大人の話をする必要はないと思っていた。むしろ、四郎が、大人の占い師顔負けのように、人の心の内を察することに興味を惹《ひ》かれたのである。

「なんというか、暗い、人に言えない恥ずかしい部分を隠し持っているのではありませぬか。あの方の剣への異常な傾倒は、その気持ちを紛らすためのような気がしてなりませぬ」

「なるほど、あるいはそうかもしれませぬな。しかし、四郎様」

「はい」

「こちらも今は他人事《ひとごと》ではありませぬぞ。これ以上邪魔の入らぬうちに、一刻も早く帰国せねばなりませぬ。上様、ご危篤《きとく》との報が参っておりますれば」

「ご危篤？　まさか」

「ウソではありませぬ。ですから、島津様へのご挨拶《あいさつ》が済めば早速に。さあさあ」

5

御前試合を終えた後——、

家光の脳裏を、一人の美剣士の面影が占めて離れなくなった。

益田四郎である。

家光は同性愛の癖からまだ離脱できていなかった。

つい先日の閏《うるう》三月五日、家光は側室のお振ノ方との間に第一子の千代姫を儲《もう》けているが、これには裏技があった。

乳母の春日局が、家康の血統が家光の代で途絶えるのを恐れ、お振に男装させ若衆髷を結《ゆ》わせた上で、家光の寝所に差し向けたのである。

元々が胸も小さく、細身の、男っぽい容貌の娘だったらしい。

それもあってか、家光は、辛うじてお振に対して男として振る舞うことができたのであった。

この工夫の結果、お振は懐妊した。

小野次郎右衛門忠常の提案によって行われた、この御前試合も、実は、この家光の第一子誕生に花を添えるための行事だったのである。

だが、その第一子は姫で終わった。期待した〝花〟は瞬時にして色褪《いろあ》せた。

この幕府の落胆を一挙に覆《くつが》してくれそうなのが、薩摩の示現流を代表して参加した、益田四郎という類《たぐ》い希《まれ》な美少年であった。

(あれは、もしかすると、おなごではないのか)

それなら幕府としては、更にありがたい。

幕閣は、急ぎ島津家に問い合わせの急使を出した。

だが、この御前試合のために、特別な許しを得て、江戸入りしている当主・島津薩摩守家久からは「当家に益田四郎なる家臣は、おりませぬ。東郷藤兵衛の内弟子かとも思われまするが、既に薩摩に戻るべく、出立しておるようでして」との、そっけない返事が届いただけであった。

そこで家光が呼んだのが〝知恵伊豆〟こと老中・松平伊豆守信綱であった。

「其方《そち》には、もう読めているのであろう。昨日の御前試合に薩摩の示現流を代表して出て柳生の不出来な子息を叩きのめした、あの益田四郎とか申す若者のことじゃが」

「やはり、そのことでございましたか」

と伊豆守は全く何の動揺も見せずに頷《うなず》いた。

「上様としては、彼《か》の若武者を小姓としてお側《そば》に召し抱えたい。しかし、どのような出自か、氏素性も分からずに、それは、できぬ相談にございますが」

「そうじゃろうな。薩摩守（島津家久）も、おそらく四郎に、それなりの厚遇《こうぐう》を与えているであろう。そのような家臣はおらぬ、と返書は来たが、とうてい信じ難い。余に〝家臣なれば寄越《よこ》せ〟と要求を突きつけられるのを懸念しての嘘《うそ》偽りであろう。あれほどの美童。さぞかし高禄《こうろく》で、己れも小姓として身辺に侍《はべ》らせておるに相違ない」

「なるほど。島津の出しておる俸禄を僅《わず》かに上回る程度では、まずもって招聘《しょうへい》はできますまい。二倍三倍、あるいは十倍の厚遇を用意してやる必要がございましょう」

「とにかく、島津の家中において、どのような待遇を受けているかを喫緊《きっきん》に調べねばならぬが——」

「心得ました。しかし、柳生には、命じられませぬな。刑部殿と上様との以前の仲のこともありますれば」

伊豆守は「以前の仲」と婉曲《えんきょく》にいい、現在を伏せた。

「うむ、それもそうじゃな」

家光は、ずばり言い当てられて、苦虫をかみ潰《つぶ》した。

「伊賀組、甲賀組、根来《ねごろ》組なども使えませぬ。壁に耳あり障子に目あり、どこに、どう、この話が幕外に漏れるかも知れませぬゆえ」

「そうか、じゃが、伊豆、其方なら、何ぞ策を弄《ろう》せるであろうが」

「ないこともございませぬが」

「と、申すと？」

「甲賀者を用いましょう」

「待て。甲賀組は使えぬぞ――」

と家光が片手を挙げると、伊豆守はさらりと云ってのけた。

「御公儀お召し抱えの甲賀組ではございませぬ。甲賀の在地の忍びどもを用いるのでございます。某、いささか甲賀の里に伝手《つて》がございますれば」

「おう、そうであったか。頼むぞ、伊豆」

と家光が胸を躍らせて身を乗り出した。

「上様。どうか安宅丸《あたけまる》に乗ったつもりで、この伊豆めにお任せくださいますよう」

にっこりと微笑して退出していく伊豆守を、家光は期待を込めて見送った。

もはや家光の脳裏には、益田四郎の顔《かんばせ》と、まだ見ぬ、剣術によって鍛えられた無駄肉の欠片《かけら》すらない、美々しく凛々しい肢体への思慕しかなかったのである。

6

同じ御前試合があった夜。

四谷大木戸の柳生家中屋敷では、但馬守宗矩の三男、又十郎宗冬が包帯に巻かれて寝込んでいた。

将軍家指南役、柳生新陰流の名折れとなった又十郎は、門弟に屋敷に担《かつ》ぎ込まれて治療を受ける間、ずっと放心状態だった。

長兄の十兵衛三厳は諸国武者修行の名目で諸国探索の仕事に出ている。

但馬守は又十郎の失態に立腹したのか、帰宅しても部屋に籠《こ》もったまま、宗冬の怪《け》我《が》の具合を確かめにも出てこない。

そこに刑部友矩がひょこりと戻ってきた。そして真っ先に又十郎の枕元《まくらもと》に駆けつけた。

明らかに又十郎は意気消沈していた。身体の傷よりは、心の傷のほうが遥《はる》かに深そうである。

「あ、兄上……面目次第もありませぬ。兄上の仰《おつしや》った通り、あの者、まったく付け入る隙もなく、このざまでございます」

「よい、よい。気にするな。勝負は刻《とき》の運じゃ」

「いえ、実力差は明らか。益田四郎と申す者の太刀筋、稲妻のごとき烈《はげ》しさで、受けるのが精一杯でございました」

「確かに示現流の太刀筋の苛烈さを見切るのは容易ではない。しかし、何も鬼神を相手にしている訳ではない。人が振るう技であれば攻略する術《すべ》は、必ず、どこかにあるはず。本日、お前が敗れたのは、慢心があったからじゃ。怠らず励めよ」

友矩は弟に優しかった。しかし、ここから先、又十郎が真に立ち直れるか否《いな》かは本人の努力による以外にない。余人では助けようもないことも、また知っていた。

翌日、刑部は、江戸から忽然《こつぜん》と姿を消した。

これまでは、父に命じられて、出世のためと耐えてきたことだが、三代将軍家光が自分に向けてくる性への偏執が、おぞましくて仕方がなかった。その矢先、家光が四郎に目をつけたことを知り、ほっとすると同時に、我慢の限界を悟ったのであった。

さらに、

(これからは私が、あの四郎を将軍から護《まも》らねばならぬ)

とも決意した。

それが、同じ「剣の道」を純粋に生きる先輩としての務めだと信じたのである。

そんな刑部の複雑な心の揺らぎを知らない父但馬守は、刑部の失踪《しっそう》にうろたえるだけであった。

「刑部は如何《いかが》いたした。余に顔を見せぬが」

と問うてくるであろう家光。その矛先を躱《かわ》して失踪を隠すには、

「病気療養のために、やむなく柳生の里に急遽帰しましてござります」

と偽りの届け出をするしかなかった。


これまた、同じく、御前試合のあった夜の薩摩側の光景。

四郎と宗意軒は連れ立って、幸橋御門内の島津家中屋敷に御前試合報告のために島津家久を訪ねたのである。

家久は開口一番、

「江戸に出て来てよかった。あっぱれ。胸がすっとしたわい。それにしても、かねて

から噂《うわさ》には聞いてはいたが、聞きしに勝る凜々しき若武者ぶりよの、四郎は」

「恐れ入ってございます」

四郎が礼を述べる。

すると、家久は、機嫌良く、宗意軒を振り返り、さらに訊ねた。

「宗意軒とやら、余の席からは、よく見えなかったが、さぞかし、あの愚か者の三代目は、だらしない面をして四郎を見ていたに相違ない。どうじゃな」

家久には「もしも叶《かな》うならば天下を取りたい」との野心があった。しかし、亡き父の惟新斎《いしんさい》（島津義弘。元和《げんな》五年〈一六一九〉七月没。享年《きょうねん》八十五）ほどの決断力に乏しかった。

（ここで家久の尻を押す意見を言うべきかどうか）

宗意軒は、しばし迷ったが、「やはり言うべき」と考え直し、ずばり報告した。

「今の徳川の三代公方《くぼう》は、やっとの思いで子をなしたとは申せ、かねて噂の衆道《しゅどう》は、今なおそのままのように存じます。ひょっとすると、鎌倉の源氏三代と同じく、徳川も三代で途絶えるやも知れませせぬ」

「だと面白いがな」

家久は身を乗り出した。

「論より証拠。四郎様が、柳生の不肖《ふしょう》の小倅《こせがれ》、又十郎めを完膚なきまでに打ち据えた刹那《せつな》でございました。公方様は、さぞかし悔しさを見せるかと思いきや、さにあらず。まるで恍惚《こうこつ》の眼で……」

「ほう」

「それこそ、よだれたらたらの風情でございましたぞ」

「何と！」

家久は絶句した。

「ということで、愚図愚図していては、四郎様を小姓に出せと命じてくるやもしれませぬ」

「その話ならすでに来ておるわい」

家久は、笑った。今度は宗意軒が絶句する番であった。

「もちろん余は直ちに断った。四郎は薩摩の家臣にあらず、という名目でな。しかし、そんなことで幕府が諦《あきら》めるとは思えぬ。四郎は、余と別して、急ぎ薩摩に戻したほうが良いかもしれぬな」

「心得ました」

「だが待てよ……」

家久は落ち着き払った声で座り直した。

「……これは、もしかすると、徳川の天下を打ち倒す絶好の時になるかも知れぬな。事は重大であるゆえ、慎重の上にも慎重を期すにこしたことはないが……」

宗意軒は頷きつつ次の言葉を待った。

「たとえばどうじゃ。今はまだ、ただの思いつきに過ぎぬが、帰国後、余の不在中に、できれば、そちらだけで肥後の何処《いずこ》かで大規模な一揆《いっき》を起こし、徳川の統率力が、いかほどのものかを探るというのはどうじゃ。肥後には、関ヶ原で敗れた小西摂津（行長）の残党の牢人《ろうにん》や、寛永九年（一六三二）に取り潰された加藤の残党の牢人が、うようよしておる」

「よく御存知で」

「真田の残党がその後、育ててくれた島津忍びから聞き知った知恵よ。ということで、そなたらは帰国後、密《ひそ》かに肥後に潜入し、徳川の度肝を抜くような大規模な一揆を起こしてはくれぬか。しかし、その一揆の報は、江戸まで届かぬように。届いたとしても、可能な限り遅らせせよ。余に、その濡《ぬ》れ衣《ぎぬ》がかからぬようにな。それには望月六郎太や、その一統が育ててくれた島津忍び衆も、裏から働いてくれるに相違ないが」

「難しい仕事ですが、なんとかやってごらんに入れましょう。して、その一揆を、いつ頃までにと薩摩守様にはお望みでしょうか？」

この宗意軒の問い掛けに、家久は三つ数えるほどの速さで答えた。

「余は帰国を、急病を名目に出来るだけ遅らせる積もりだ。それでも、そうじゃなあ。できれば三月《みつき》。余を除いて、ちょうど九州の全大名が、その頃なら、まだ参覲《さんきん》出府してきている。急使を走らせて対策を講じようとも、江戸と肥後では、まず指令の往復に一月《ひとつき》、二月《ふたつき》近くを要するであろう。さすれば、今がまたとない好機よ」

「で、殿ご自身は？」

「病後の回復、はかばかしからずとでも言って、高みの見物を決め込む積もりよ」

7

御前試合から二十日余りが過ぎた、五月下旬。

六郎太と、森宗意軒こと下柘植の小猿は、無事薩摩の谷山に帰着し、蟬時雨《せみしぐれ》の煩《うるさ》い千々輪《ちぢわ》城の本丸御殿で、秀頼と小笛に帰投の挨拶を行った。

秀頼は、この数年、労咳《ろうがい》を患《わずら》い、見る影もないやつれようで、ほとんど寝所を離れることができない有様になっていた。おそらく、晩年、労咳を患った父秀吉に抱かれ、その「口吸い」などの愛撫《あいぶ》を受けていたせいであったろう。

この日の帰国挨拶も、南蛮渡来の豪華な刺繍《ししゅう》の飾りのついた寝床に横たわったままで始まった。

小笛のそばには、小鷹《こたか》、小鶴《こつる》、小笹《こざさ》の三女が畏《かしこ》まって控えている。いずれも秀頼と小笛の間に生まれた娘たちだ。

しかも三人年子《としご》であった。

「小笛は、東郷藤兵衛も歯が立たぬほど強い女子《おなご》ゆえ、四郎の他は女児ばかりが生まれてくるのも、致し方ないのかのう」

若い頃の秀頼は、苦笑まじりに、そういって嘆いたものである。

「して、江戸の将軍は、どうであったか」

これが秀頼には最大の関心事だった。それゆえか、侍女に支えられて無理に床から起き上がり、脇息《きょうそく》に半身を任せるようにして訊ねてきた。

宗意軒は、家久に答えたのと、ほぼ同じ報告をした。

さらに話が家久の「肥後での一揆命令」に及ぶと、

「そうか、ようやく面白いことになりそうじゃの」と、今度は、脇息を放り出して座りなおした。そして叫んだ。

「あの愚図の家久が、やっとその気になったのじゃな。やれやれ、これで我等西方の徳川追い落としの顔ぶれがそろったというわけじゃな」

「はい」

「そして六郎太」

秀頼はいったん言葉を切り、顔つきを改めた。

「我等としては、この島津家久の決意を吉とせねばなるまいの。そうではないか。徳川の三代公方が、そのように衆道に現《うつつ》を抜かすような暗愚な男であれば、その天下を三代で終わらせることは十分可能であろう。天下の西半分を島津で、東半分を余と、場合によっては伊達と共に、二分して統治する道が、これで拓《ひら》けるというものだ」

「畏まりました。それでは、明日より、島津様とも連携を密にして、一揆の準備に着手することにいたします」

「ただし、ぬかるなよ。この企て、ここにいる我等豊臣と切支丹衆が主、島津はあくまで余計者、従だということをな。それでないと、後々がうるさいからのう」

「心得ましてございます」

宗意軒と六郎太は、深々と平伏した。

8

その頃――、

家光の密命を帯びた〝知恵伊豆〟こと老中の松平伊豆守信綱は甲賀の地にあって、甲賀五十三家の名門の忍びたちに会っていた。

年齢順に、六十三歳の望月兵太夫、六十歳の芥川清右衛門《あくたがわせいえもん》、五十六歳の岩根甚左衛門《いわねじんざえもん》、五十四歳の鵜飼勘右衛門《うかいかんえもん》、五十三歳の伴五兵衛《ばんごへえ》、四十五歳の岩根勘兵衛《かんべえ》、四十一歳の夏見角介《すみのすけ》、三十三歳の望月与右衛門《よえもん》、二十五歳の芥川七郎兵衛《しちろうべえ》、二十四歳の山中十太夫の十人である。

中でも望月兵太夫と芥川清右衛門の二人は、関ヶ原合戦当時、鳥居元忠の麾下《きか》に属し、雑賀孫市《さいかまごいち》の率いる西軍先鋒隊《せんぽうたい》を相手に、伏見城を守って奮戦した。

これを見て、西軍総大将の石田三成は五奉行の長束正家《なつかまさいえ》（甲賀のある近江水口《おうみみなくち》十二万石を領した）に指示して、甲賀忍者の家族を人質に取らせ、内応するように迫った。

それがために甲賀忍者たちの結束が乱れ、密かに城門を開く者が出て雑賀鉄炮隊《てっぽうたい》の乱入を許した。この結果、家康子飼いの城将であった元忠の憤死《ふんし》を招くに至ったという過去がある。

部下から裏切者が出た重大事実を恥じた望月兵太夫と芥川清右衛門は、この合戦後、徳川家に仕えることを断念、野に下って、一介の百姓として暮らしを立ててきた。

しかし、寛永十一年に、第三代の将軍位に就いた家光が、その姪《めい》にあたる女帝の今上天皇（明正天皇）に拝謁《はいえつ》するために、三十万余の大軍勢を率いて上洛《じょうらく》した際、兵太夫と清右衛門は、ささやかな献上品を携えて、野洲《やす》で出迎えた。

この時の献上品の受理を名目に、家光への繫《つな》ぎを演出したのが松平伊豆守である。

「どうやら、皆、健勝のようじゃのう」

と形式的に挨拶をした伊豆守は、懐中から似顔絵を取り出した。

描かれているのは、先月の御前試合で見事に柳生又十郎宗冬を打ちのめして見せた益田四郎の凜々しい姿であった。

「はて。この若武者が、何でございましょうや？」

兵太夫は不審気に首を捻った。

「この者は益田四郎と名乗って、先般、薩摩の示現《じげん》流を代表して御前試合に現れ、卓越した迅業《じんぎょう》を発揮してみせた。この者に、上様は、えらくご執心でのう」

「はあ……」

まだ兵太夫には伊豆守の意図が見えず、首を捻っている。

伊豆守は小者に命じて〝軍資金〟として持ってきた一千両を一同の前に置いた。

「これだけ美形の上に剣の腕も抜群となれば、島津家でも相応の待遇を与えているであろう。ただ単純に〝あの者を徳川に欲しい〟と申し入れても、即座に〝畏まりました〟とはならぬであろう」

そこまで云《い》うと、兵太夫は、ようやく事情を納得した顔になった。

「なるほど。島津家が、この益田四郎を素直に御公儀に差し出すように、島津家に有無を言わせぬ弱点というか、そういうものを探し出せ、という御下命にござりますな？」

「まずは、そういうことじゃな」

と伊豆守は応《こた》えたが、真意は違っていた。

(上様の衆道好みは、知らぬ者がない。そういう上様が招聘した御前試合に、あのような美形の若者を出してくるのは、飢えた馬の鼻先に人参《にんじん》をブラ下げるのにも等しい。何ぞ、腹黒い裏がありそうじゃ)

と伊豆守は読んでいたのである。

関ヶ原で西軍に加わった島津勢の苛烈な〝捨て奸《がまり》〟の戦術に恐れをなした家康は、

西軍方の大名で唯一《ゆいいつ》、島津家のみを本領安堵《あんど》した。

現在の島津家当主の家久は妻子を人質として江戸表に差し出し、表向きは恭順の態度を採ってはいるが、関ヶ原の〃捨て奸〃撤退戦では、島津義弘は血肉を分けた甥《おい》の豊久をも〃奸〃として用いている。

天下を取るためであれば、人質の妻子さえも見捨てかねないのが島津の気風だ、と伊豆守は見ている。

(とにかく、島津には、何か胡乱《うろん》な気配がある)

伊豆守の読みは、これまで幾多の難局を救っている。

その〃何か〃の手懸かりが得られるのであれば、たかが一千両、少しも惜しい金ではなかった。

9

情景は再び、九州に転じる。

肥後は宇土《うと》郡段原《だんばら》村の、雑草が丈高く生い茂った荒蕪地《こうぶち》に、男四人、女三人の計七人の一行が渉猟《しょうりょう》している姿が見受けられた。

ここは実は、切支丹大名として関ヶ原の合戦に西軍として参加、敗れて斬首《ざんしゅ》に処された小西行長の築いた宇土城の跡地である。

小西家の滅亡後、その領地（宇土郡、益城《ましき》郡、八代《やつしろ》郡）を併合した加藤清正が、宇土城を晩年の己れの〝隠居城〟と定め、主曲輪《くるわ》の改修を大々的に行った。

いずれ大坂城が徳川軍によって攻め落とされ、秀頼公が九州の地に落ち延びて来た時には、熊本城と合わせ、将棋に喩《たと》えるならば飛車角の二枚の大駒《おおごま》として来攻する敵を迎え撃つ算段だったと思われる。

だが、肝心の清正は慶長十六年に死去。その四年後には、徳川家の命じた「一国一城令」によって、水俣城、矢部城とともに破却された。

女三人は、小笛の長女の小鷹、二女の小鶴、三女の小笹の三姉妹である。

瓜二つというほどではないが、各々《おのおの》が十間も離れれば識別できなくなる。

背丈も年齢順に多少低くなってはいるが、その差は五分（一・五センチ）から七分（二・一センチ）程度である。別々に見れば判別できない。

男四人は、森宗意軒こと小猿、望月六郎太、七郎太、八郎太の親子である。

七郎太と八郎太は、薩摩に落ちてきて以降、明石掃部《あかしかもん》の紹介で六郎太が切支丹の娘と会って妻とし、その間に生まれた息子である。

忍びの六郎太と小猿はともかく、子の七郎太と八郎太は敬虔《けいけん》な切支丹信仰に染まっていた。

「それにしても七郎太に八郎太とは、芸のない名前をつけたのう。せめて雑賀孫市殿ぐらいの工夫をせんかい」

と小猿が揶揄《からか》うと、六郎太は、むっとなる。

「孫市殿こそ、訳が分からんわい。最初が孫九郎で、そこから三つずつ減って、孫六郎、孫三郎となり、雑賀家の跡目を相続すると、途端に孫市になるんじゃろう。どうせ減らすんなら、もっと分かりやすく、一つずつにせんかい」

そんな無駄口を叩《たた》きながら、男女七人は荒蕪地を探し回っていた。

破却されたとはいえ、旧宇土城は、東西五町弱、南北四町弱で、ちょうど豊臣家の家紋の五七の桐《きり》の花の部分を落としたような形状をしていた。

石垣と堀は完全に残っていた。問題は地下隧道《ずいどう》である。

城作りの名手清正が、誰にも判らないようにと苦心して作った地下道だし、それも、一町四方ぐらいの領域の中から探すのだから、容易ではなかった。

「これか？」と地下貯蔵庫の〝隠し蓋《ぶた》〟と思われるものを苦無《くない》を使って動かしてみる。と、それはただの錯覚で、ありふれた自然石だったり屋根瓦《がわら》だったりが繰り返された。

それでも、苦無を手に手に、手分けして探し回ることおよそ二刻（四時間）、なんとか目当てのものを見つけ出すことができた。

発見者は最年少の小笹である。

「隠れん坊《ぼ》の穴さん、見ーっけた」と、小笹は無邪気に小躍りして燥《はしゃ》ぐ。

その頭を交代でなぜながら、男四人は、三尺四方の〝隠し蓋〟を持ち上げる。

すると、真下に、元の天守閣地下蔵に続くと思われる階段が現れたのである。

「入ってみよう」

七人は勇躍、階段下に身を入れる。

しばらく下ると、石段の途中の隠れ穴から、しっかりと梱包《こんぽう》された木箱が下向きにずり落ちそうになったまま覗《のぞ》いて見えた。ずり落ちてきたのは、最近あった「ない」（地震）のもたらしたいたずらであったろう。

その一つを開けて、七人はさらに驚いた。

中身はずしりとした御禁制の鉄炮と火薬だったのである。

さきに発掘した明石掃部の鉄炮は旧式で役立たずだったが、こちらは新鋭、それも、ほとんど錆《さ》びもなかった。おそらく清正公が、淀さまから頂いた豊富な裏金で、カネに糸目をつけず、有明海付近の海賊と、その裏で働く宣教師、その手先となった商人から入手したものであろう。

その数、優に五百挺《ちょう》以上。

「これだけ揃《そろ》ったとなると、江戸で小笛さまに支援を約した雑賀鉄炮衆の合力があれば千人力じゃ。百姓一揆と甘く見て攻めてくる徳川勢には、かつて味わったこともないほどの苦汁を飲ませて、吠《ほ》え面《づら》を掻《か》かせてやれるわい」

小猿が満面の笑みを浮かべると、他の六人も大きく頷き合った。

これだけ多量の鉄炮と火薬を、何処《どこ》へどうやって搬送するかの相談に加え、六郎太、七郎太、八郎太の父子《おやこ》が一揆勢において何と名乗るかも雑談混じりに話し合った。

「小猿が、森宗意軒か。儂《わし》らも、それらしい名前が良いのう」

と六郎太が言い出し、その結果、纏《まと》まったのが、
蘆塚《あしづか》忠右衛門、赤星宗帆《しゅうはん》、山《やま》善左衛門
というきらびやかな名前であった。

六郎太と小猿はやがて顔つきを改めて、次に何をなすべきかの相談に入った。

「これで、武器は手に入った。次は、一揆の拠点を、何処に置くか、じゃな」

「徳川の阿呆《あほう》めが、大名の叛乱《はんらん》を恐れて、あちこち城を破却させたので、武器の隠し場所にふさわしい城跡はどこにでも転がっておるわい。その、いずれかじゃな」

「しかしこの宇土城は、大軍を迎え撃つには向いておらんな。大軍をもってすれば容易に四囲を囲めるからな。籠城《ろうじょう》戦にはとても耐えられまい」

「三方が海という地形じゃ。だが三〜四カ月後に旗揚げとなれば、堀など悠長に手間暇を掛けて掘ってはおられんぞ」

「島原、天草、長島、御所浦と手分けして見ていけば、まだ格好な廃城が三つや四つは見つかるじゃろうて」

「見つかったら、密かに城内外を行き来できるように、隠し隧道ぐらいは掘る必要があるな」

「それはそうじゃ。それが完成したところで一揆の旗揚げじゃ。大名どもが江戸で間抜け面を曝《さら》して遊興三昧《ざんまい》に耽《ふけ》っておる間に、取り返しのつかぬところまで追い込んでくれようぞ」

方針が纏まると、七人は六郎太を筆頭に、男女二人ずつの三組に分かれて、さらに島原、天草、長島、御所浦の四方面に散っていくことになった。

10

一方——反徳川勢力の探索の旅に出ていた柳生但馬守の長男十兵衛三厳は、この時、博多の地にいた。

城主の黒田筑前守忠之《くろだちくぜんのかみただゆき》が江戸参観のため不在。それを知った上での、この訪問である。

その目的は、神道《しんとう》夢想流を開いて黒田家に仕えた夢想権之助を通じ、一時荒れていた藩内事情を探るためであった。

が、生憎《あいにく》、権之助もまた、入れ違いで、急遽《きゅうきょ》、御前試合に招集されて不在と判明した。

(とんだ無駄足となったか)

十兵衛は、舌打ちした。

黒田家が荒れたのは、今から五年前に起きた御家騒動にある。

忠之は元和九年(一六二三)八月、二十二歳の時に家督を相続したが、寛永年間に入って、側近人事で依怙贔屓《えこひいき》的ともみられる加増重用を行った。このために、不平不満を持った栗山大膳《くりやまだいぜん》などの重臣が江戸に出向いて幕閣の老中たちに直訴に及んだ。

これが騒動の発端である。

しかし、ここまでなら、藩内問題として「叱《しか》り置く」程度のことであろう。

ところが、大膳は、さらに「我が主君は天下転覆を画策しております」と訴えたのである。そこまできては幕府も捨て置けない。

忠之を呼び出しての、さらの吟味となった。

すると忠之は逆に、「栗山大膳は狂人にござる。努々《ゆめゆめ》お取り上げなきよう」と抗弁したのだった。

家光にしても、当時まだ自分の政権が安泰とはいかない状況だった。それに、遠い九州の外様《とざま》大名の国内問題だ。これ以上に関与するのが、なんとも煩わしかったのである。

そのため、この当時は、忠之の言い分を一方的に呑《の》んで、大膳を盛岡に配流《はいる》するだけに止《とど》めた。

(後は、柳生にゆっくり調べさせた上で――)

という形で収めたのである。

黒田問題は、幕府にとって多年の宿題みたいなもの。それに、十兵衛にとっても黒田家問題は、相手にとって不足はない。

ないどころか、もしも黒田家に新たな落ち度を見つけ、あわよくば取り潰し、もしくは大幅減封に持ち込めるなら柳生家の大手柄になる。

それこそ現在の一万二千五百石の小大名から、数十万石の大大名に加増されることも夢ではなくなる。

だが、権之助が不在では、探索に直結する重大な瑕疵《かし》を穿《ほじく》り出すことも叶わない。

（やれやれ、どうしたものかの）

六尺近い大男の十兵衛は、大手柄の機会を失ったことで、いささか気分を害していた。月代《さかやき》も剃《そ》らないまま、不精髭《ぶしょうひげ》も伸ばしっぱなし。獣《けもの》のような精気、殺気を周囲に発散させていた。

唯一の救いは、父但馬守の命令で江戸から駆けつけてきた伊賀者の疾風《はやて》の到来である。御前試合の様子を伝える手紙を持参してきた。

「又十郎が御前試合で敗れ、小野次郎右衛門に勝った左門――いや、今は刑部であったな。彼奴《あいつ》が逐電《ちくでん》したのか、ふうむ」

十兵衛は顰《しか》めっ面をした。

「又十郎さまが薩摩示現流の東郷藤兵衛殿の弟子で益田四郎なる者に敗れると、刑部さまはどうやら、その益田四郎を追って、薩摩へ向かったらしうございますな」と疾風。

「なに？　薩摩へ？　まさか刑部は又十郎の屈辱を晴らさんとしてか？　彼奴らしくないが……」と十兵衛。

「さあ。その辺りの事情は、某《それがし》は但馬守様や刑部様の身近におったわけではないので、存じませぬが」

と疾風は曖昧《あいまい》に首をひねった。

なおも但馬守の手紙に目を落としながら、十兵衛は、とある箇所で唸《うな》った。

「益田四郎なる者、俺の片目を潰した、あの女剣士と瓜《うり》二つ……だと？」

十兵衛の顔が憎悪《ぞうお》に歪《ゆが》んだ。

但馬守の手紙は、こう続いていた。

――上様は、衆道の気が今もおありになる。左門に執心して刑部少輔《しょうゆう》に任じられたのも由々しき抜擢《ばってき》ながら、今度も早速、益田四郎を召し出させようと、島津に働きかけられた。ところが、島津家に益田四郎なる家臣はおらぬ、との返事だったそうだ。東郷藤兵衛殿の示現流は島津家の御留流《おとめりゅう》で、門弟は家臣のみのはず。家中の者以外には伝えぬのがその慣例だが、彼者《かのもの》のみが例外で、市井《しせい》の門人というのも解《げ》せぬ話――。

読み終えた十兵衛は「ご苦労であった」と疾風を犒《ねぎら》って手紙を懐中にねじ込みながら、今後の方針について頭をめぐらせていた。

（刑部が、益田四郎を追ったとなると、薩摩に向かったか。しかも、益田四郎が、あの時の女剣士に瓜二つとなると、弟か従弟《いとこ》であろうか。いずれにしろ、この俺も、一時、薩摩に行ってみずばなるまいて）

薩摩に行くとすれば、筑後、肥前、肥後……と経由していく西回りか、豊前《ぶぜん》、豊後《ぶんご》、日向《ひゅうが》……と経由していく東回りだが、十兵衛は考えた末に、東回りを採ることにした。

豊後府内（大分）に近い豊後鶴崎は、南九州の大名が伊予灘《なだ》、燧灘《ひうち》、備後灘《びんご》、水島灘、播磨《はりま》灘、和泉《いずみ》灘と経て海路で大坂に行く参覲交代の経路となっている。

つまり、刑部が大坂から海路を採ったとすれば、鶴崎に上陸した可能性がある。

また、家康の次男の結城秀康《ゆうきひでやす》の長男の松平忠直《まつだいらただなお》が先代将軍の秀忠の逆鱗《げきりん》に触れて越前七十五万石を取り潰され、豊後府内に配流され、後の長崎奉行の竹中重義（豊臣秀吉の軍事参謀だった竹中半兵衛重治の又甥《またおい》）に預けられた。

が、重義は幕府朱印を偽造して密貿易を企て、それが発覚して寛永十一年（一六三四）に切腹に処され、竹中家二万石は、お取り潰しになっている。

代わりに豊後府内には公儀目付の代官所が置かれ、忠直の見張り役として、大身旗本の牧野伝蔵成純《しげずみ》（四千五百石）、林丹波守勝正（二千五百石）の二名が常駐するようになっている。

この二人が、きちんと役目を果たしているのかどうか。そして江戸から遠隔地にあるのをいいことに、竹中重義のように何ぞ腹黒いことを企《たくら》んではいないか――。

この二つの目的を兼ねて調べに赴こう、十兵衛はそう考えたのである。

十兵衛は、朝倉街道（筑前日田《ひた》往還）に道を採り、太宰府《だざいふ》、甘木《あまぎ》、朝倉、日田、玖《く》珠《す》、湯布院《ゆふいん》と経て豊後府内に向かった。

最初は、黒田家の分家の黒田長興《ながおき》（忠之の弟）が領する秋月陣屋のある朝倉宿に泊まり、ここで弟の柳生刑部の似顔絵を描いた。

十兵衛は無骨な外見に似ず、絵が得意であった。ちらっとでも見たものを正確に絵に再現できなければ、隠密《おんみつ》任務は果たせない。宮本武蔵、海北友松《かいほうゆうしょう》など、絵を得意とする武芸者は、どこかで隠密業務に従事していたかもしれない。

十兵衛は刑部を、男装と女装の二つに描いた。十兵衛と違い、ほとんど髭のない刑部は女に化ける〝くノ一の術〟を得意とする。

刑部が薩摩に向かったことは間違いないと思われる。が、そこにどういう意図があるのか、十兵衛は面と向かって問い質《ただ》したわけではない。身分正体を偽って女に化けて密行している可能性もあるから、どうしても女装の似顔絵が必要であった。

豊前府内に向かう道々「このような男女を見掛けなんだか？」と要所要所の茶屋や木戸、問屋場《といやば》で見せて回った。が、ついに豊後府内に至るまで刑部の手懸かりを得られることはなかった。

11

島原、天草、長島、御所浦の四方面に散った小鷹ら三姉妹と小猿、望月六郎太、七郎太、八郎太の七人は三日後、四方面のほぼ中間点の天草本渡《ほんど》城に再集合した。

天草は南北に長くて大きい下島と、東西に長くてやや小さい上島とから成っている。両島の間は、幅が百五十間ほどの狭くて浅い、干潮時には歩いて渡れるほどの本渡瀬戸が隔てているが、本渡城は下島の、瀬戸の北端から北西方向に一里弱の、高さ二十五丈ほどの小高い丘の上にあった。

往時の城主は天草伊豆守種元であったが、天正十七年（一五八九）に小西行長の宇土城普請《ふしん》を命じられて、これを拒否したことから合戦が起き、天草氏と、それに従う天草五人衆は攻め滅ぼされ、本渡城は破却された。

本丸、二ノ丸、出丸の四つの曲輪から成り、三方は急峻《きゅうしゅん》な崖《がけ》となっているが、海までの距離があることから、一揆のような小人数の籠城戦には向いていない。

「長島の城は、どうであったかのう？」

小猿の問いには、小鷹が答えた。

「長島の堂崎城には、天草八氏に数えられた長島党が拠《よ》り、長島党が人吉《ひとよし》の相良修理大夫義陽《よしはる》に逐《お》われた後は城主が変遷《へんせん》して、最終的には島津源三郎忠兼《げんざぶろうただかね》様が城主になりました。この御方は謀反《むほん》を疑われ、永禄八年（一五六五）に出水《いずみ》の薩州島津家の八郎左衛門尉《さえもんのじょう》義虎様に殺され、以降、堂崎城は廃城になっております。天草灘に二町ほど突き出した堂崎鼻に建てられており、東で、たった二十七間の幅で陸地と繋がっている他は、西南北の三方が海です。小人数で戦うだけなら、まさに打って付けの地形」

「なるほど。そうなると問題は、島津分家の薩州家の領地という点だな。ここに一揆勢を立てこもらせるとなると、どうしても島津本家の薩摩守様の了解を得ねばならんし、肥後、肥前、筑後、筑前……と攻め上っていくには地の利が悪すぎる。他に候補地はないか？」

「ならば、肥前は島原の原城だな」

と今度は、六郎太が即答した。

「ここは堂崎城のように、三方が海とはいかん。南東側の一面が海に面しているだけだ。だが、城からすぐに急峻な崖になっているので包囲は不可能だし、北側は泥湿地《でいしつち》帯で、ちょっと工夫すれば攻め手の足を食い止めるのは容易だ。問題は西側だけだ」

「よし。そういうことなら、これより早速、原城を見聞に参ろう」

こうして七人は本渡瀬戸から小舟に乗り、七郎太の櫂《かい》で洋上五里強北方の原城を目指した。その道々で、六郎太は島原半島を支配する松倉長門守勝家の苛政《かせい》について語った。

「松倉は現在、十万石だ。ところが、領地は四万石だった有馬家の時代から少しも増えておらん。これがどういうことかは、分かるな？」

すかさず数字に長《た》けている小鷹が答える。

「年貢《ねんぐ》は四公六民。四万石なら、領民の手には二万四千石の米が残る。でも十万石で四公六民なら、年貢は四万石。耕地が増えていないのなら、領民は収穫できる米の全部を年貢として差し出しても、手元には一粒の米も残らないことになりませんか」

「そうだ。四万石は平年収量だから、豊作になれば多少は手元に残る。が、それに満たない凶作ともなれば、年貢は納められず、借財となる」

「唐津十二万三千石の寺沢兵庫頭（堅高《かたたか》）のところも似たようなものでしょう。十二万三千石の内の四万石は天草だが、天草は土地が痩《や》せていて、そんなには穫《と》れますまい。まあ、二万石が良いところかと。松倉領と似たり寄ったりの状況が起きている。天草の領民は寺沢家への借財塗《まみ》れだ」

　小猿の具体的な説明に、六郎太は渋面を作って腕組みした。

「このまま行けば、今年の旱天《かんてん》では凶作は間違いない。今すぐにでも、食うに困って、一揆が起きるな」

「そうだ。しかし、今ここで起きるというのは、はなはだ拙《まず》いな。今年の年貢の納付日は十月朔日《さくじつ》以降だ。少なくとも、それ以降まで一揆の勃発《ぼっぱつ》は抑えねばなりませぬな」

　小猿が応じた。

「しかし寺沢も松倉も吝嗇《りんしょく》で知られた大名だ。領民が飢えに苦しもうが〝お救い米〟の供出などするわけがない。一揆の準備万端が整う十月まで起きないようにするには、我らがその〝お救い米〟を代わって用意し、密かに天草や島原に運ばねばならぬ」

「その米は、薩摩守様にお願いして、島津家から出してもらう以外にないな。おい、七郎。島原に着いたら、そのまま江戸まで走れ。お前の足なら、二十日と掛からずに往復できるはずだ」

小猿は七郎太に勝手に指図したが、親の六郎太も頷《うなず》いて指示を追認する。

「お任せを。まあ、十五日あれば往復できるでしょう」と七郎太は櫂を操りながら、胸を張った。

その時、小鷹が妙案を思いついた、という顔をした。

「切支丹の国に〝一石二鳥〟という諺《ことわざ》があると聞いています。ただ〝お救い米〟を配っても芸がないと言うか、百姓衆を一揆に結集させることは難しく存じます」

「ほほう。何ぞ、妙案があるようだな、その顔つきは」

「はい。ならば私が男装して兄の益田四郎を名乗るというのはいかがですか。その際、ゼスス・キリシト様の再来と宣言するのです。ジョアン（ヨハネ）様の福音書に、そういう一節がありますので」

「そうか！　あのパンの奇蹟《きせき》の話だな」

「はい。ゼススはガリラヤの海、テベリヤ湖の向こう岸へ渡られた。すると、大勢の群衆がゼススに従《つ》いてきた。これまで病人たちになさっていた奇跡の証《あか》しを見たからです。ゼススは山に登って、弟子たちと一緒にそこで座に着かれた。時に、ユダヤ人の祭である過越《すぎこし》が間近になっていた。ゼススは目を上げ、大勢の群衆が自分のほうに集まって来るのを見て、フィリポに言われた。

『どこからパンを買ってきて、この人々に食べさせようか』

これはフィリポを試そうとして云った言葉です。

すると、フィリポはゼススに答えた。

『二百デナリのパンがあっても、めいめいが少しずつ頂くにも足りますまい』

弟子の一人、シモン・ペテロの兄弟アンデレがゼススに言った。

『ここに、大麦のパン五つと、魚二匹とを持っている子供がいます。しかし、こんなに大勢の人では、それが何になりましょう』

ゼススは『人々を座らせなさい』と言われた。その場所には草が多かった。そこに座った男の数は五千人ほどであった。そこで、ゼススはパンを取り、感謝してから、座っている人々に分け与え、また、魚をも同様にして、彼らの望むだけ分け与えられた。

人々が充分に食べたのち、ゼススは弟子たちに言われた。

『少しでも無駄にならないように、パン屑《くず》のあまりを集めなさい』

そこで彼らが集めると、五つの大麦のパンを食べて残ったパン屑は、十二の籠《かご》にいっぱいになった──」

この小鷹の言葉を聞いて、小猿が「面白い！」と膝《ひざ》を打った。

「つまり、大勢の飢えに苦しんでおる百姓衆を集めたところで、四郎様に化けた小鷹が、たった五桝《ます》の米を、五俵の米に増やして見せるわけだな」

「なるほど。その程度の目眩《めくら》ましは、我ら忍びにしてみれば、赤児《あかご》の手を捻《ひね》るくらいに、造作もない。どこぞの切支丹の廃寺に、夜陰を利用してこっそり集めた上でやれば、見抜けるのは凄腕《すごうで》の忍びか武芸者ぐらいのもの」

「嘘《うそ》も方便と申します」と小鷹が艶然《えんぜん》と得意気に笑うと、末娘の小笹が疑問を呈した。

「姉上。それは、モーゼの十戒の第八〝汝《なんじ》、偽証するなかれ〟に触れるのではありませぬか」

「小笹。そこで言う〝偽証〟とは、御白洲《おしらす》などの場において虚偽の申し立てをして、無実の人を有罪に陥《おとしい》れるような行為を指すのじゃ。五桝の米を五俵の米に増やして見せるのは偽証でも何でもない」

との小鷹の即答に、小笹は、ホッと安堵の表情を見せる。

そこで小猿が、この着想を一気にまとめ上げてみせた。

「天草と島原の飢餓に苦しんでおる百姓衆に神の存在を納得させるには、神の子・四郎様が兄者一人では足りぬのだ。ここにおる三姉妹が化粧を変え、全員が四郎様になる。夜であれば、全く見分けはつくまい。そして、島原と天草に、同時に四郎様が現れ、無から大量の〝お救い米〟を取り出して見せる奇蹟を演じる。〝神の子〟であれば、同時に複数の箇所に出現できても何らおかしくはなかろう。むしろゼスス・キリシトの再来を、一度は転んだ切支丹宗徒に信じさせて切支丹に立ち返らせることができようぞ」

小猿の言葉は一同に熱気を与えた。六郎太も応じる。

「一揆衆が神の名の下に団結できれば、これは強いな。大坂本願寺の石山合戦も、十年余に亘《わた》って織田総見院を苦しめ抜いたのだからな。この九州の地で十年も一揆を長引かせられれば、確実に徳川の天下は覆《くつがえ》ろうぞ」

舟を原城の下に着け、崖を登って原城の上に出た。宇土城の場合とは異なり、原城の構造物は何一つ残っていない。松倉家による島原襲封時の島原城の六年掛かりの作事の際、材料として持ち去られてしまったのである。

小猿と六郎太が厳しい表情で語り合った。

「ここに籠城して攻め手を叩くとなると、食糧は海から搬入するしか手がないな。十月に一揆を起こせば、夜は長い。夜陰に紛れて、これから密かに掘る隧道から運び上げて補充するとして、籠城戦は三カ月が良いところだろう」

「そうだな。大勢が立て籠《こ》もれば、いくら補充しても三カ月で食糧は尽きる。その間に、包囲の敵勢を撃破するしかない」

「寺沢と松倉だけなら、破れる。如何《いか》に九州の諸大名が支援に入るのを防ぐかが、一揆が成功するか否《いな》かの鍵《かぎ》を握るな」

「要は、一揆の報が江戸に伝わるのを、どうやって食い止めるかだ。諸大名が参覲を終えて戻ってくるのは、来年の四月。そこまで引き延ばせれば勝利は我らのものだ」

小猿と六郎太は話しながら原城址《し》のあちこちを見て回る。崖下まで斜めに隧道を掘り抜くとしたら、どこが最適地なのかを選定するためだ。やはり本丸跡から掘り抜くのが妥当だろう、という結論に達して、一同は原城を後にした。

12

柳生刑部友矩は、兄の十兵衛が博多を発《た》って豊前府内に向かった三日後に博多を通過し、唐津街道、薩摩街道と経て薩摩に向かう経路を通って進んでいた。

刑部は五日前に、赤間関《あかまがせき》（後の下関）の手前で、十兵衛の許《もと》に急ぐ伊賀者の疾風に追い越されていた。

刑部は街道を歩き、疾風は最短距離を採って山中を忍者特有の速歩で進むので、どちらも追い越し、追い越されたことに全く気づかなかった。もちろん十兵衛に自分の出奔の報が伝わったことなど、刑部自身は知る由《よし》もない。

刑部も十兵衛と同様に絵が得意なので、益田四郎と森宗意軒の似顔絵を描き（四郎は男装と女装の両方で）道々、旅籠《はたご》や水茶屋で尋ねつつ進んだので、先行していたにも拘《かか》わらず疾風に追い越されたのである。

宿場でいうと、若松→芦屋→赤間→畦町《あぜまち》→青柳→箱崎→博多→福岡→山家《やまえ》→松崎→府中→羽犬塚《はいぬづか》→瀬高→原町→南関《なんかん》→山鹿《やまが》→味取新町《みとりしんまち》→熊本→河尻《かわしり》→宇土→小川→八代→日奈久《ひなぐ》→佐敷《さしき》→陳町《ちんまち》と経て、出水宿から先が薩摩となる。

刑部は、この何カ所かで、二人が宿を取っていたことを突き止めた。

博多を出て四日後に、肥後と薩摩の国境《くにざかい》の野間之関（現在の鹿児島県出水市下鯖《しもさば》町《ちょう》）に着いたが、ここで当然のように、番士によって通関を阻《はば》まれた。

通行手形を出して、「示現流宗家の東郷藤兵衛殿にお会いしたく」と名乗ったのだが全く通用しない。

「藤兵衛様は、殿の参観出府に帯同して江戸に行っておられ、まだ戻っておられぬ」

「では、藤兵衛殿の内弟子の益田四郎殿にお目に懸かりたい」

刑部がそう続けると、番士は胡乱げに眉《まゆ》を顰《ひそ》めた。

「益田四郎？　藤兵衛様に、そのような内弟子はおらぬ。聞いたこともない」

「そんなはずはない。このような風体の御方で――」と四郎と宗意軒の似顔絵を取り出して見せた。

「薩摩街道の山家、瀬高、熊本、八代の四カ所の宿で、このお二人が宿を取ったり、あるいは茶屋で休憩したことを、この絵を見せて確認しておる」

「であれば、八代以降に、どこか他方面に向かったのであろう。とにかく当関所は通っておらぬ。目当ての人間が薩摩に入っておらぬことが確実な以上、貴殿を通すわけにはゆかぬ。江戸柳生家は、とかくのいい噂があるゆえな。殿が江戸より交代して戻られ、通して構わぬ、と仰《おお》せになれば、話は別だが」

刑部と番士は、しばし睨《にら》み合った。

名乗りさえしない番士と、じっと目を合わせたまま、果たして四郎と宗意軒が本当に薩摩に戻っていないのか、肚《はら》の内を探ろうとしたが叶《かな》うはずもない。

分かったのは、番士も、二人の遣《や》り取《と》りを少し離れた場所で見守っている他の番士も、示現流の相当な手練《てだ》れだろう、という事実だけである。

強行突破を試みて、上手《うま》く行くとは思えない。仮に突破までは叶ったとしても、今度は薩摩国内でお尋ね者となり、脱出も叶わずに果てる末路を容易に想像できた。「失礼いたしました」と無念の捨て台詞《ぜりふ》を吐いて北方向に引き返さざるを得なかった。

確かに、番士の言ったように「八代以降に、どこか他方面に向かった」可能性がないとまでは言い切れない。

そこで刑部は、陳町、佐敷、日奈久、と逆に辿《たど》りながら、茶屋や旅籠で似顔絵を見せて聞き込みを再開したのだが、日奈久の茶屋で、思わぬ手懸かりを得た。

「この若衆によう似た三人姉妹と、このご老人を含むご老体と青年二人の一行が北に向かうのを見ましたよ」

茶屋女の記憶に残っていたのである。薩摩街道を南に向かっている時には、四郎と宗意軒の二人連れだったはず。それが陳町から日奈久の間のどこかで、他の五人と落ち合って方向転換したのだろうか。

四郎の似顔絵を取り出すと、茶屋女はさらに、大きく頷いた。

「そうか。忝《かたじけな》い」

礼を述べて、刑部は二日前に街道を北に向かったという七人の足跡を追うこととなった。

こうして、刑部は、かつて小西行長の城があった宇土で、七人が泊まった旅籠を突き止めることができたのである。

しかし、そこから先は、杳《よう》として消息を絶ち、刑部もこれ以上の手懸かりを得ることができなくなった。

まさか七人が、宇土城址で加藤清正の隠匿《いんとく》した火薬と鉄炮類を掘り起こし、さらに一揆《いっき》の拠点とするに相応《ふさわ》しい廃城を探し、天草諸島や島原半島を動き回っているとは知る由もなかったのである。

13

六郎太の一行は、一旦《いったん》薩摩に戻った。

病中ながら、この壮大な一揆の陰の推進者であり、最大の金主でもある秀頼への報告と、その最終の了承を得るためであった。

だが、これは果たせなかった。

一行の帰国する十日ほど前の、夏の真っ盛りの早朝であったという。

その日は「朝から、すこし気分がよい」と寝台に半身を起こしていた秀頼が、突然大量の喀血《かっけつ》をし、そのまま倒れこんだことで、血を喉《のど》に詰まらせ絶命したのである。

生憎、切支丹の安息日で、小笛と四郎は、少し離れた秘密の教会で礼拝中だった。

寝台脇《わき》に残っていた若い侍女二人のか弱い腕では、転げ落ちた秀頼の巨体を、仰向けに寝返らせることもできなかったらしい。

この突然死には伏線があった。

最大の原因は秀頼の心の悩み――四郎との信仰上の対立である。

秀頼は、最後まで異国の信仰を受け入れず、母の信仰であった仏教に固執した。

これに対し、幼時から明石掃部の薫陶《くんとう》を受けた四郎は、まさに「鉄の意思を持った切支丹」であった。しかも、幼くして自分の身をキリシトになぞらえ、秀頼の「父性」すら否定したのだから、秀頼としては耐えられなかったのだろう。

戻ってきた六郎太が侍女を問いただした結果では、不在中の秀頼は、毎晩のように不眠症に悩まされ、夜中、突然起き上がっては、

「大坂城で死ねばよかったのだ」

「掃部めに欺《だま》された。余に姉などはいないぞ」

と、ひとり、暗闇《くらやみ》の中で叫び続けていたという。

「お気の毒なことをした。こんなことなら、せめて、宗意軒か、おれが殿の介護のため残っているべきだった。今更云ってもせんないことだが」

六郎太がそうつぶやく。

「まったくだ。それにしても異国の宗教とは、なんとも親に冷たいものじゃな」

小猿は唇を噛《か》む。

「四郎がことか」

「そうじゃ。四郎は、父の遺骸《いがい》を抱きかかえることもなく、胸に十字架とやらを置いて無理に握らせただけ。これでこの男はハライソにいかれたのだと淡々とつぶやき、涙ひとつこぼさなかったというではないか」

「小笛様は、もっと酷《ひど》い。秀頼公の女道楽がその後も一向に止《や》まなかったせいもあるがな。亡骸《なきがら》にすがりつくこともなく、祭壇に向かってなにやら呪文《じゅもん》を口で唱え、膝を曲げて祈ること、ほんの五つを数えるほど。あとは黒い布を目深《まぶか》にかぶったまま、作戦会議に向かったらしいからな」

「若い時、己れの無知で、何十人となく人を殺した。その罪は、キリシタンに帰依《きえ》したとて、いくら神にわびを入れたとて消えるものでもあるまいて。この戦《いく》さは、その重い償いのための聖戦。夫の葬儀は、あくまで二の次三の次でよいとでも思っているのだろう」

「いまさら、罪をわびても、もう遅いわ。しかし、それで天国に行けると思っているなら、異国の教えも都合のいいものだな……」

四郎と小笛は、二人だけで、秘密裡《り》に葬儀を済ませ、形ばかりの墓地に秀頼を埋葬した。

このあまりのあっけなさに、小猿は憤慨した。

が、六郎太は、「よいよい、おれが後で地元の寺に頼んで、改葬させるから」と、一人つぶやいた。

一同は、この後、十月の一揆蜂起《ほうき》を目処《めど》に、小笛と四郎、三人の娘たち、小猿と森宗意軒と望月六郎太、七郎太、八郎太の父子、合わせて九人全員が下準備に入った。

島原や天草の百姓衆が飢餓に苦しんでいるのを急ぎ解決せねばならない。今にも一揆が起こりそうで、これを何としても、十月まで先延ばしにしなければならなかった。

一同は、薩摩から、米、麦、芋などを密《ひそ》かに背負って運び込んだ。

堂々と国境を越えるわけにはいかない。阿久根から、長島、天草下島、上島、島原と、海路を選んだが、それには海賊の棟梁《とうりょう》・長野主馬《しゅめ》の合力を得た。

主馬は元々は切支丹大名であり、明石掃部と共に大坂の陣では豊臣方で戦った男である。

掃部は元和四年(一六一八)、大坂の陣の三年後に亡くなったとされているが、その時点で、後事をこの主馬に託したのだった。この関係がいま功を奏して、海上輸送は、これで解決した。

だが、問題は、それ以後の陸路だった。

ここは街道を避けるため、道のない山中を荷を持ったまま抜ける方法しかない。

小猿と六郎太親子四人は、ここで自慢の忍者走法を駆使した。

この走法は、六郎太によると「平地に降りないまま、山中だけを早駆けしていく走法じゃ。中国神仙術でいうところの縮地法とも通じ、まず自身に自己催眠を懸けて瞑《めい》想《そう》状態となす。この状態のまま、山中を飛ぶように疾走していく」のだという。

事実、この輸送方法は効率的で、荷の半分ほどは、忍者四人で、容易《たやす》く輸送の目的を果たした。

だが、残る半分を受け持つ、小笛と三姉妹は、日頃、示現流の稽古《けいこ》で身体《からだ》は鍛えてはいたが、重い荷を背負ってのこの重圧には向かなかった。

ところが――、

ここで、しばらく姿を消していた四郎が突然現れ、数十匹の山犬にひかせて食糧を輸送するという、アッと驚く秘策を見せたのである。

「いつから四郎様は山犬遣いになったのだ！」

「さて、俺は知らぬ」

六郎太と小猿は、自慢の忍者走法を出し抜かれてあっけにとられたままとなった。

しかし、天草下島の山中に入ったところで、また新たに解決しなければならない問題が出てきた。それは「闇雲に、食糧を百姓衆にバラ撒《ま》いても、三カ月後の一揆蜂起に向けて意思統一を図ることはできぬ」ということであった。

「さて、ここまで来たは良いが、この先、どうしたものかな」

と首を捻る小猿に対して、今度は小笛が一案を披露した。

「切支丹の信仰する経典『聖書《ビブリア》』には、ゼスス・キリシトの復活が述べられています。私の三人の娘たちを、〝復活した神の子〟に擬するのは、どうでしょうか」

「おう、それは妙案かも知れぬ」

小猿が膝を打つのと、小桐が「そんな罰《ばち》当たりな」と悲鳴に近い声を上げるのとが同時だった。

小鷹たち三姉妹は、明石掃部の熱心な教育によって、物心ついた時からゼスス・キリシトの教えに染まった根っからの切支丹。これに対して、成人してから〝付け焼き刃〟的に改宗した小猿や小笛、六郎太には、どうしても、生きて行く一手段として改宗した「似非《えせ》切支丹」的な側面があるのは否めない。

「嘘も方便じゃ」

と小笛は小桐を睨み「ここで最も肝要なことは、一揆に集う全百姓衆が一人の漏れ落ちもなく天国《ハライソ》に行けるようにすることぞ。其方《そなた》ら三姉妹が神の子を演じるは、その大目的のため。必ずや神《デウス》はお赦《ゆる》しになられようぞ」

結局は、小笛と小猿の、この案が押し切った。

後は方法論の煮詰めとなった。

14

念珠岳は、天草では高い山の一つ（標高五〇二メートル）である。

九人は、ここに隠れ家を見つけ、輸送してきた食糧を一旦そこに隠し、そこからは、二、三人ずつの組になって天草の上下島と島原に散った。九人一緒の行動では目立ち過ぎる。

　そして三日目、集合地として定めた大矢野島の益田甚兵衛好次《よしつぐ》の家に合流した。小笛の最初の子、長男四郎の乳母の家である。

　甚兵衛は、若い頃は小西摂津守（行長）に六千石で祐筆《ゆうひつ》として仕えていたが、関ヶ原の敗戦後、武士を捨てて帰農した。

　一家全員が切支丹である。

　洗礼名は妻がマルタ、長女がレシイナ、次女がリオナ、三女がマルイナ。

　次女と三女の間にジェロニモという男児がいたが、生後まもなく亡くなっている。生きていれば、十五歳になる。

　四郎は、秀頼の子という身分を隠すために、幼時はその男児と入れ替わり、ここでジェロニモとして育てられたのである。

　もちろん、この仲介として働いたのが明石掃部であった。

　だが、徳川幕府の禁教政策が九州に及ぶに至って、ジェロニモは再び「夭折《ようせつ》」したことにして、四郎は六歳で薩摩に戻ったのである。

「なるほど。そのジェロニモに、三姉妹が、神《デウス》の偉大なる霊力によって天国《ハライソ》から呼び戻されて現世《うつしよ》に復活した、という口実で成り代わり、益田一家の前に姿を現すわけだな」

「そうだ。都合の良いことに、益田家の四人の女たちまでが——長女のレシイナだけが、同じ大矢野島の富農の渡辺小左衛門に嫁いでいるが——いずれも器量よしで、どことなく四郎様にも似ている」

「なるほど。つまり、場合によっては、二重三重に、四郎様に成り代わり易《やす》いわけだな。となれば〝思い立ったが吉日〟という。民衆を欺すには、まず身内から。早速にも下準備を整え、今宵にでも試みてみようか」

こうして九人は、取り急ぎ準備を整えて、暮六ツ少し前の黄昏時《たそがれどき》を待って、大矢野島に渡った。

大矢野島は、天草諸島では下島、上島に続く三番目の大きさで、上島の北北東に位置し、宇土半島と上島の間にある。上島と大矢野島の間は、約半里の柳ノ瀬戸と十数個の小島が隔てている。

暮六ツ、ジェロニモに戻った四郎が、益田家の冠木門《かぶきもん》の脇扉を叩《たた》いた。

しばらくあって「誰方《どなた》でしょう？」と誰何《すいか》の声があり、次女のリオナが不審気に顔を現した。

リオナの本名は鶴《つる》である。

「お懐《なつ》かしゅうございます、お鶴姉上。弟のジェロニモでございます。今は四郎時貞《ときさだ》と名乗っております。神《デウス》の偉大なる御力によって天国《ハライソ》から、この現世《うつしよ》に復活してまいりました。父上、母上にも、お目に掛かりとうございます」

リオナはその瞬間、腰を抜かし、「あわ、あわ、あわわわ」と口走るばかり。言葉らしい言葉が出ない。

それから、ようやく立ち直って、転《こ》けつ転《まろ》びつしながら奇声を発しつつ母屋《おもや》に駆込んでいった。

やがて益田甚兵衛、妻の米《よね》、鶴、三女の萬の一家四人が、玄関先に姿を現したが、四人とも、何とも形容し難い複雑な表情で、四郎の全身を穴が空かんばかりに凝視した。

「お手前は、天国《ハライソ》から復活してきたジェロニモだと名乗られたそうだが、どういうご冗談ですかな。我らを謀《たばか》られるにしても、悪戯《わるさ》が過ぎましょう」

「ゼスス・キリシト様以降、この世に復活された方は、おられませぬ。お疑いは、ごもっとも。なれど私は、このたび、間違いなく神《デウス》の偉大なる御力によって天国《ハライソ》から現《うつし》世《よ》に復活してまいったもの。キリシタンが禁教となった、この呪《のろ》われた地において、一旦は棄教した方々を神《デウス》の支配される正道に立ち返らせるべく、崇高なる使命を授けられて甦《よみがえ》ってまいりました。その証拠に――」

と四郎が振り返って大きく手を振ると、冠木門の左右の塀の上に、三人の四郎が出現したのである。言うまでもなく三人の妹である。

四郎と全く同じで、忍法の〝分身の術〟を使って、忽然《こつぜん》と宙から湧《わ》き出たように振る舞ったのであった。日没後の薄暮の中では、三人の顔立ちの微妙な違いなどは認識できない。全くの同一人物のように見える。

「私は神《デウス》から、このような奇跡を起こす力も、授けられました。この力を用いて、天草、島原、宇土などの、理不尽にも弾圧を受けて苦しんでいる切支丹宗徒を救い、唯《ただ》一人の漏れもなく天国《ハライソ》に導く、これが私の使命でございます。どうか、父上、母上、姉上、それにお萬も、私にお力をお貸しくださいませ」

そこでまた四郎が振り返って大きく手を振ると、三人の〝分身〟は忽然と消え、薩摩から運んできた米や芋、雑穀などを詰めた袋に、一瞬にして変わった。

ドサドサッと塀から落ちてきた袋を、四郎は益田一家の前で開封して見せた。

「今、天草の百姓衆は、年貢も納められないほどの飢饉《ききん》に苦しんでおられましょう。私は、ゼスス・キリシト様のように、無尽蔵に宙からパンや葡萄酒《ぶどうしゅ》を取り出すほどの力は授かっておりませぬが、この程度のことならば造作もございませぬ。どうか、これを運ぶお力を、お貸しくださいませ――」

一同は呆気《あっけ》にとられた表情も束の間《つかま》、すぐさま四郎を伏し拝んだのである。

この瞬間に益田一家は四郎を、自分たちの子供であり、兄弟でありながら、同時に〝神の子〟でもある、という確信を共有したのだった。

ここで直ちに、益田甚兵衛の妻の米の実家で、長女の福の嫁ぎ先の渡辺家から、米の父親の伝兵衛、米の弟の小左衛門と福の夫婦が呼ばれて駆けつけてきた。

渡辺家の親子三人を〝洗脳〟するのは造作もなかった。

庭先に妹たち三人を出現させる〝分身の術〟で、神《デウス》から授けられた奇跡を起こす力を見せつけるに至って、渡辺一家と益田一家は嬉《うれ》し涙を流しながら四郎の語ることに耳を傾けた。

折しもの飢饉である。

そのあとは、どういう日程と手筈《てはず》でキリシタン一揆を起こすかの具体的な打ち合わせで話はトントンと進んでいったのであった。

第四部　救世主のもとに

寛永十四年（一六三七）十月二十五日（十二月十二日）。この日は、熊本城内の家老・米田《こめだ》監物《けんもつ》の屋敷に、長岡佐渡、沼田勘解由《かげゆ》、浦兵大夫らの留守居役幹部が招かれて囲碁の会が催される予定になっていた。

このとき、時ならぬ砲声が聞こえたという。

鉄炮《てっぽう》ではない。明らかに大筒の発射音である。

十里以上離れてはいるが、西風が吹くと、熊本では、島原湾の対岸の音声が、風に乗ってやってくることがある。

最初は遠雷かと思ったらしい。

誰もが大筒の発射音を知らない天下太平の時代だから無理もなかろう。

だが、この音が、やがて九州全土を震撼《しんかん》させることになる「島原・天草の乱」の予兆であったと知るものは、このときいなかった。

しかも、この島原・天草の異変が、まったくのよそ者である柳生刑部友矩《やぎゅうぎょうぶとものり》から、すでに、始まっていたことを知る者は、さらに少なかろう。

まずは、この話から始めたい。

1

この「大筒音事件」の二十日ほど前、十月五日のことである。

肥後熊本で細川家を訪れた刑部は、疋田《ひきた》陰《かげ》流の遣い手で、細川越中守忠利《えっちゅうのかみただとし》の信任篤《あつ》い、道家《どうけ》七郎《しちろう》右衛《え》門《もん》という侍と偶然知り合った。今まで散々、行方を尋ねて手懸かりが得られなかったため、さほどの期待もせず、偶々《たまたま》「四郎《しろう》」の名を出しただけだったのだが――、
この七郎右衛門が、なんと、「その名、拙者存知ておる」と首肯したのである。

「何？　そりゃ、真《まこと》でござるか」

「神の子と噂《うわさ》される切支丹の美少年の名でござるよな――」

「さよう、であれば、ほぼ間違いないと存ずるが」

そんな驚きのやりとりの後、七郎右衛門が、

「その美少年であれば、天草《あまくさ》四郎時貞と名乗って、今は天草諸島をあちこち経巡《へめぐ》っておるらしいと聞く。居場所は定かではないが、これより身共《みども》が主命で赴く先に参れば、さらに、くわしい手懸かりが得られようかと存ずるが――」ときた。

「ほう、それは……」

刑部は、思わず身を乗り出した。

「では、私もご同道させていただいても宜《よう》しいかな？」

「よろしいもなにも、身共とすれば願ってもないこと。ただし、これだけはあらかじめ申し上げておかねばなるまいて」

そういって持ち出したのは「松山主水《まつやまもんど》」という妖剣《ようけん》を駆使する剣客の存在であった。

二階堂流の遣い手、三斎侯《さんさいこう》（細川忠興《ただおき》）のお抱えであるという。

〝心の一方〟という不思議な気合当ての催眠術を一瞬のうちに遣うらしい。

だが、日頃の行いが悪く、忠興が江戸に参覲《さんきん》出府した時には、江戸城に入る順番を待つ間に黒鍬者《くろくわもの》に次々に〝心の一方〟を掛ける悪巫山戯《わるふざけ》をして遊んでいた。

忠興の三男である忠利が熊本に入ると、今度は、熊本の南方に位置する八代城に隠居する忠興の威光を笠《かさ》に、熊本城下でもやりたい放題。それを恨まれ、病気療養中に何者かに襲撃されて暗殺されたか、と噂されていた人物である。

「ということで、松山主水はすでにこの世にいないと聞き及びますが」

刑部は、もう一度、確認するように首を傾《かし》げた。

「世間では表向きそうなっておるらしい。だが、あの主水が、むざと殺されるはずはござらぬ。なお調べてみたところ、替え玉を遣って死んだように見せかけておったのでござるよ」

「なんと、そう言われれば、某《それがし》にも心当たりがござる」

二カ月ほど前のことだった。

刑部は島原半島先端の口之津から天草下島の鬼池に渡ったことがあった。その時の渡船で、それらしき武士と乗り合わせた。

黒笠で面体を隠していたが、派手な柄の小袖《こそで》に、金糸銀糸の煌《きら》びやかな陣羽織を纏《まと》い、三尺はあろうかという野太刀を背負っていた。あまりに露悪的な、派手好みの扮《ふん》装《そう》は態度にも現れ、船の縁に肘《ひじ》を乗せて鼻歌を歌っていた。

他の乗客は「触らぬ神に祟《たた》りなし」を決め込んで見て見ぬふりをしていた。が、奇怪な武士の方は笠の中から明らかに刑部の顔をじっと注視していたようだ。そして、

「ほほう〜、男装した女子《おなご》の剣士とは、天草には妙な傾《かぶ》き者がおるものよのう。はてさて、珍しや、珍しや」

などと、小馬鹿《こばか》にしたような小節をつけて吟じた。刑部を怒らせて係《かか》わらせようと誘う見え透いた絡《から》み手である。

もちろん刑部は、これを無視した。

すると――よせばいいのに――、不快そうに船頭が口を挟んだ。

「やい、サンピン。儂《わし》の船で騒動起こす気ぃなら、海に突き落としちまうぞ。この辺りにゃ、でけえ鱶《ふか》がおっとぞ？」

鱶とは、鮫《さめ》である。船頭は赤銅色《しゃくどういろ》に焼けた筋肉質の腕を見せつけながら凄《すご》んだ。海の男は喧嘩《けんか》っ早い。実際に何人も海に叩《たた》き込んだ経験があるのだろう。派手な格好の侍にも恐れる様子が微塵《みじん》もなかった。それがいけなかった。

黒笠の侍は掌《てのひら》を船頭に向けた。許しを請《こ》う所作かと思って、船頭が、ニヤついた顔を向けると、「いえいっ」と鋭い気合を発した。

すると、船頭の身体《からだ》が、ピタリと凍りついたように動かなくなった。

そのまま顔面に滝のように汗が溢《あふ》れ出してくる。半開きにした口が痙攣《けいれん》し、涎《よだれ》が垂れる。

その上で、「どうした、船頭？　口が利《き》けなくなったか？」とあざ笑った。

（気合当てか？　しかし、これほどの術は初めて見たぞ）

眺めていた刑部は内心、舌を巻いた。

気合当てなら目録以上の剣客であれば、できて不思議はない。だが、居竦《いすく》んだまま動けなくなる状況にまで追い込むのは、余程の気の遣い手でなければ、できない芸当である。

黒笠の侍は刑部を観察している様子だった。掌をひらひらと振って、再び「えいっ」と気合を掛ける。

すると、船頭が膝《ひざ》から崩れるようにしゃがみ込み、真っ青な顔で大きく喘《あえ》いだ。

「おい、船頭。さっさと船を漕《こ》がぬか！」

その声に、船頭は、脅《おび》えた視線で黒笠の侍を窺《うかが》うように、黙って仕事に戻ったのである。

この時の体験を物語ると、七郎右衛門は「紛れもない。其奴《そやつ》こそ、松山主水に相違あるまい」と断じた。

「刑部様が口之津から鬼池まで同船されたとなると、主水めは天草の何処《どこ》かに潜んでおるやも知れぬな。難儀じゃが、身共も主命ゆえ、天草に渡らぬわけにまいらぬ」

こうして刑部は、七郎右衛門と共に、宇土半島先端の三角《みすみ》から船で大矢野島、さらに天草上島の赤崎に渡り、志柿《しかき》からまた船で下島の本渡に渡り、そこから茂木根《もぎねさ》、佐伊津《いつ》、御領《ごりょう》へと至ることになった。

2

御領は、以前、刑部が島原から渡った際に上陸した鬼池の、十町ほど南の港である。

ここで御領に上陸後に七郎右衛門が「身共は、主水めの邪剣に斃《たお》れるやも知れぬゆえ、刑部様に、ここであらかじめ主命を打ち明け申す」と本心を吐露《とろ》したのである。

それによれば――、

今は江戸に参観出府している細川忠利の密命を、細川忠興の女婿《じょせい》で細川家家老の長岡佐渡こと松井佐渡守興長《おきなが》経由で受け、天草の、とある人物へ繋《つな》ぎを取ることが目的だった。

その人物とは、専《もっぱ》ら天草灘《なだ》から八代海、有明海にかけて跳梁跋扈《ちょうりょうばっこ》する海賊の棟梁で、その名を長野主馬といい、細川家に縁故のある者だという。

「刑部様。これは身共の推測なのですが、松山主水めが天草に渡ったところからみて、主水は、この主馬様の命を狙《ねら》っているのではないか、と思われます」

「それは、また何故《なにゆえ》でござる？」

「その話の前に、刑部様に、たってお願い致したき儀がございます」

七郎右衛門がまっすぐに刑部の目を見て、一段と真剣な顔になった。

「はて。七郎右衛門殿の願いとは？」

煩《わずら》わしいこととは思った。が、ここまで来てしまった以上、この話から逃げるわけにはいかない。

「何としても主馬様を護《まも》って戴《いただ》きたいのでござる」

「といわれると誰から護るので？」

「もちろん主水。もし、主水が主馬様を襲ってきたら、身共の腕では、とても太刀打ちできぬかもしれませぬゆえ。しかし、主馬様は細川家にとって大切な御方なのです。みすみす殺させる訳には参りませぬ」

「といわれても……」

言いかけて、刑部は返答に窮した。

身命を賭《と》して護ると決めて江戸を出てきた自分の相手は、あくまでも益田四郎である。

会ったこともない海賊の棟梁を護って、果たして勝てるか否《いな》かも分からぬ稀代《きだい》の妖剣の遣い手と戦う気持ちにはなれなかったのである。

「刑部様が四郎様を護るために御公儀に背き、柳生の家を捨てて天草にまで来られた気持ちは、よく解《わか》り申す。しかし、主馬様を護ることは四郎様を護ることにも繋がりますので」

「それはまたなぜでござる？」

「というのは、ここまでお話しするからには、さらに包み隠さずお話し申し上げよう……」

七郎右衛門は、前方に亀島《かめしま》が見える御領海岸の路傍の石に、腰を降ろした。

刑部も、しかたなく隣の石に腰掛ける。

「実は、長野主馬とは本名にあらず」

「えっ」刑部は絶句した。

「本当のお名前は、細川興秋《おきあき》と仰《おお》せられる」

「何と？　それでは、細川家御当主の越中守様の兄君で、豊臣方についたために、伏見の稲荷山《いなりやま》東林院で切腹させられたと伝わるあの？」

「さよう。処刑されたのは、これも替え玉でござる。名を変え、妹婿《むこ》の佐渡様に匿《かくま》われておられたが、これが御公儀に知れては御家取り潰《つぶ》しの口実にもなりかねぬ。それで天草に隠棲《いんせい》されたのでござる」

細川興秋は細川忠興とガラシャこと玉（珠）の間に生まれた第二子。誕生の時に切支丹の洗礼を受けて、ジョアンの洗礼名を持っている。

忠興とガラシャの間に生まれた長男の忠隆《ただたか》は、廃嫡《はいちゃく》され京都の北野に閑居する身となって生涯を閉じた。

次男の興秋は、関ヶ原の戦いでは父や兄と共に戦ったが、弟の忠利が嫡子と定められた後に出奔。浪々の身となって大坂冬の陣では豊臣方につく。続いて夏の陣でも後藤又兵衛らと共に戦い、徳川家康本陣の攻撃に参加していた。

徳川に恭順せず、豊臣側についた動機も、珠の父、つまり祖父の明智光秀に似た反骨の精神があったからであろう。あるいは関ヶ原合戦の際に非業《ひごう》の死を遂げた母を見殺しにした父への恨みがあったのかもしれない。

家康は忠興の忠勤に免じて興秋を許そうとした。が、当の父・忠興が、反対にこれを許さず、切腹させたとされてきた。

細川家の当主となった弟の忠利は、義弟でもある家老の長岡佐渡に命じ、密《ひそ》かに兄を匿っていた。姓を長岡に変え、さらに長野に変えて天草に移り、隠棲したという、なんとも複雑な経緯を辿《たど》ったのである。

　だが、熊本南方の、八代城に居を定め、三斎と号して隠居した細川忠興は、興秋が生きている事実を幕府に知られる前に暗殺すべきだと考えていた。そこで、松山主水を、暗殺されたという名目にして隠しおいて隠密《おんみつ》刺客人として重用。その上で興秋暗殺を命じたのではないか、そう七郎右衛門は推理したのだった。

「御先代の三斎様は気性の烈《はげ》しい方でござる。三十六歌仙に準《なぞら》えて家中の者を三十六人も斬《き》り捨てて刀の斬れ味に悦に入るような冷酷な面がござった。血を分けた息子といえども、お家を護るためには敢《あ》えて殺す。その程度の決断に、躊躇《ちゅうちょ》は致しますまい……」

　ちなみに、三十六歌仙に準えて家臣を三十六人も斬って刀の斬れ味を試したという伝説を持つ「歌仙兼定」は忠興の遺愛刀である。二十一世紀の今日まで伝わっており、細川一族の美術品を収めた、東京目白台の永青文庫に収蔵されている。

　細川忠興は千利休門下七哲の一人でもあり、また、甲冑《かっちゅう》や刀の拵《こしら》え、鐔《つば》のデザインにも才を示した、文武両道の武将でもある。

　天才とは、時に、このような狂気を秘めているものなのであろう。

「なるほど、そのような複雑な御事情があったのですか。して、主馬殿と四郎殿が、どう繋がっておられるのでしょう？」

問題はここだ。

「切支丹を通じて、です」

興秋は、切支丹を通じて葡萄牙《ポルトガル》との交易を図っていた。だからこそ天草諸島の海賊に身を投じたのである。海賊の棟梁となった理由も、南蛮貿易によって密かに鉄炮や黒色火薬の原料となる硝石を得ることが目的だったに違いない。

黒色火薬は、硫黄《いおう》と木炭、硝石を混合して精製する。木炭は炭焼きで簡単に手に入る。硫黄も、火山国である日本での入手は容易だ。特に九州は、阿蘇、雲仙、霧島、桜島と活火山が多いので、全く困らない。

ただ、硝石だけは、なかなか入手できない。屋敷下の湿気の多い土から精製する方法など、なくはないが、安定供給できる量にはならない。

どうしても南蛮貿易を通すしかなかった。

興秋は天性の軍略家である。

四郎とその三姉妹が切支丹の幼時洗礼を受けたのも、明石掃部を除けば興秋の感化によるところが大きかったろう。また、四郎の神秘性を演出する意図で、慶長十九年

（一六一四）に澳門《マカオ》に追放された宣教師マルコス・フェラーロが遺《のこ》したという予言書『マルコスの予言書』までデッチ上げたのも興秋かもしれない。

それによれば、

「世界に終末が訪れる。が、その時は、神の子が現れて信徒を天国《ハライソ》へ導く」

というのである。

「救世主」の出現という思想は、さまざまな宗教にある。仏教でも「五十六億七千万年後にマイトレーヤ（救世主）が現れる。それは弥勒菩薩《みろくぼさつ》である」という。一種の絶対的な貴種流離譚《たん》である。

孫として明智光秀の血を受け継ぐ興秋には、やはり天下取りの野心が心の奥底に秘められていたのかもしれない。

しかし、勘の良い刑部には、興秋の野心的な心の闇《やみ》が、何となく感じられた。

（もしかすると、四郎は興秋に利用されているだけではないか？）

しかし、ここまで秘密を明かされた以上、もはや引くに引けなかった。

刑部は覚悟した。

「承知つかまつった。四郎殿を護るためにも長野主馬殿をお護り致すこと、私の命に代えても、果たしてみせまする」

そう云《い》わざるを得なかった。

「おおっ！　柳生刑部様がお味方くだされば、千の軍勢を得た心持ちでござる」

喜ぶ七郎右衛門を前にして、心の内で刑部は別のことを考えていた。

（とにかく四郎殿に会うことが先決。細部の齟齬《そご》や手段などを問うている場合ではない）

3

御領の海に注ぐ枦川《はじがわ》河口から少し上流に、長野主馬の屋敷があった。

海賊の棟梁というから、どんな野人のような男かと思ってきたが、主馬は穏やかで優しそうな顔付きの男だった。

「主馬様。お久しゅうございます」

「おお、七郎右衛門か。よく来たな……」

主馬のにこやかな顔が、刑部の顔を見て一転、怪訝《けげん》な表情に変わった。

「そちらの御仁は、どなたかな？」

言葉は丁寧だが、値踏みするように刑部を眺め回している。

「こちらは柳生刑部様です。主馬様の警護をお引き受けくださった方で……」

「ほほう、柳生の方が、なぜまた儂の警護を？」

ますます訝《いぶか》し気な顔付きになったので、刑部から挨拶《あいさつ》した。

「柳生刑部と申しまする。もっとも、今は柳生を離れ天草四郎殿を訪ねて参った者です」

「ほう、四郎様のお知り合いか？」

主馬の表情が幾分か和らいだ。

七郎右衛門が刑部との出会い、松山主水の懸念《けねん》などを主馬に説明すると、黙って聞いていた主馬が口を開いた。

「そうか。あの松山主水という化け狐《ぎつね》めが、いかに病床であったとは言え、寝首を掻《か》かれるとも思えなかったが、やはり、生きておったか。ならば、七郎右衛門の申す通り、八代の古狸《ふるだぬき》様が、そろそろ儂の息の根を止める決意をされたのであろうな」

実の父の細川忠興を古狸に譬《たと》えるとは、顔に似合わぬ毒舌家であった。が、七郎右衛門は慣れているのだろう。表情一つ変えずに聞き流していた。

「残念ながら身共の腕では主水を討ち果たすに及ばず、それで、刑部様のお力添えを頂戴《ちょうだい》つかまつろうと……」

「七郎右衛門。それは筋違いであろうよ。刑部殿は四郎様に会いに来られたのだろうが？」

主馬は笑顔で七郎右衛門をたしなめたが、目は笑っていなかった。

「儂のような死に損ないの年寄りに関ずらわっておる暇など、あるまい。刑部殿、七郎右衛門が、どうやら御無理を申し上げたようじゃな。お赦《ゆる》しくだされ。ということで、今夜は四郎様のところへ御案内致そうか……」

「主馬様。そこも、主水めが網を張っているのでは――」

かえって危うい、と七郎右衛門が尚《なお》も言葉を継ごうとするのを掌を向けて制し、主馬は刑部に笑顔を向けた。

「刑部殿。拙者のことは二の次にして下され。そしてこの後は、どうか四郎様をお護りくだされ」

一言だけ言い残して、悠然と奥の部屋へ引っ込んだ。その後姿に、死を恐れている様子は微塵もない。

「刑部様、どうやら拙者が出過ぎた真似《まね》をしたようでござるな。主馬様をかえって怒らせてもうた」

七郎右衛門が憔悴《しょうすい》した様子でうなだれた。しかし、刑部の決意は固かった。

「いやいや、主馬様は器量の大きな方ですな。御安心ください。主馬様がどう思われようと、お護りすると決めた以上約束は果たします。恐らく、松山主水は一両日の間に襲って来るでしょう。彼奴《あやつ》は、私が斬ります」

4

その夜、主馬は刑部と七郎右衛門を連れて屋敷を出ると、枡川に横付けされた船に乗り込んだ。船には船頭と、若い漁師のような二人の男が乗っていた。

三人とも寸延び短刀を帯に差し、一人は背中に大刀を背負っている。主馬も大小の刀を差して、武家姿になっていた。

「主馬様。変わった扇子でござるな？」

脇差《わきざし》の横に差された扇子のような物を指さして刑部が訊《たず》ねると、主馬が笑顔になって抜いて見せた。

「これは妹婿の長岡佐渡より貰《もら》った当理流の絡繰実手《からくりじって》でござる。ほれ、このようにすれば……」

主馬が実手を操作すると槍穂《やりほ》と護拳鉤《ごけんかぎ》が開き、十文字鎌槍《かまやり》の先のような形になった。

「秘武器でござるよ。これを左手に持って身を護りながら、右手の刀で斬る。竹の先に括《くく》り付ければ十文字鎌槍としても遣え、折り畳んで帯に挟んでおけば扇子のように見える。便利な護身武器ですな。宮本武蔵の父の無二斎から譲り受けた物だそうだが、佐渡が儂の身を案じたのだろうよ」

「主馬様は、武芸がお好きな御様子ですな」

「何しろ、暇を持てあましておりましたでな。武芸や武器については随分と研究しました。まあ、下手の横好きと申すものでな……」

刑部は、謙遜《けんそん》しながらそう言う主馬は腕に覚えがあるに相違ないと直感した。

この男は野心家なのではない。誰の支配も受けずに超然と孤高を保って生きたいのだろう。そのために武芸や武器を必要だと考えたに過ぎまい。

船に乗り込むと、いかにも海賊船らしく、驚くほど速く進んだ。一人が艪《ろ》を操り、二人が櫂《かい》を漕ぐ。水上を滑るように船は進んでいく……。

「どこへ向かわれるのですか？」

「今宵、切支丹の集会が二江《ふたえ》で開かれるのです。歩いても行けるが、船のほうが格段に速い」

「そこに四郎殿がおられるのですか？」

「左様！　いや、ますます神の子に相応《ふさわ》しく、美々しく凛々《りり》しくなってござるぞ」

力強く応《こた》える主馬に、思わず刑部の胸の芯《しん》が熱くなった。

あまり感情を顔に出すことのない刑部だが、しばらくぶりに主人に会う飼い猫のように、思わず瞼《まぶた》を大きく見開いて喜びの表情を見せたので、主馬や七郎右衛門のほうが、かえって驚いていた。

海の上は月光に照らされて波間に銀色の魚が跳ねる幻想的な世界だった。

四郎と自分は、前世からの深い縁で今世で出会ったのではないか——刑部は今そう思っていた。

ただ一度、会っただけなのに、寝ても覚めても脳裏から消えない。「恋」と呼ぶのも何かが違う。もっと魂と魂が惹《ひ》き寄せられるような結びつきを感じる。剣一筋に生きてきた自分が、初めて人間らしい感情を向ける相手ができたように思うのだ。

父の但馬守や兄の十兵衛《じゅうべえ》は尊敬していたし、弟の又十郎《またじゅうろう》は可愛《かわい》いと思う。が、それとこれとは、まったく異質の感情だ。

家光に抱かれ、腹中を幾十度と挿し貫かれる時も、魂は抜け出ているように、何も感じなかった。思い出してもおぞましいだけで、何の愛情も感じない。

自分に対して欲情してくる男たちを、ただひたすら煩わしいと感じ、それがより一層の稽古《けいこ》への執心を生み、剣の冴《さ》えを体得させてきたのである。

十歳の時、道場の先輩が刑部に組み討ちを挑んできたことがあった。

突然、袋撓《ふくろしない》を捨てて、抱きついてきた。これを見た刑部は、発情した犬のように両眼を血走らせる先輩の陰嚢《ふぐり》を一つ、むんずと握り潰した。

ギャッと喚《わめ》いて股間《こかん》を抑えて転げ回る先輩。刑部はさらに、その脳天を、思いっきり木剣で殴りつけたのである。

十兵衛が駆けつけてきて、木剣を取り上げられた。が、頭蓋《ずがい》を割られた先輩は脳をやられて以後痴呆《ちほう》になり、座敷牢《ろう》で暮らすはめになった。

日頃から素行が悪く、剛力に頼って婦女子に乱暴を働くような人物だったらしい。家族からは文句が出ることもなく、むしろ、感謝される結果となったのは不幸中の幸いだった。


家光を殺す夢も、何度となく見た。

夢の中の家光は蛞蝓《なめくじ》の化け物のような異形の姿だった。這《は》い寄るところを刀で斬り刻み、行灯《あんどん》を倒して火で焼く……。いつもそこで目覚める。

夢だったと安堵《あんど》したのは、最初だけ。二度目からは、主君殺しが現実であれば良かったのにと思うようになった。

この嫌悪《けんお》の感情を抑えて勤める不自然な行為が、刑部の精神の均衡を破りつつあったのである。家光は、気を惹こうと次々に刑部を出世させたが、こちらは、かえって迷惑なだけだった。

そんな時に御前試合で四郎に出会った。これが救いとなったのである。

その四郎にもうすぐ、会える！

そう思うと、踊り出したい衝動さえ感じていた。

5

「さて、着きましたぞ」

という主馬の言葉に、刑部は夢想の世界から現実に引き戻された。

船着き場に船を着けると、渡し板を差し掛けられるのも待たずに、刑部は身軽に岸に跳び移った。とにかく気が急《せ》いてならない。

「これはこれは、刑部殿は、よほど四郎様に会いたかったようじゃな」

主馬にからかわれ、刑部は、はっと気づいて羞恥《しゅうち》に俯《うつむ》いた。

「よかよか。若者が悟り澄ました顔をしておってはいかん」

「これは、不調法を致しました。お赦しください」

夜だから良かったものの、昼間だったら男が真っ赤な顔になっているのを見破られて、大笑いされていただろう。

刑部は、自分でもこんなに感情が激しく動いたことを不思議に思った。

「なんの。心の命ずるままに生きることが若者の進むべき道ぞ。恥じることなど、一切ない」

力強く叱咤《しった》激励されて、刑部は主馬にも親しみ以上の尊敬の気持ちが生じていた。

もしかすると、これが切支丹の教えの神髄なのかもしれぬ――と、ふと思う。

主馬の先導で全員が夜道を進んだ。歩き慣れているのか、提灯《ちょうちん》もなく、月明かりだけで進んで行く。

四半刻《しはんとき》も歩いただろうか。主馬が突然、立ち止まった。

「いかがなされました？　主馬様」

七郎右衛門が尋ねると、主馬が口の前に指を立てて見せた。

「おかしい……」

と主馬が小声で呟《つぶや》くと、三人の配下の者がさりげなく主馬の左右と背後に陣取った。

「禱告《オラショ》が聞こえぬ……。禱告とは、切支丹の祈りの声。今宵の集まりは、近在の切支丹の集まりで、四郎様が来ておられるならこの祈りの声が始まっていなければならぬが……」

主馬が前方を指さすと、大きな屋敷があった。

明かりがもれているから、人がいるのは間違いなかった。

「あの屋敷ですか？」

「念のため、裏手から廻って見よう」

「いや、ここは拙者が先に様子を見て参ります。主馬様は、ここでお待ちくだされ」

緊迫した声で言うが早いか、七郎右衛門が道から外れて屋敷の裏手へ素早く廻り込んでいった。

状況から考えて、もしかすると、松山主水が襲ってきたのではあるまいか。

刑部がそんな心の準備を整えていると、しばらくして、七郎右衛門が戻ってきた。

月光に照らされた顔色が蒼褪《あおざ》めて見える。

「主馬様。主水がいます。主馬様の配下の数名がすでに斬られておりました。他には切支丹の百姓衆が大勢おりますが、皆、縛られてもおらぬのに、動けぬ様子でござる。あれは恐らく、主水の心の一方の術を掛けられたものではないか、と思われます」

「松山主水め。先回りしておったか。して、四郎様は？」

「四郎様は、おられません。宗意軒《そういけん》様（元・小猿）もおられませぬから、危機を察して逃げられたのではないか、と……」

「いや、四郎様が主水ごときを恐れて逃げるとは思えぬ。四郎様は示現《じげん》流を達者に使うゆえ、切支丹信徒を救うために、近くに潜んで策を練っておるに違いない」

「主馬様、ならば、松山主水は私が討ち取りましょう」

　刑部が進み出ようとした。

「待たれよ。彼奴は、儂の命を狙うておるはず。ならば、儂が、まず囮《おとり》となろう。そこを刑部殿に討ち取って戴くのが、確実な策であろう」

「主馬様、自ら囮になるのは危のうございまする。まずは拙者が斬り込んで……」

　七郎右衛門が決死の形相で、尚も食い下がる。

「待て待て。其方《そち》が斬り込んでは、犬死にぞ。囮は敵の油断を誘うが肝心。儂でなければ意味がない」

「しかし……」

　と言い渋る七郎右衛門の顔には、明らかな逡巡《しゅんじゅん》が見て取れた。

「承知仕《つかまつ》った。主馬様の御命、私が必ずお護り致す」

刑部は主馬と肩を並べ、屋敷を目指し、まっすぐ進んで行った。

6

屋敷に着いて戸を叩くと、閂《かんぬき》を外す音がした。刑部が開き戸を潜《くぐ》って覗《のぞ》き見ると、多数の百姓が蹲《うずくま》って、みじろぎもしない。

地面には明らかな血痕《けっこん》と、死体を引きずったらしき痕跡があり、濃密な血臭が漂っていた。

「四郎様はおられるか？」

主馬が刑部の前に回り、いないのを知っていながら、わざと四郎の名を出した。

すると、百姓衆の奥から長太刀を背負った侍が、ゆらりと立ち上がった。

やはり、松山主水であった。

「お久しぶりでござるな。次男坊殿」

と主馬を皮肉っぽく呼ぶ。

「はて？ その声は、親父《おやじ》殿のお気に入りの、松山主水大先生のようだが、妙だな。あの御仁は宮本武蔵に挑戦しながら武蔵が立ち合いを受けると、自分は死んだふりして他国へ逃げたと聞いていたが……」

「何っ！」と主水が顔面を引き攣《つ》らせて主馬と刑部を睨《にら》んだ。

他人を挑発するのは得意でも、自分が挑発される立場になるのは我慢できないらしい。いかにも自己愛《うぬぼれ》の強い者の通例で、主水はあっさりと挑発に乗った。

「少し、昔話でもしようかと思っていたが、さっさと仕事を終わらせるとしよう」

憎悪に歪《ゆが》んだ顔で、主水が突進してきた。背中の長太刀を抜き、左掌《ひだりて》を主馬の顔面に向ける。心の一方をかける体勢だった。

ここから気合一声で得意の瞬間催眠状態に陥らせる。

しかし、まさに気合を発する寸前、僅《わず》かに横に位置をずらしていた刑部が、主水の顔目がけて、主馬の肩を掠《かす》めるようにして石飛礫《いしつぶて》を飛ばしたのである。

呼吸の隙間《すきま》を突かれ、慌《あわ》てて右手の長太刀で石を斬り落とす。すかさず刑部は、主馬と主水の間に、撥草《はっそう》（八相）に刀を構えて割って入った。

「貴様っ！」

主水は主馬に気が囚《とら》われていて、その背後にいた刑部に気づかなかった。

加えて、心の一方を主馬に向けて出そうと集中していたために、刑部が石飛礫を飛ばしたのに気づくのが一瞬遅れ、思わず長太刀で斬り防いだ。

冷静に対処するなら、単に体を捌《さば》いてかわせばよかったのである。そうすれば体勢が崩れず、二の手、三の手の攻撃にも備えることができたであろう。

極意の業は、効果が大きい分、発動するのに隙も生じ易《やす》い。

心の一方は気の技術を駆使するために並外れて意識の集中度が大きい。裏を返せば、集中していない部分の意識は極端に薄れるという弱点を持つ。

刑部は、心の一方の弱点を、最初に口之津から鬼池への渡船の中で会った時から見抜いていたのである。

主水が慌てて、振りきった長太刀を構え直そうとした時は、既に遅し。

刑部の刀は弧を描いて、主水の額から人中路（正中線）を一直線に斬り通していた。

顔面に驚愕《きょうがく》の表情を貼《は》りつかせたまま、松山主水は、この世から彼岸へ渡った。

まさに一刀両断の見本！

新陰流の基本にして極意の技であった。

「お見事！　柳生新陰流の奥義、しかと拝見仕った」

主馬の絶賛の言葉に、刑部は自分が斬り捨てた松山主水の骸《なきがら》を見つめたまま、しばし反応できないでいた。

「刑部殿？　いかがなされた？　よもや心の一方に罹《かか》られたわけではあるまい？」

そこで刑部は、はっと我に返った。

呼吸を止めていたことに気づき、大きく息を吐き出す。

「これは、不調法でした。つい、未熟なところをお見せしてしまいました」

そこで主馬が、はたと気づいたように刑部の顔をしげしげと凝視した。

「もしや……刑部殿は真剣で人を斬ったことが……？」

「実は、これが初めてなのです……」

刑部の応えに、流石《さすが》の主馬も身震いした。

いかに剣の達人といえど、人を斬った経験皆無。そんな者を必殺の武芸者と堅く信じて護衛してもらっていたとは！　冷や汗三斗の思いだったに違いない。

とはいえ、初めての実戦で、希代の妖剣の遣い手、松山主水を一太刀で倒したことこそ、刑部の天才を証明するものに他ならない。

そこへ、七郎右衛門と主馬の麾下《きか》の者三人が、あたふたと屋敷に駆け込んできた。一刀の下に斬り捨てられている松山主水を見て、唖然《あぜん》となった。

「主馬様、刑部様。お怪我は？」

「七郎右衛門。心配無用じゃ。刑部殿が、ただの一太刀で、化け狐めを退治されたぞ。頼もしき方を連れてきてくれて、心より礼を申すぞ」

皮肉ではない。一人では絶対勝てない相手だった。今は心底からそう思っている。

七郎右衛門は、血刀を提《ひっさ》げたまま呆然としている刑部を見て、改めて刑部の麻の如《ごと》くに乱れた心情を察した。

刑部に近づくと、懐紙を取り出して刀の血を拭《ぬぐ》い、鞘《さや》に納めた。

「かたじけない……武人でありながら人を殺《あや》めたことがなかったゆえ、何ともお見苦しい姿をみせてしまったわい……」と刑部。

まだ半ば夢見心地から戻りきってはいなかった。

「いや、拙者が迂闊《うかつ》でござった。まさか、刑部様は人を斬るのが初めてとは思いもよらなんだ」

「木剣での仕合は数限りなく経験しておりますが、真剣での殺し合いは初めてでござったで」

「それにしても、初めての真剣勝負で松山主水を一刀で斬り捨てるとは……かつて、刑部様の父君、但馬守様が、二代様を護って七人を斬り捨てたと聞き及んでおりますが、柳生新陰流の剣理は、実に奥深きものでございますな」

初めて人を斬って動揺した姿を晒《さら》した刑部を慮《おもんぱか》り、癒《いや》すように振る舞ってくれる七郎右衛門に、刑部はただ恐縮するばかり。

だがその時、屋敷の外に現れた人影を見て、今度こそ卒倒しそうな胸の痛みを感じた。

そこに、まさに神の子に相応しい月光の光輪を背景に、なんと四郎が立っているではないか。

7

この夜の会合は、予期せぬ松山主水の闖入《ちんにゅう》で、中止となった。

主水の心の一方で催眠に陥っていた信徒たちは、心得のある者たちから手分けして活を施されて正気に戻り、それぞれの家に戻った。

主水が入り込んできて、主馬の麾下の数名をあっという間に斬り捨てた光景を目撃したことから、小猿こと森宗意軒が、立ち向かわんと勇み立つのを、四郎は、

「今は時が悪《あ》しゅうござる」

と、一旦《いったん》、押し留めた。

その上で、近くの丘の上で屋敷を見張り、どうやって心の一方を封じるか、主水撃退の策を練っていたところに、屋敷に入る主馬たち主従を確認し、慌てて援軍にやっ

て来たのであった。

ところが、主水はあっさりと斃《たお》されていて、しかも、その斃した人物が、どうにかして再会したいと胸中に面影を思い描いていた、柳生刑部であったとは！

「刑部様。きっと、来てくださると信じておりました」

四郎は、自分の瞳《ひとみ》が熱く潤《うる》んでくるのを禁じ得なかった。

不覚にも、泪《なみだ》が溢れ出そうになる。

四郎もまた、以心伝心。刑部に対して尋常ならざる宿世《すくせ》の縁を感じていたのであった。

それが今は、はっきりと「恋心」に形を変えていた。

「刑部様！」

胸に飛び込んでいきたい。

実は……、実は……、
実を言えば、私は女なのです。母が、秀頼公を失望させるといけないと、私を男として育てました。

だから、だから……、
刑部様に強く抱き締められたい。できれば刑部様に口を吸われてみたい。

だが、四郎は刑部と瞬《まばた》きもせずに見詰め合ったまま、唯《ただ》の一歩も動けない。

そんな二人の様子を若者たちの意気投合と見て、主馬が苦笑しながら揶揄《からか》った。

「これも、デウス神様のお導きであろうかの。さしずめ刑部殿は神の子の四郎様を悪魔の手先から護る天からの御使いであろう。大天使ミゲル様の降臨した姿やも知れぬ」

主馬が耶蘇《やそ》教の教えに喩《たと》えてみせた。大天使ミゲルは、悪魔との最終決戦の場においては、甲冑を纏《まと》って天の軍団の先頭を行く、武術に優れた天使とされる。そのミゲルの変身が刑部だというのだ。

この巧みな話術こそが、長野主馬の軍師としての才能であった。つまり、人知を遥《はる》かに超えた神の意志に従っているという聖戦意識を持つことによって、命を捨ててでも敵を殲滅《せんめつ》せんとする絶大なる闘志が生じたのである。

戦闘に於《お》いて最も重要なのは、この戦う意志である。その強さが軍の強さに繋がる。後世、「島原・天草の乱」が最後の戦国合戦と称されている理由も、切支丹信徒の異様なまでの戦闘力が畏怖《いふ》されたからに他ならない。

この日より後、天草と島原の切支丹たちは、悪魔にも比せられた怪剣士の松山主水が刑部の神剣によって一撃で斃されたという風聞を耳にし、陸続と、島原半島と大矢野島の中間点に位置する湯島に集まってきた。

この島で、一揆《いっき》に関する綿密な打ち合わせが十月二十四日まで行われたことから、後に、そして今日も《談合島》の名前で呼ばれることになるのである。

こうして翌二十五日の島原城攻撃を皮切りに、一斉に島原・天草の一揆の烽火《のろし》が燃え盛ることになった。

その中で刑部は天草四郎を護って一揆軍の中枢《ちゅうすう》に身を投じ、獅子《しし》奮迅《ふんじん》、八面六臂《はちめんろっぴ》の戦いを見せることになる。

8

さて、もう一つの予期せぬ動き――。

それは、十月二十四日に、天草下島の長野主馬の屋敷を、阿梅《おうめ》と阿菖蒲《あやめ》の姉妹に黒《くろ》脛巾《はばき》組の伊達《だて》忍群、更には雑賀《さいか》孫市重次《まごいちしげつぐ》と雑賀党の鉄炮《てっぽう》衆が、相次いで、どっと訪れたことである。

この一党の訪問を主馬は、躍り上がらんようにして歓迎した。

「これはこれは、夢ではないかの。かの大坂での戦《いく》さで、徳川の狸親爺《たぬきおやじ》めの鼻面《はなづら》を摑《つか》んで引きずり回し、大いに冷や汗を掻かせた、あの真田左衛門佐殿が御娘御。それと、伏見で狸親爺の腹心の鳥居彦右衛門（元忠）を討って吠《ほ》え面を掻かせた孫市殿の御子息とご一緒になろうとは！　まさに盆と正月が一度に来たようなもの。いやはや嬉《うれ》しい限り。人間、長生きは、するものじゃのう」

直ちに、天草灘で獲《と》れた新鮮な魚介類を肴《さかな》に酒宴となった。

が、その最中に阿梅が、主馬からの酌に返杯しながら一つの計画を述べた。

「これだけの一揆の戦力がございますれば、蜂起《ほうき》してしばらくは、我らの働き場はござりますすまい」

「ほう？　そのお顔は、何やら別の腹案までお持ちのご様子じゃな。左衛門佐殿譲りの知恵を、お聞かせ願いましょうか」

「松倉や寺沢の軍勢では、一揆の勢いを止めることは叶《かな》いますまい。幕府は、九州一円の諸大名、四国の諸大名や毛利にも加勢を命ずることは、ほぼ間違いござりませぬ」

「しかし、九州の全大名は参覲《さんきん》で江戸に行っておって不在じゃ。その間隙《かんげき》を狙って旗揚げするわけじゃが、それに二年前に現公方《くぼう》が改定した武家《ぶけ》諸法度《しょはっと》で、他国に軍勢を出すことは厳に禁じられておる。まず、公儀の許可が下りるまでに急がせても一カ月、愚図愚図しておれば、二カ月は掛かろう。その間に、島原城や富岡城は悠々と落とせよう」

「主馬様。いざ合戦となれば、必ず何か意想外の事態が起きるもの。諸大名が松倉、寺沢支援のための出兵の可否を問う急使を江戸に走らせることは疑いの余地がなく――」

　主馬が、膝《ひざ》を打った。

「そうか、なるほど。その急使が江戸に届かぬように、黒脛巾組と雑賀衆で一人残らず討ち取ってくださるというわけじゃな」

「いいえ、そうではござりませぬ」と阿梅は大きく首を振った。

「かなりの大名が、急使を走らせる時は、必ず一波、二波、三波と立て続けに送り出すでしょう。その全部を討ち取るのは、我等としても無理。必ず漏れ落ちが出ます」

「なるほど、それもそうじゃ。そうか、では、急使の持って行く手紙の中身を掏《す》り替えるというのはどうじゃな?」

「さようにござります。で、これは関ヶ原、大坂以来の大規模戦乱であるゆえ、公方様直々にご出馬を願いたい、と要請するのです。聞けば、現公方は衆道《しゅどう》好みにて、御前試合において四郎様に懸想したとまで聞いております。一揆の総大将が、その時の懸想した相手と知れば、あるいは自ら江戸を発《た》ってくるやも知れませぬ」

「そうしたら、仙台の伊達陸奥守《むつのかみ》殿が旗揚げして江戸を衝《つ》かれるかな？　陸奥守殿は、かなりの高齢だと記憶しておるが……」

「陸奥守様には昨年の五月に七十歳にて身罷《みまか》り、御嫡子の忠宗様が今は陸奥守。三十八歳の働き盛りにて、お父上譲りの、天下取りの野望を持っておられます。加えて、伊予宇和島十万石に封じられた異母兄の、かつて太閤《たいこう》殿下の猶子《ゆうし》となり、諱《いみな》を受けて秀宗と名乗った遠江守《とおとうみのかみ》様とも仲はお悪くございませぬ」

「はて。宇和島では元和《げんな》六年に、和霊騒動なる御家騒動が起きて、仙台の本家とは不仲になったと承知しておったが」

と主馬は訝《いぶか》しげに首を捻《ひね》った。

「いえ。御公儀には、東西で呼応して倒幕の旗揚げをするのではないかと怪しまれぬよう、不仲を装《よそお》っておりまする。が、今も水面下では、緊密な関係が続いております。遠江守様はご高齢ゆえ、実質的に宇和島はご嫡子の左京亮（宗時）様が仕切っておられますが、宇和島にも黒脛巾組が入っておりますゆえ、陰に陽に支援を受けるのは、可能にござります」

「それは心強い。衆道好みの現公方が鼻の下を伸ばして九州まで誘《おび》き出されてくれれば、かつての鎌倉将軍家と同じく、徳川の天下も三代にて、高転びに転《こ》けるやも知れぬのう」

主馬は呵々《かか》大笑した。

こうして、翌早朝、黒脛巾組と雑賀衆の忍びたちは、燧灘、安芸灘、山陽道など、急使が江戸に向かうと思われる全径路に手を張り巡らすために散った。

ここで、この物語は、冒頭の碁会の場面の再登場となるのである。

9

十月二十五日、熊本城内の、家老の米田監物の屋敷に長岡佐渡、沼田勘解由、浦兵大夫が招かれて囲碁の会が催されていたことはすでに述べた。

長野主馬から天草島原一揆の計画を聞いていた佐渡は、即座に、

（いよいよ、始まったか）

と直感した。が、怪訝な面持ちを取り繕って首を捻ってみせた。

「はて。今の音は何でござろうや？」

「不思議じゃ。あの音は、西の松倉家の島原城の方角であろう。この泰平の世には考

えられぬが、なんぞ兵乱でも起きたのか？」

と監物は碁笥《ごけ》の中の石を抓《つま》んだまま耳を傾けた。

すると、またしても大筒の砲声が響いた。

三人は、ここで初めて「こうしてはおられぬ」と浮き足立って立ち上がった。

佐渡も、これに合わせて立ち上がった。

囲碁の会は、ここで中止。様子を見るための外聞役が直ちに島原方面に走った。

すると、翌朝早くも郡奉行《こおり》の阿部弥一右衛門、田中勘之允から「島原城の方角に火の手が上がり、砲声と鉄炮《てっぽう》の発射音が聞こえましてござります」と報告があり、外聞役からは「島原に切支丹どもが集結しております」との報告が続いて、入ってきた。

ここで三家老——佐渡と監物の他に有吉頼母——が集まって善後策を話し合った。

使者として横川勘右衛門を島原に派遣することで衆議一決。更に佐渡は、腹心の道家七郎右衛門を勘右衛門に帯同させることを提案して、全く何の疑いも受けず、監物と頼母の了解を得た。

七郎右衛門は疋田《ひきた》陰《かげ》流の遣い手であり、使者の警護役として右に出る者がいない。七郎右衛門であれば、主馬の意を汲《く》んで天草四郎の身辺警護も気取られることなく果たすであろう。

切支丹一揆は、三姉妹の全員が男装し、全員が天草四郎となって天草と島原の四ヵ所で一斉に蜂起しているのだが、細川家にしてみれば、まさしく〝対岸の火事〟である。外聞役や物見役を走らせなければ詳細を知り得ようもなかった。

そこで監物が「とりあえず、この旨《むね》を豊後府内の御目付衆にお知らせせねば」と言い出した。

豊後府内には公儀目付として四千五百石の牧野伝蔵成純と二千五百石の林丹波守勝正の両旗本が赴任しており、豊後萩原に流罪《るざい》となっていた松平忠直を監視していた。

「いや、それは、島原の様子が正確にわかってからにすべきじゃ。もしも杞憂《きゆう》であれば我らが恥を掻くことになる」と佐渡は反対した。

しかし、頼母が監物の側に付いた。

「拙者は、やはり、一刻も早く御目付衆に一報すべきと存ずる。大きな一揆が起きておって後手後手に対策が回っては拙《まず》い。天草でも異変が起きておらぬか、富岡城代の藤兵衛殿にも問い合わせるべきであろう」

とまで言い出し、監物も賛成した。

富岡城は天草下島の北西端に位置する。東西に約二里半、南北に約三里の広さを持ち、西は天草灘、北は千々石灘《ちぢわ》に面していた。関ヶ原合戦で東軍に属して功績のあった寺沢志摩守広高に、従来の唐津八万三千石に加え、飛地《とびち》として天草四万石が与えられた、その主城である。

城代家老の三宅藤兵衛重利は五十七歳。

明智光秀の重臣だった明智左馬助と、光秀の娘の倫（珠の姉）の間に生まれた子であるから、細川家の現当主の忠利とは従兄弟《いとこ》同士の関係にあり、縁が深い。

その藤兵衛を心配して、となれば、佐渡には反対する理由がなかった。長野主馬が後楯となって、一揆の頭に益田四郎を戴《いただ》き、天草四郎と名乗らせているともなれば——他藩の領域といえども——富岡城を放っておくわけにはいかない。

しかも、豊後府内の目付衆と富岡城の藤兵衛に手紙を出して程なく、島原城で留守を守る松倉家の三家老——多賀主水、岡本新兵衛、田中宗夫から救援要請の急使が届いた。

「切支丹宗徒が一揆を起こし、総勢六千名ほどにて、ごく新しい大筒、鉄炮多数を取り揃《そろ》え、島原城に攻め寄せてござる。早速、御加勢くだされたく」

この文面を見て、監物も頼母も一瞬、顔色を失った。

「切支丹の一揆勢が六千！　まさか。それも新しい大筒や鉄炮を持っているとは信じられぬが」

それもそうだろう。これまでのこの国の一揆では、一揆勢の武器といえば、落武者から盗んだ刀、槍、弓、鎖鎌。鉄炮といっても関ヶ原の戦さ以前の旧式物がせいぜい数十丁。

武士側の装備とは比較にならぬ貧弱なものばかりだった。それが、こちら幕府側も持たないような大筒まである。現にその筒音が轟音《ごうおん》となって響いてくるのである。信じないわけにはいかなかった。

「切支丹一揆とは思わなかった。これは容易ならざる事態。特に、宇土は、かつて切支丹だった小西摂津の領地ゆえ、まだ多くの切支丹が隠れ潜んでおりましょうな。呼応して旗揚げなどされては一大事。早速にも――」

と島原に軍勢を派遣しかねないのを、佐渡は一喝して制した。

「狼狽《うろた》えめさるな。我が細川家をお取り潰《つぶ》しに遭わせるおつもりか。御公儀法度書に〝隣国に那辺《なへん》のこと出来《しゅったい》し候《そうら》えども、御下知を相待ち申すべし〟とあるのを、お忘れか」

この佐渡の言葉に、監物も頼母も沈黙した。

現時点で細川家に許される対応は、宇土半島など、島原や天草諸島の対岸の海岸線に軍勢を待機させることまでで、国境を越えて松倉領や寺沢領にまで軍勢を進めることは幕府の定めた法度により、許されなかった。

結局、細川家としては、豊後府内の目付衆に指示を仰ぐことと、江戸に参覲中の忠利と光利《みつとし》の主君父子《おやこ》に国許《くにもと》の異変を知らせる急使を送ることしか、できなかった。

この急使が江戸に着くのは、十一月八日である。

富岡城の三宅藤兵衛からは二十九日に返事が届き、天草の三カ村で切支丹一揆が起きた旨が報告されていた。つまり〝四人の天草四郎〟が島原と天草の三カ村で、切支丹一揆の中心にいたのである。

また、筑後柳川十万九千石の立花家、肥前佐賀三十五万七千石の鍋島《なべしま》家、筑後久留米二十一万石の有馬家からも相次いで、「細川家は島原に派兵されるや否《いな》や。我らは細川家に倣《なら》う」旨の急使が届いた。

いずれも主君が江戸に参覲在府中であるから、主君の指示を即決で仰ぐことは叶わない。かといって島原は、あまりに近すぎるので、いつ切支丹一揆が領内に飛び火してくるかも知れない。となれば、安閑としてもいられない。

最も領地が近い細川家の動向を知りたいのは当然であった。が、全《すべ》て佐渡の「法度書にあるとおり、御公儀御下知を相待ち申すべし」の回答で、出兵が封じられた。
水面下で、佐渡が一揆衆に通じているなどとは、誰一人として疑わなかったのである。

10

島原・天草の一揆の急報は、十一月八日を第一便として、ほとんど毎日、江戸に届いた。
これを受けて、島原を領する松倉勝家と天草を領する寺沢堅高《かたたか》は慌ただしく、翌九日には江戸を発って領国に向かった。
この時点では、まだ幕閣の誰もが〝たかが百姓一揆〟と、いたって呑気《のんき》に構え、松倉家と寺沢家の軍勢だけで容易に鎮圧できると考えていたようである。
ましてや、その新鋭な武器の、調達の金主が豊臣秀頼、
これを操る武士が鉄炮の達人名手、
その指導を受ける農民がデウスに命を捧《ささ》げて悔いない切支丹、
ということは想像の埒外《らちがい》であった。

そのために〝検分役〟上使（総大将）として御書院番頭であった三河深溝《ふこうず》一万五千石の板倉内膳正重昌を、副使として一千五百石の旗本、石谷左近将監貞清《いしがやさこんしょうげん》を派遣すると決定したのである。

二人は八百名の将兵を引き従えて、翌十日に江戸を発って九州を目指した。

この時、前年の八月に四千石を加増されて一万石の大名に昇っていた柳生但馬守宗《むね》矩《のり》は、同時に惣目《そうめ》付《つけ》の職を免除されていたが、柳生新陰流の教授を通じて諸国の大名に隠然たる影響力を持っていた。

同日、筑後久留米二十一万石の国主、有馬玄蕃頭《げんばのかみ》豊氏邸の猿楽の催しに加わっていた宗矩。島原・天草の一揆鎮圧軍の上使に板倉重昌を家光が任命したと聞くや、宴を中座し、豊氏から馬を借りて急ぎ品川宿、川崎宿にまで重昌を追った。

しかし、既に間に合わずと分かると、取って返して登城した。夜間にも拘《かかわ》らず、強く家光との面会を求めて注進した。

だが時既に遅し。

宗矩がこれほど慌てた理由は、「たった一万五千石の板倉重昌では、戦力不足で討ち死にするに相違ない」と信じたからである。

果たして、島原・天草一揆が、板倉家程度の貧弱な勢力ではとうてい鎮圧できるものではないとの状況が、その後に齎《もたら》された急使からの報告で、徐々に分かってきた。

幕閣が応派の軍勢と指揮官の検討に入った二十五日、つまり一揆が起きてちょうど一カ月後に、老中の松平伊豆守信綱は家光に呼び出され、急ぎ登城した。するると驚いたことに、家光の横には乳母の春日局《かすがのつぼね》がいた。天正七年（一五七九）の生まれで、この時、還暦一歩手前の五十九歳。

病中であったという。

それでも大奥を取り仕切り、二代将軍の秀忠夫妻の没後は、絶対的な権力者で、家光といえども全く頭が上がらなかった。

それもそのはず、乳母とは表向きで、春日局は家光の生母であったからである。

家光の父親は秀忠ではなく、家康。

そもそも春日局は、薙刀《なぎなた》の名手で、大奥に潜り込んだ間者《はげ》を一刀両断にしたという武勇伝もあるくらいだ。しかもその度胸の良さ、感情の烈しさを家康に気に入られた若い時は、たぐいまれな美女だったときている。

家康が秀忠の正室、おえよ（織田信長の妹・お市の娘）を通じて織田家の「血」が徳川に混入することを嫌ったことで、両者の利害が一致し、進んで愛妾《あいしょう》の道を選んだ女であった。

秀忠夫妻が唯一《ゆいいつ》の男児の忠長を嫡子《ちゃくし》とし、第三代将軍にしようとした時、春日局は直ちに存命であった駿府《すんぷ》の家康の許に駆けつけて泣きつき、〝東照神君様の鶴《つる》の一声〟で逆転。家光を嫡子とすることに成功したことはすでに述べた。

秀忠にとってはこのことが大いに不満であった。

むろん、絶対的な権力者である家康の意向には逆らえない。泣く泣く弟の家光を実子として認知してこれを嫡子とし、〝弟〟の忠長は駿河大納言《するがだいなごん》の地位に留めざるを得なかった。

これに憤懣《ふんまん》を持った忠長は、密《ひそ》かに家光を亡《な》き者にせんと企《たくら》んだが果たせず、秀忠が病に伏しがちになった寛永八年（一六三一）には、家光の手によって改易され、秀忠の死の翌年には、自害に追い込まれている。

この忠長の将軍位奪取の企てが失敗した裏には、家康の威光を笠《かさ》に着る春日局に、伊豆守信綱や柳生但馬守宗矩らが与《くみ》したことも大きかった。実戦面では柳生の「陰働き」で忠長を擁立せんとする者たちの排除がなされたのである。

また、大奥に関しては、家光の側室は全て春日局の〝眼鏡に適《かな》った〟者たちばかりだった。家光には寛永元年（一六二四）に祝言《しゅうげん》を挙げ、翌年に大奥入りした鷹司孝子《たかつかさ》という御台所《みだいどころ》（正室）がいたが、秀忠御台所のえよの方が猶子として京から招いた、という経緯もあった。

そのため家光は、翌三年にえよの方が病に倒れるや、春日局の意を受けて直ちに孝子に離縁を申し渡し、京に追い返すわけにもいかないので、吹上御庭に別邸を建てて軟禁した。孝子が軟禁生活から解放されたのは、家光の死後、二十三年である。この一事を見ても、春日局と秀忠夫妻の仲がいかに険悪であったかが容易に想像できる。

さて、信綱を前にするなり、家光は一大決心の表情で言った。

「伊豆。今度の、西九州で起きた一揆鎮圧の総大将のお役目、余が自ら出馬する存念じゃ。但馬も、板倉や石谷では、とうてい鎮圧できぬと申してきてのう」

信綱は啞然とした。

あんぐりと口を開けて家光と春日局の顔を見比べてしまった。

実は幕閣では、大老の酒井讃岐守《さぬきのかみ》忠勝以下、老中の信綱、阿部豊後《ぶんご》守忠秋、堀田加賀守正盛、六人衆（後の若年寄）の三浦志摩守正次、太田備中《びっちゅう》守資宗《すけむね》、阿部対馬《つしま》守重次、土井遠江守利隆、酒井備後《びんご》守忠朝《ただとも》、朽木《くつき》民部少輔《みんぶしょうゆう》稙綱《たねつな》の連日の打ち合わせで、信綱が総大将として島原・天草の一揆の鎮圧に赴く方針が、ほぼ決まろうとしていたのである。

あまりに唐突であるがゆえに、春日局が、またぞろ〝母心〟を発揮して、家光に何ぞ〝良からぬ知恵〟を授けたに違いないと勘繰りながら「恐れながら」と問い返した。

「上様、それはまた、いかなるわけでござりましょうや。身共が上使（総大将）として九州に赴くことは、既に幕閣の十人の合議にて、ほぼ決しておりまするが」

春日局の横槍《よこやり》は今に始まったことではない。

伊豆守としても慣れていたとはいえ、今度ばかりは、さすがに唐突であった。

「実はの、細川家筆頭家老の長岡佐渡殿から、妾《わらわ》に内々の急使が参ったのじゃ」

やはり家光に焚《た》きつけたのは春日局であったか、と納得しながら、信綱は問い返した。

「して、その急使の齎した手紙には、何と？」

「一揆軍の総大将、天草四郎なる者は、半年前の御前試合で柳生但馬殿の三男の又十郎殿を打ち破った益田四郎と、同一人物じゃそうな。さらに、その者には、大坂で死んだはずの豊臣秀頼の倅《せがれ》との噂《うわさ》もある、と認《したた》められておった」

信綱は内心、舌を巻いた。

どうやって長岡佐渡なる者は、そこまでの諜報《ちょうほう》を得たのか？

春日局は、明智光秀の重臣であった斎藤利三の娘で、細川家の現当主は光秀の娘の、ガラシャの洗礼名を持つ玉（珠）の息子。その縁で細川家の急使が春日局の許に送られた理由は納得できないでもないが。

　いずれにしても、そこまで知っているのであれば、無下にはできない。

「上様が総大将として島原の地まで赴かれんとなさる理由は、一揆総大将の天草四郎の御検分をお望みだからでございましょうや？」

「いかにも。豊臣の三代目であれば、上様が手ずから首実検をなさりたいと御執心あそばされるのは当然であろう。流石は伊豆殿、察しが良くて助かりまするな」

　春日局が破顔し、信綱は苦笑した。

　家光が答えるべきことまで春日局が答えてしまうのは、親馬鹿《おやばか》としか言いようがない。

（さて、困ったものだ。どうやって説得したものか……？）

　しばらく考え込んだ信綱は、ようやく答えを見つけた。

「上様、御局様。今度の一揆征伐は、徳川の威信を懸けた戦さとなりまする。戦闘の激化は必須《ひっす》。総大将といえども戦陣の矢面に立つ覚悟がなければ、これから繰り出すことになる九州諸大名家の軍勢に、示しがつきませぬ」

　春日局は、意外そうな顔になった。

「それほどの一大事なのかえ？　ただの百姓一揆ではないのか？」

「御意。下手をすれば諸国の外様《とざま》大名、特に奥羽《おうう》の伊達などが徳川の治世を転覆させようと動き出しかねませせぬ。某《それがし》が出向くのも、一揆の完全鎮圧と同時に諸国の外様大名への引き締めが目的なのでござります。失礼ながら上様に、留守中の江戸を衝かれても大丈夫との覚悟は、おありでしょうか？」

言葉もなく項垂《うなだ》れた家光と春日局の様子に、信綱は駄目を押した。

「そのような次第故《ゆえ》、お望みの御検分についても、敵も味方も、骸《むくろ》の検分は酸鼻を極めたものとなりましょう。割れた頭蓋《ずがい》から脳漿《のうしょう》が垂れ、目玉が飛び出し、手足が千切れ、腸《はらわた》の飛び出した骸を烏《からす》が突つき、蠅《はえ》がたかり、無数の蛆《うじ》が湧《わ》いた、胸糞《むなくそ》の悪くなるような腐った骨と肉の残骸《ざんがい》を何千と見なければならぬ御役目。男の手前でも数カ月は悪夢に魘《うな》されることでございましょう。上様にお譲りすることは、とてもとても……」

信綱の話から想像したのだろう。家光の顔色が見る見るうちに蒼褪《あおざ》めていった。

「い、伊豆。もうよい。もうよい。戦場経験のない余が赴くのは無理なことと、あい解《わか》った。其方《そち》が行けば安心じゃ。天草四郎なる者の検分、宜《よろ》しく頼むぞ……」

春日局と顔を見合わせて家光が納得したので、信綱は、ほっと胸を撫《な》で下ろした。

信綱は知る由《よし》もなかったが、天草の地で長野主馬が阿梅と語り合った手筈《てはず》、九州の一揆に呼応して仙台で伊達家が旗揚げし、徳川の天下を三代で終焉《しゅうえん》に追い込むという作戦は、この瞬間に封じられたのである。

まさに〝知恵伊豆〟の面目躍如であった。

11

二日後の十一月二十七日、幕閣は天草・島原一揆討伐軍の上使として松平伊豆守信綱、副使として美濃大垣十万石の戸田采女正《うねめのしょう》氏鉄《うじかね》の派遣を、正式に決定した。氏鉄の江戸進発は十二月一日、信綱の進発は十二月三日と決まった。直ちに、ではなく、時間的に余裕を見た理由は、その後の現地での状況が急使によってもたらされたからである。

十一月十四日に天草上島で寺沢軍と天草四郎麾下の一揆軍が激突したが、寺沢軍は大敗を喫した。

これを聞いた富岡城代の三宅藤兵衛は急ぎ手勢を率いて応援に出陣する。これまた衆寡《しゅうか》敵せず、城兵はあいついで一揆勢に討ち取られて、藤兵衛は山中にて切腹して果てた。

後に、探し出されて首を晒されている。

ここまで一揆勢が強力とあっては、九州の諸大名に総動員令を懸けるのみならず、幕府軍も〝単なる検分役〟でなく、それなりの兵を揃え武器弾薬も充分に携えていくことが肝要であった。

九州の諸大名は次々と参覲を切り上げて帰国の途に就いていたが、信綱と氏鉄が進発を遅らせたのは、そういう理由による。

信綱は、準備が整うまでの時間を利用して柳生但馬守宗矩に会い、知恵を仰ぐことにした。

信綱が宗矩に西九州での厳しい状況を伝えると、宗矩は大きく頷《うなず》いた。

「島原、天草の状況に関しては、倅の十兵衛が参っておって、疾風《はやて》、旋風《つむじ》、烈風、驚風と申す四人の伊賀者を使い、時々刻々、報《しら》せてくれております」

「なれば、話は早い。どうやら一揆勢は、よほど手強《てごわ》い様子。泰平惚《ぼ》けした大名どもの軍勢では、鼻先を取って引きずり回され、甚大《じんだい》な被害を出しかねませぬ。外様大名どもが損害を出すのは構わぬとしても、これより身共や戸田采女正が率いていく軍勢に大きな損害が出ようものなら、御公儀の威信に傷がつきかねませぬ」

「いかにも。あたら幕臣の命を無駄に使う必要は、ございませぬ。外様大名の中には、裏で一揆軍に通じている者がおらぬとも限りませぬからな」

「特に、島津は怪しい。表向きは恭順を装っておるが、関ヶ原では、敗将の宇喜多中納言（秀家）を、一時的にせよ、匿《かくま》っておる」

「確かに島津は胡散臭《うさんくさ》い。十兵衛も、どうしても日向《ひゅうが》や肥後の国境から、薩摩や大隅に入れぬ、と申してきております。拙者が伊豆守様とご同道仕《つかまつ》りましょうか？」

「いや。但馬殿には、上様の身辺警護を今以上に厳重にお願いしたい。世の関心が西九州に向いておるのを好機とばかりに、仙台あたりが蠢動《しゅんどう》せぬとも限りませぬ。独眼龍《どくがんりゅう》亡き今も、天下取りの野望は息子たちに受け継がれておりましょう。何といっても伊達には、東照神君様に百万石の約定を反故《ほご》にされた恨みがござる」

「ならば、諸大名家の家臣と牢人《ろうにん》とを問わず、兵法自慢の者たちを御公儀公認の遊撃部隊として掻《か》き集め、天草島原に投入するのは如何《いかが》でござろうか」

「おう、それは都合が良うござる。兵法家にとっては、戦乱で名を上げる、またとない好機でござろう」

と信綱は膝を打った。

「では、先の御前試合に参集した者たちに、島原、天草に来るように、急使を走らせようと存ずる。尾張柳生新陰流の柳生兵庫助、宝蔵院流槍術《そうじゅつ》で自らの高田派を興《おこ》した高田又兵衛《またべえ》、神道夢想《しんとうむそう》流杖術《じょうじゅつ》の夢想権之助《ごんのすけ》、田宮流居合術の田宮対馬守《つしまのかみ》、関口《せきぐち》流抜刀術及び柔術の関口柔心《じゅうしん》、柳生心眼流甲冑拳法術《かっちゅうけんぽうじゅつ》の竹永隼人《たけながはやと》、疋田《ひきた》陰流の上野左右《そう》馬助《まのすけ》、円明流の宮本武蔵、願立流《がんりゅう》の松林左馬助、示現流の東郷藤兵衛等々――」

宗矩が次々と名前を挙げていくのを、信綱は片手を挙げて遮った。

「松林左馬助と東郷藤兵衛が、果たして招聘《しょうへい》に応ずるか否かで、伊達と島津の腹中が那辺にあるのかを見ることができそうですな」

「なるほど、いかにも。となれば、松林と東郷の名は外せませぬな」

ここで方針は固まった。

信綱は春日局から聞いた、天草四郎が御前試合に出た益田四郎と同一人物で、なおかつ〝豊臣秀頼の息子〟であるという風聞については、敢《あ》えて宗矩には打ち明けなかった。

何といっても宗矩は、信綱自身に匹敵する策士である。手元の判断材料を全て明かしてしまったのでは、どう悪巧みに利用されないとも限らない。

こうして信綱は島原、天草一揆を収拾させるために、十二月三日、江戸を発った。

12

天草と島原では、一揆勢の雲行きが怪しくなっていた。

十月末に天草と島原の四カ所で一斉に蜂起し、松倉軍と寺沢軍を撃破したところまでは良かった。

ところが、島原城も富岡城も、とうとう攻め落とすことができなかった。

あまりに緒戦が楽勝で、一揆勢は調子に乗りすぎたのである。

そのために、敵を舐《な》めて軽率な行動に出る者があり、天草四郎の〝母〟の米《よね》、〝姉〟の福、福の夫の渡辺小左衛門、小左衛門の娘婿《むこ》の瀬戸小兵衛らが次々に、宇土半島突端の三角《みすみ》で、細川家の家臣団に捕縛されたのである。

細川領の宇土半島には、かつて切支丹大名の小西行長の領地だけあって、隠れ切支丹が数多くいた。その者たちを味方に引き入れようと目論《もくろ》んだのだが、それは、やるのであれば、蜂起前に行っておくべき下工作であった。

しかし、二十五日に一揆勢が島原城に攻撃を加え、その砲撃音が西風に乗って熊本城に届き、さらに松倉家からも支援要請の手紙を携えた急使が来たことから、越境しての加勢こそ、幕府の許可が下りない情勢で出せないものの、細川家は海岸線に厳戒態勢を敷いていたのである。

その網に、まんまと〝飛んで火に入る夏の虫〟さながら飛び込んだのである。小笛や小猿（森宗意軒）や六郎太（蘆塚《あしづか》忠右衛門）が、その場にいれば押し留めたことは疑問の余地がない。今となっては〝後の祭り〟であった。

ただでさえ手が足りない状態で、人質救出に忍びたちを投入することはできない。

その後、富岡城代の三宅藤兵衛などの重臣を討ち取ることができた戦果で、多少の挽回《ばんかい》はできたが、この時も、もし藤兵衛を生きたまま捕縛できていれば、細川家と藤兵衛は縁が深いだけに〝人質交換〟も可能だったかも知れない。

しかし、一揆勢に包囲されるや、そこまでの深慮遠謀があったのか知らぬが、藤兵衛は潔《いさぎよ》く割腹自殺を遂げてしまった。

一揆勢は藤兵衛以下の十八人の首を晒し、憂《う》さを晴らしたが、どんどん統率が乱れていった。

一揆勢の中に、大坂の陣の経験者は小猿に六郎太、それに長野主馬の、三人の老人しかいない。その他の者は武士（牢人）であっても、城攻めの実戦を経験した者は皆無。

ところが、その者たちが緒戦の大勝利で調子づき、小猿や六郎太の指示を〝老いぼれの臆病《おくびょう》〟と誤解して従わず、島原城や富岡城に攻撃を仕掛けて大損害を出し、撤退を余儀なくされた。

どんな城でも必ず敵襲に備えての罠《わな》が仕掛けられている。城門を突破できても、一直線に本丸や天守閣に向かうことはできない。

道は曲がりくねって見通しが利《き》かず、随所に兵士を埋伏しておけるだけの、寄せ手からは見えない隠れ場所が、巧妙に設けられている。

それにものの見事に引っ掛かって甚大な被害を出した。撤退せざるを得なかったのである。これで一揆勢は一気に、青菜に塩を掛けたごとく意気消沈し、収拾がつかなくなった。

「こういう状況になっては、やはり当初に計画したとおり、原城に籠城《ろうじょう》して、寄せ手を叩《たた》く作戦に変更する以外になさそうだな」

と小猿が言い出し、小笛も、六郎太も、阿梅と阿菖蒲の姉妹も、雑賀孫市や松林左馬助も、ただちに同意した。

こうして一揆勢は島原城から直線距離にして五里ばかり南西の原城に立て籠《こ》もることになった。

総勢、三万七千人。

時に十二月三日、奇《く》しくも松平信綱が江戸を進発したのと同日である。

天草四郎の妹たち、次女の小鷹、三女の小鶴、四女の小笹の三姉妹は、長野主馬麾《き》下《か》の海賊船が島原湾から隧道《ずいどう》を通して籠城用の食糧を城内に運び入れるのと入れ替わりに、船に乗って天草下島の主馬の屋敷に退避した。

今まで一揆勢は四方面に分かれて戦っていたので〝四人の天草四郎〟が必要であったが、原城一カ所で戦うとなれば、もう一人しか必要でなくなる。

それに、何も知らない一揆の者たちに〝四人の天草四郎〟を目撃されては「同時に何カ所にも存在できるが故に天草四郎は神《デウス》の子である」という絡繰《からくり》が見破られかねず、三姉妹は原城に留まることができなかったのであった。

13

原城の攻防は、熾烈《しれつ》を極めた。

最初の内は、籠城戦が巧《うま》くいった。「たかが百姓一揆」と甘く見て攻め寄せてくる敵勢を引き付けられるだけ引き付け、頭上から石や煮え滾《たぎ》った湯を落とすなどして大損害を与えることができた。

が、そのうちに敵も警戒して、安易には近寄ってこなくなった。で、九州各地の諸大名が派遣した応援の軍勢が来着した時点で、一斉攻撃を仕掛けてくる作戦に切り替わった。

長梯子《ばしご》を大量に持ってきて城壁に立て掛けて攻め入ろうとする作戦である。

これに対しても、落石や煮え湯の邀撃《ようげき》策は効果があったが、あまりに攻め手が大人数なので手が回りきらなくなった。要するに、落石や煮え湯を掻《か》い潜《くぐ》って城内にまで躍り込む敵の将兵が一気に増えたのである。

緒戦では新鋭の武器が大いに効果を発揮した。が、その補充が続かなかった。

もとより一揆勢個々の末端農民たちの武器が貧弱だったこともある。籠城している人間の大半が百姓であるから、鎌《かま》や鋤鍬《すきくわ》は持っているが、刀槍まで持っている者は少ない。そこで、敵の将兵の武器を、その骸からかき集める必要が生じた。

もちろん、敵が撤退した間隙を縫って手早く行うわけだが、そこに付け込んだ者たちがいた。柳生宗矩の発した召集令に応じて、島原に全国からはせ参じた兵法家である。

これら兵法家の参戦が激戦に拍車を掛け、急速に籠城側の被害を拡大させていったのである。

例えば宮本武蔵。

豊前小倉十五万石の小笠原左近将監忠真《ただざね》に執政（家老）として仕える養子の宮本伊織と共に、大坂の陣以来の戦場での活躍を目指して乗り込んできていた。

大勢の兵法家たちの間を駆けずり回って連携扇動させたのは、宗矩が遣う、疾風、旋風、烈風、驚風と呼ばれる四人の伊賀者たちである。

数多《あまた》いる兵法家たちの中で、戦場で最も剛勇の働きをしたのは、高田又兵衛であった。十文字鎌槍を縦横無尽に振るって、当たるを幸い、刀槍集めに気をとられている一揆の農民軍を次々に薙《な》ぎ倒す、獅子奮迅の暴れっぷりであった。

夢想権之助も鉄鋲《てつびょう》を打った鉄芯《てつしん》の入った九尺の八角棒を遣い、又兵衛に負けじと、目を見張る働きを見せた。

細川家きっての遣い手である上野左右馬助も、長巻を風車のように振るって奮戦した。

竹永隼人は心眼流の甲冑拳法術の必殺技、脳天逆落としにする「ムクリ」と、鎧《よろい》の上から掌《てのひら》を重ねて当身の振動波を加えて心ノ臓を停める「鉄炮」の技を遣い、組み討ちで次々に倒していった。

いずれも、ここが兵法家の名を上げる最高、最良の場であるとばかりに競いあった。一揆《いっき》軍は統制された者たちではなく、烏合《うごう》の衆で、戦闘の訓練を受けた者は指を折って数えられるほど少ない。名だたる兵法家にとっては、冬枯れの田圃《たんぼ》の案山子《かかし》を薙ぎ倒すのと大差がなかった。

注意すべきは、鉄炮である。

原城の中から時折、思い出したように撃ってくる鉄炮は、雑賀孫市が指揮する雑賀鉄炮衆が狙撃《そげき》手であるため驚くべき的中率であった。そのため、流石《さすが》の兵法達者の者たちも、容易に城中には攻め込めなかった。

せいぜいが〝死に武者狩り〟に出てくる一揆勢の雑兵《ぞうひょう》を血祭りに上げる程度であった。

ただ、柳生宗矩の召集に応じた兵法家たちの中で、田宮対馬守と関口柔心だけは戦闘に参加せず、原城の真北二町ほどの位置の小高い丘の上で、のんびりと見物していた。二人ともに紀州から、物見遊山《ものみゆさん》で足を運んでいる。

「儂《わし》らのような爺《じじ》いが戦さに出ても仕様がないわい。大坂の陣以来の本格的な合戦、せいぜい冥土《めいど》の道々の土産の語り種《ぐさ》にしようではないか」

が、二人の言い分で、土産話を国に持って帰るくらいの気持ちであった。

二人は共に居合抜刀術の遣い手である。平時の護身武術である居合抜刀術は、敵と至近距離で見《まみ》える以外に戦い方がない。

敵味方が距離を置いて入り乱れる戦場には全く向いていない、という理由もあった。

「ほう、あれに見えるは、高田又兵衛、夢想権之助、上野左右馬助、竹永隼人か……彼奴《きゃっ》らは得物が長いゆえ、十人力二十人力じゃのう」

「したが、尾張の兵庫助殿と、宮本武蔵は、おらんようじゃの」

「戦場で得物の短い刀術は不利じゃでな」

「そりゃあ、そうじゃな」

「賢明、賢明……」

老齢とあって、老眼で遠目だけは利くから、ひたすら呑気に見物に興じていた。

14

その頃、柳生十兵衛《じゅうべえ》もまた、島原の地に来ていた。そこで、父の宗矩や大勢の兵法家との繋《つな》ぎを付けている伊賀者の疾風が、深刻な表情でやって来た。

「十兵衛様、一揆勢を探ってみたところ、柳生の御家にとって重大なことがございます」

そう言われても、見当がつかない。十兵衛は目立ちすぎる身形《みなり》なので、とうとう薩摩にも入れなかったし、一揆勢の中に潜入することもできず、ただ遠くから観察していることしかできずにいた。

「何だ？　勿体《もったい》をつけておらんで、申してみよ」

「はっ……実は、一揆勢の総大将の天草四郎に、常に寄り添うように護衛している若侍がおりまして……」

疾風が、なおも逡巡《しゅんじゅん》して言葉を濁した。

「申せ！　俺の気が短いのは、知っておろうが！」

十兵衛が語気強く命じると、ようやく疾風が重い口を開いた。

「その若侍の正体は、どうやら刑部様かと……」

「何っ？　それは、真《まこと》か？」

「はっ、間違いなく……」

十兵衛の顔が歪《ゆが》んだ。まさか、弟がそこまでのめり込んでいようとは！

御前試合で弟の又十郎宗冬《またじゅうろうむねふゆ》を打ちのめした益田《ますだ》四郎が天草四郎であることは、既に判明していた。

異母弟の刑部が、その日に益田四郎と密談を交わした場面も目撃されている。その翌日に刑部は逐電し、行方知れずとなっている。

九州に向かったことまでは突き止めたが十兵衛は、その後の手懸かりは得られていなかった。

「そうであったか。左門、いや、刑部よ、そなたが四郎の美貌《びぼう》に目が眩《くら》むとは……、やはり、心は女であったのか……」

これまでの十兵衛には、刑部の気持ちが全く解らなかった。家光の小姓を勤めていた頃、衆道《しゅどう》狂いの家光をただ一途《いちず》に厭《いと》わしいとだけ思っていた。女の心を持つ刑部にはその勤めは耐え難い屈辱だったのだ。

伊賀者たちの報告は、それればかりではなかった。示現流を遣う者たちが四郎を護《まも》っており、どうやら示現流宗家の東郷藤兵衛重位《ちゅうい》と思われる老剣客をはじめ、願立流の松林左馬助と、山田流試刀術の山田浅右衛門、鉄炮方を率いているのは雑賀一族の長、二代目の雑賀孫市であるとまで、ほぼ割り出していたのである。

さらに、真田忍者や伊達の黒脛巾《くろはばき》組も一味に加わっているらしい。

(これは……親父《おやじ》殿に聞いた、かつて福島左衛門大夫(正則)に与した者どもと全く同じ顔ぶれではないか。ならば、今回の島原・天草一揆は、もしや、東照神君様の密書に関わる企ての一環なのか？）

伊賀者の疾風からの連絡を聞いた十兵衛は、この一揆の背後に徳川の世を揺るがすような大きな陰謀の匂《にお》いを感じ取っていた。示現流宗家の東郷藤兵衛と願立流の松林左馬助が一揆側にいるとなれば、島津と伊達が東西で呼応しての天下転覆を企《たくら》んでいる可能性も、大いに考えられる。

現に、九州の諸大名が一揆鎮圧の派兵をしてきているのに、島津家は当主の家久が江戸に留まって、体調不良を理由に進発せず、今なお唯《ただ》の一兵すら出してきていない。いずれは〝お茶を濁す〟程度の人数は出してくるであろうが……。

「このこと、親父殿には伝えたか？」

「いいえ。さすがに、それは。まずは十兵衛様にご相談申し上げてから、と考えまして」

「それで良い。まだ当分は黙っておれ。左門、いや、刑部の始末は俺がつける。親父殿に伝えるのは、万が一、俺が骸となった時のことといたせ」

「御意」

と疾風は答えて、ほっと安堵《あんど》の顔で頷いた。

（気持ちは充分に解るが、柳生の家の存続のためには、そのような道ならぬ恋を許す訳にはいかぬ。一揆勢の総大将で、豊臣の血を引いておるやも知れぬ者など、倶《とも》に天を戴かざる者。左門よ、せめて、この兄が、天草四郎ともども引導を渡してくれよう）

柳生十兵衛は、哀れみを刑部に覚えながら、目を閉じて黙想した。

しかし、原城の数万の一揆勢の中に潜んでいるとあっては、発見は、容易ではない。十兵衛は、この柳生家にとってあまりに重大な機密を打ち明けて助力を仰げる人物について考えた。

それは尾張柳生家の総帥《そうすい》、柳生兵庫助こと利厳《としよし》と清厳《きよとし》の父子しか思いつかなかった。

15

この時、柳生兵庫助は、宗矩の招聘に応じて、長子の清厳と共に島原に来ていたものの、先陣には加わってはいなかった。

原城西方の雑木林の中で、じっと辛抱強く参戦の機会を窺《うかが》っていたのである。

兵庫助は一揆軍の大将の天草四郎の首級を狙《ねら》っていた。

雑兵を何十人、何百人斬《き》ったところで手柄にはならない。雑兵の首を挙げても、ただ無駄に重くて刃毀《はこぼ》れするだけである。

「兵庫助殿、ここにおられましたか。いや、探しましたぞ。人が多すぎて」

柳生兵庫助が振り返ると、そこに従弟《いとこ》の十兵衛が立っていた。十兵衛とは二十八歳も年齢差があり、元和元年（一六一五）生まれの清厳のほうが、十兵衛と歳《とし》が近い。

「おう、十兵衛か？　むっ、何だ、お主、その身形《みなり》は、どうした？　何故、ここにおる？」

兵庫助と清厳は十兵衛のむさ苦しい姿に顰《しか》めっ面《つら》をしながら訊《たず》ねた。

柳生の里では清厳と一緒に直々に剣を指導してやり、特に自ら工夫した素肌剣術の形を教えてやったことがある。

「ふふ……親父殿の命で来ておりますので」

暗に、「隠密《おんみつ》仕事故に、詳細は聞いてくれるな」と内情を明かしているわけだ。

「なるほど、そういうことか……」

兵庫助が苦笑する。兵庫助にとって、十兵衛の父の但馬守宗矩は叔父になるが、祖父の石舟斎《せきしゅうさい》が兵庫助に新陰流宗家を譲ったことで恨みを買っているという引け目があった。

兵庫助の妹は、かつて伊賀の山崎惣左衛門に嫁《か》したが不縁となり、柳生家に出戻った。この妹を宗矩は、兵庫助に一言の断りもなく、柳生の里の佐野主馬なる〝何処《どこ》の馬の骨とも分からぬ男〟に再嫁させる、という陰湿な嫌がらせをした。

怒髪天を衝《つ》いた兵庫助は、以降、宗矩とは絶交したのである。

宗矩の招聘に応じたのは、ただ、かつて加藤清正に仕えて九州の地に縁があったから再訪しようと思い立ったまでで、宗矩の顔を立てようなどという気持ちは、微塵《みじん》もない。

剣の道に専心してきた石舟斎や兵庫助にとっては、宗矩は兵法家ではなく、権謀術策を駆使するだけの政治家という認識がある。だからこそ、石舟斎は二代宗家を兵庫助に譲った。

兵庫助も祖父と同様、裏の裏の、そのまた裏を掻くような姑息《こそく》を弄《ろう》する宗矩は、尊敬しなかった。

しかし、十兵衛は剣の虫であった。家光の不興を買って柳生の里にやって来た頃は清厳と共に剣術修行に熱中したものだった。

兄のいない清厳にとっては、十兵衛が兄に思えたのであろう。よく懐《なつ》いた。

兵庫助も、宗矩に全く似ておらず、直情径行な十兵衛をやんちゃな末弟か息子のように思って可愛《かわい》がり、自らの技を清厳と共に、包み隠さず伝授していた。

「兵庫助殿と宗陽（清厳の号）殿に、重大な頼みがございます。これは、兵庫助殿と宗陽殿にしか頼めませぬ」と十兵衛は、曰《いわ》く言い難い複雑な表情を見せた。

「何だ？　畏《かしこ》まる間柄でもないだろう。遠慮せずに申せ」

「天草四郎を護っている女剣士と出会ったら、俺に知らせて欲しい」

ますますもって、十兵衛の意図が読み取れず、兵庫助は首を捻《ひね》った。

「何？　女剣士だと？　そのような者、耳にしておらぬが、どういう女だ？」

「俺の、この片目の仇《かたき》なのだ」と十兵衛は渋面を作る。

「何ですと？　十兵衛殿のその眼は但馬殿との稽古《けいこ》中に手裏剣を受けたのではなかったのか？」と清厳。

驚きに、まじまじと目を見開いた。

十兵衛は若い頃に宗矩の投げ打つ棒手裏剣を木剣で打ち落とす稽古をしていて、誤って目で受けてしまい、隻眼《せきがん》になったと尾張柳生家では聞いていた。

「それは、俺の……いや、柳生の体面を慮《おもんぱか》っての親父殿の作り話だ。真実は、富田越後守の弟子で小笛という女剣士と立ち合った時にやられたのだ」

「何と……そのようなことがあったのか」と兵庫助は唸《うな》った。女だてらに十兵衛ほど達者な剣士の目を潰せるほどの腕利きが存在するとは、俄《にわか》には信じ難い。

十兵衛は、あくまでも隠密として、戦闘には加わらず、一揆軍の内情を探っていたが、手足として動いてくれる伊賀者の働きもあって、自身の片目を潰した女剣士、小笛が天草四郎の背後にいる事実を突き止めていた、と兵庫助と清厳に明かしたのである。

絶対部外秘の重大機密ではあるが、十兵衛は兵庫助を納得させるには全《すべ》てを打ち明けなければならず、苦渋の表情で明かした。

「ふむ……どうも、ただの百姓一揆とは根本から違うと思ってはおったが、これは天下を揺るがす一大事。伊達や島津まで背後にいるやも知れぬとなると、まさに関ヶ原の合戦の再来じゃな……」

十兵衛の話を細部まで聞いた兵庫助は腕組みして考え込んだ。

一言「兵庫助殿。十兵衛、生涯の頼みでござる」と残して、十兵衛は立ち去った。

隻眼となった日以来、十兵衛の脳裏には小笛なる女剣士の姿が焼き付いて離れないのであろう。最初は憎悪《ぞうお》、それが何年も経過するうちに恋心にも似た屈折した想《おも》いに変質していったのではあるまいか、と兵庫助は思量した。

今は、小笛と心ゆくまで剣を交わしたいという欲望になっているのではないか。勝ち負けはどうでもいい。むしろ、相討ちで果てるのが最上の望みとなっているように思えてならなかった。

16

寛永十五年（一六三八）の正月が明け、幕府討伐軍八百名の上使として派遣された板倉内膳正重昌は焦《あせ》りに焦っていた。

自分が不甲斐《ふがい》ないばかりに幕府は討伐軍四千名の増派を決定し、何と家光の最大の腹心松平伊豆守信綱が上使となって、遅くとも三日後には島原に到着する旨《むね》を伝える先触れの急使が来た。

重昌が島原に来着したのは、一揆勢が原城に集結して籠城に入ってから二日後の十二月五日である。

重昌は三河深溝という狭い領地を治める、たった一万五千石の小大名。それに対して、重昌が指揮を執るべき諸大名は、桁違《けたちが》いに大身だった。

最多数の三万五千名を送り込んできた隣国の佐賀の鍋島信濃守勝茂が三十五万七千

石。それに次ぐ二万三千五百名を出した、島原湾を挟んだ向かいの熊本の細川光利（父親の忠利は病気が癒《い》えず、未着）が五十四万石。

第三が、一万八千名を出した福岡の黒田筑前守忠之で、四十三万石。第四が八千三百名の、筑後久留米の有馬玄蕃頭《げんばのかみ》豊氏で二十一万石。第五が六千名の、細川忠利の義弟に当たる豊前小倉の小笠原左近将監忠真で十五万石。第六が五千五百名の、筑後柳川の立花飛騨守《ひだのかみ》宗茂、忠茂の父子で、十万九千石。

石高が一桁も違った上に、たったの八百名しか率いてこなかったのでは、これらの有力大名が重昌の下す指示など素直に「承知仕った」などと聞くわけがない。あからさまに無視するか、表面上は聞き入れたような振りだけして勝手に麾下の軍勢を動かす面従腹背か、どちらかだった。

何しろ〝大坂の陣以来で最大の合戦〟とあって、それぞれが手柄を立てようと、勝手な思惑で動く。

重昌も現地に来て即座に分かった。が、一揆勃発《ぼっぱつ》の直接の原因は、寺沢家と松倉家が領民に課した苛政《かせい》だった。となれば、一揆を鎮圧したのちは、この両家が取り潰《つぶ》され、もしくは大幅な減封に処されることは疑問の余地がない。その領地の分捕りが諸大名の視野に入っているのは誰の目にも明らかだった。

たかが百姓一揆と思っていたら違っていた。相手は実に闘いなれている。切支丹の信仰のちからで団結した人間は死をも恐れないのか。あるいはいずこかの精強な武士団に率いられているからなのか。

特に薙刀を持った武家の女二人が指揮する一団は、攻め手の諸大名の足並みが全く揃《そろ》っていない間隙《かんげき》を縫って戦場を駆け巡り、当たるを幸い、阿修羅《あしゅら》のごとき獅子奮迅《ししふんじん》の剣の舞をみせている。

まさに一騎当千の働きである。

しかも、厄介なのは鉄炮《てっぽう》である。余程の狙撃の名手が一揆方にいるらしく、確実に討伐隊の指揮官だけを狙い撃ちにしてくる。数も相当にあるのだろう。間髪《い》を容れずに次々に撃ってきた。

島原に来着した当初は、圧倒的に数で勝るゆえ多少の足並みの乱れなどどうということはなかろう、数で押し切れる、と安心していた。

ところが、敗退に次ぐ敗退で、いたずらに自軍が数を減らしていくばかりで、長引けば敗北が目に見えてきた。

特に十二月の十日と二十日の二回に亘《わた》って総攻撃を行ったが、やはり微妙なところで足並みが揃わず、そこに付け込まれて、完膚無きまでに敗走させられた。

原城の本丸に近づくことすらできない体たらくでは、味方の士気も上がらない。士気が上がらなければ、そのぶん個々人は目先の手柄追求に走る。それがまた、一揆勢に付け入る隙《すき》を与える失態に繋がった。

その上、重昌には戦《いく》さに慣れた参謀がいなかった。柳生但馬守宗矩が推測した通り、重昌は匹夫の勇に走ってしまったのである。

こうも諸大名が露骨に重昌の下知に従わないのであれば、総大将自らが先陣を切って見せる必要がある。それ以外に打つ手なし、と蛮勇に思考を支配され、鎧兜《よろいかぶと》に身を固めて馬で突っ込んだ。

「権現様《ごんげん》の御加護のある吾《われ》には邪教徒の矢弾ごときは当たらぬわ！　吾に続けっ！」

一喝するや否《いな》や、無謀にも駆け出した。三日後には松平信綱の第二軍が来着する以上、おめおめと生き恥を晒《さら》すくらいなら、華々しく戦死を遂げたほうが何層倍もましであった。

17

この時、雑賀孫市が原城の城壁に設けた銃眼から、孫六郎や孫九郎と共に、板倉重昌が僅《わず》かな手勢を率いて寄せてくる様子を見物していた。

孫市は、「阿呆《あほう》めが」と呟《つぶや》くと、鉄炮の照星を重昌にぴたりと付けた。

ダァーン！　ただの一発で、重昌は兜を飛ばされ、馬から転がり落ちた。孫六郎や孫九郎も、ほとんど同時に寄せ手の騎馬武者を仕留めていた。

額には銃弾の射入口が小さく、後頭部には射出口が大きく開き、骨の破片と散らばった脳漿を噴出させていた。

孫市は遠目が利くから、重昌の死に様を、はっきりと見届けることができた。

総大将の討ち死にに動揺した討伐隊は、一気に潮が引くように退避していった。これまでの二回の総攻撃と、全く同じである。

「流石は孫市殿に、孫六郎殿、孫九郎殿。疾走している馬上の者の額を撃ち抜くとは、神業ですな」と背後から賞賛の声が上がった。真田左衛門佐幸村の三女の阿梅《おうめ》である。

阿梅の称賛にも孫市は冷静さを失わなかった。

「何の、これしき。一直線に真っすぐ向かってくるのでは止まっているのと同じ。雑賀の者なら、元服前の小童《こわっぱ》でも一発で仕留めます。あれが総大将とは、徳川方もよほど人がいないと見えまするな」

この時、重昌と共に射殺された騎馬武者は、原城内の者たちは知らなかったが柳生清厳であった。柳生兵庫助利厳は、長男の死に衝撃を受け、以降は戦列に加わることがなかった。

「それにしても、惜しいことでござります。先代の孫市様ら雑賀の皆様が伊達に留まっておられれば、徳川を引っ繰り返すのも、伊達が中心になってできたでしょうに」

「ほんに、姉様の言う通りでございますな」

阿菖蒲《あやめ》も姉に同意する。阿菖蒲の後には、小笛や松林左馬助の姿も見えた。

「薙刀《なぎなた》を振るうのも高井野以来じゃが、大根を並べて斬るようで、何とも歯応《はごた》えのないことよ。今度は柳生や伊賀者も、おらぬようですな、小笛殿」

「今のところは、そのようです。が、総大将が討ち死にしたとなれば、次は、もっと強力な軍勢が来るでしょう」

「その時は、どうなさるのか？」

「長野主馬様が話をつけてくださり、葡萄牙《ポルトガル》の船から砲撃してもらう手筈になっています。その隙に船で一旦《いったん》、退避して、天草で次の進撃の準備を整え、次は船団で、江戸に向って攻め上ることになりましょう。長岡佐渡様が、江戸の公方《くぼう》をこの地まで誘《おび》き出すための密書を、公方の乳母にして生母の春日局に送ってくださったとのこと」

と小笛。

「なるほど。そうなれば江戸は、蛻《もぬけ》の殻も同然。我が伊達家も呼応して北から軍勢を出せば、江戸を制圧するのは赤児《あかご》の手を捻り上げるのも同然。なれど、伴天連《ばてれん》がそこまで果して手を貸してくれましょうか？」

と左馬助がまず疑問を口に出した。

切支丹でない者にとっては伴天連も南蛮人である。進んだ文明を持っていることは否定できないが、遠方の国のためにおいそれと援軍を出してくれるとは思えなかった。

「主馬様の話では、葡萄牙は耶蘇《やそ》教の教えを広めることが目的で、切支丹を弾圧している徳川を除くための協力は惜しまぬ、とのことです」

（さて、それはどうかな。小笛殿も切支丹であるからそう信じて疑わぬのだろう）

口には出さなかったが、左馬助の表情は、そのように読み取れた。

この左馬助の疑念は後に現実のものとなるのだが……。

18

松平伊豆守信綱は板倉重昌が無惨《むざん》な戦死を遂げた三日後の正月四日に、戸田采女正氏鉄と共に島原城に入った。途中、備後福山で十万一千石の水野日向守勝成、その嫡《ちゃく》男《なん》・勝俊、更に嫡孫・勝貞と三代に亘る五千六百名の陣容を加え、九千六百名。

細川家の世嗣《せいし》の光利が率いる軍勢も、対岸の川尻《かわじり》から島原湾を渡って来着した。信綱は前もって細川家に急使を走らせており、去年の十月末に細川家が宇土半島の三角で捕縛に成功していた天草四郎の〝母〟の米、〝姉〟の福、福の夫の渡辺小左衛門、小左衛門の娘婿の瀬戸小兵衛の四人を連行させた。

原城に立て籠もっている一揆勢と何らかの交渉が必要になった場合に〝切札〟として使えるかも知れない、との読みからである。

切支丹は死を恐れない。反切支丹の〝宗門の敵〟との戦いの中で死を遂げれば〝ハライソ天国〟に行けると頑《かたく》なに信じている。

こういう敵と戦って勝利を得るほど難儀なことはない。

それを「たかが百姓一揆」と舐めて懸かった板倉重昌や九州の諸大名の軍勢は、十日置きに三度も大敗を喫して、戦死者は総計で四千人もの多数に達した。

これだけの戦死者が出たのでは、最早《もはや》〝百姓一揆と、その鎮圧軍〟という話ではない。立派な合戦である。これから先も戦死者は出るだろうから、そうなれば大坂の陣の戦死者にも匹敵する事態となる。

信綱は望月兵太夫、芥川清右衛門、岩根甚左衛門、鵜飼勘右衛門、伴五兵衛、岩根

勘兵衛、夏見角介《すみのすけ》、望月与右衛門、芥川七郎兵衛、山中十太夫の十人の甲賀忍者を、前もって九州の地に派遣して敵情偵察に従事させていたが、島原城に入るや、休む間もなく、この者たちから報告を受けて、今後の作戦に役立てることにした。

まず、この中では最年長で棟梁格《とうりょう》の兵太夫が代表して信綱の下問に答える。

「原城は、海に面した南東側の崖《がけ》下まで、城内から隧道が穿《うが》たれておる模様にて、夜陰に紛れて、天草辺りを拠点とした海賊衆が、どうやら糧秣《りょうまつ》や火薬の類を搬入しているらしく――」

そこまで聞いて信綱は片手を挙げて制した。

「模様、とか、どうやら、とか、らしく、とか、推測の形でしか物を申せぬのは如何したわけじゃ。その方ら、甲賀を背負って立つ忍びであろうが」

「それが、一揆勢の中にも、相当数の忍びが紛れ込んでおる模様にて、うかうかと近寄れぬのでござります。一町よりも近づくと、鉄炮玉が飛んで参ります。海上にては、我らも身を隠す術《すべ》がなく、一度は潜水しての接近を試みましたが、すかさず気取られまして……」

信綱は腕組みして天井を振り仰いだ。

甲賀者は、ここにいる十人しかいない。今、この状況下で強行偵察を命じて死者を出すような事態になったら、今後の作戦に支障を来《きた》す。

いずれ強行偵察を命じることもあろうが、頼むとしても、現状は時期尚早であった。

「して、いずれの忍びか、見当はつくか？　忍びにも、どこの出自かによって、何らかの癖があるはずじゃ」

「まず、鉄炮は雑賀衆。伊賀者もおります。これは、大坂の陣で豊臣方に加わった者と、その子孫かと思われまする」

信綱は、さもありなんと頷《うなず》いた。豊臣秀頼は大坂城では死なず、身代わりの影武者を残して九州に落ち延び、密《ひそ》かに島津家に匿われている、という根強い風評と一致する。

「あと、仙台の伊達家が召し抱えている黒脛巾組も、おるような気がいたします。時おり原城から討って出て、いにしえの巴《ともえ》御前の如《ごと》く暴れ回る女武者は、真田左衛門佐殿のご息女たちではないか、と……」

「何！　伊達まで絡んでおるのか。島津と伊達が水面下で密かに手を組んでおるのでは、と万に一つを懸念《けねん》しておったが、よもや事実だったとは」と信綱は唸った。

大坂の陣で徳川勢を散々に悩ませた真田幸村の娘たちが、乱戦の最中に伊達家の片倉小十郎のもとに走り、今やその後室に収まっているのは、知らぬ者がない。

それが、亡父の仇を討つべく、まさか、この島原の地にまで来ているとは、さすがの信綱も想定の埒外《らちがい》であった。

それにしても、細川家の筆頭家老の長岡佐渡が春日局に送った密書に誘き出されて家光が一揆勢討伐の総大将などにならなくて、ほんとうに良かった――その思いが胸を満たす。

その一方で信綱は、早くも善後策を講じつつあった。

（一揆勢が海上からの補給を受けておるとなると、ここは一つ、長崎の阿蘭陀《オランダ》人に頼んで海上から船の備砲で砲撃を浴びせる、という手がありそうじゃな。いや、それしかないか。で、一揆勢の糧道を断って、立て籠もっておる一揆勢を〝かつえ殺し〟に追い込む……）

かつて豊臣秀吉が大の得意とした戦法が信綱の脳裏に大きく広がっていった。

19

松平伊豆守信綱が鎮圧の総大将として島原に到着してから、戦況は逆転した。一揆勢は一挙に追い詰められる形となったのである。

まず、信綱は長崎の阿蘭陀商館長のニコラス・クーケバッケルに依頼して船を出させ、海上から原城に向かって砲撃を浴びせる手を使ってきた。

クーケバッケルは幕府の信用を得る最大の好機とばかり自ら武装商船レイプ号に乗船して、艦砲射撃を行うと共に、兵員を上陸させて陸上からも砲撃を行わせた。それも、夜間砲撃である。

これは、甲賀者の探索により、一揆勢が長野主馬麾下の海賊衆から夜間に補給を受けているという情報を得て、それを封じるための策であった。

阿蘭陀と日本では銃砲の性能が違い、敵のほうが僅かながら弾が遠くまで届く。しかもそれに加えて原城が〝不動目標〟なのに対して、レイプ号は一発ごとに位置を変える策を採ってきた。

こうなると、原城にも大筒の準備はあったが、レイプ号の位置が見えないので、応撃ができない。いくら遠目が利く忍者でも、夜間となると、せいぜい一町が限界。それよりも遠い位置から撃ってくるレイプ号に対しては、打つ手なしであった。

しかも、長岡佐渡からの手紙が、道家七郎右衛門から長野主馬を経由して届けられた。

「春日局殿を利用して、現将軍家を九州の地まで誘き出す、某《それがし》の策、あと一歩のところで知恵伊豆の介入で破れたと、春日局殿より返書がござった。これにより、伊達家が奥羽で蜂起《ほうき》し、現将軍家を東西から挟撃する策は事実上、封じられてござる。我が主君（忠利）も、仮病を使って江戸に留まっておったが、事ここに至っては、やむなく、この十二日に江戸を発《た》って肥後に戻ると、連絡を寄越してござる。もはや一揆勢の勝利の目は消えたと存ずる。今後もし切支丹を庇《かば》う素振りを見せれば、たちまち御家断絶に追い込まれかねぬ。一揆勢鎮圧後は徹底して切支丹弾圧をせざるを得ぬので、主馬様、四郎様など、主立った方々には、何とか落城前に逃げ延びていただきたく存ずる」

長野主馬を護る気持ちに変わりはない。が、だからといって細川家を潰すことはできない、という長岡佐渡の戦略変更でもあった。

忠利も切支丹の洗礼を受けていたが、いつの頃にか棄教していたとされている。恐らくはこの時期だったのではなかろうか。

後ろ盾となるはずだった葡萄牙船も、阿蘭陀の介入で怖《お》じ気《け》づいた。この時代、葡萄牙はすでに独立国ではなく、西班牙《スペイン》の属州であって、しかもヨーロッパで阿蘭陀や仏蘭西《フランス》と三十年戦争の真っ最中であった。

その戦争も劣勢は隠せず、遥《はる》か極東の日本においてまで阿蘭陀と戦争する余力など、なくなっていたのである。

そんな背景からであろう。支援を断る口実かも知れない。援軍派遣の交換条件として、葡萄牙は数百人単位の日本人の奴隷《どれい》を要求してきた。こうなっては、葡萄牙との連携は諦《あきら》めるしかなくなった。そもそも、豊臣秀吉が伴天連追放令を出した原因の一つも、日本人奴隷の海外輸出に、耶蘇教の伴天連が密かに協力していたからであった。

日本では手に入りにくい、火薬原料の硝石の代わりに、奴隷が売買されていた――そういう過去の忌《い》まわしき因習を、またぞろ持ち出してきたとあっては、裏事情が何であれ、断らざるを得ない。

こうして島津家は〝お茶を濁す〟ために家老の山田弥九郎有栄《ありなが》に、たった一千名の将兵を付けて島原に派遣してきた。

小笛は、阿梅、阿菖蒲の姉妹と黒脛巾組、雑賀孫市と雑賀衆、松林左馬助と山田浅右衛門、まだ島津家から呼び戻されていない東郷藤兵衛を呼んだ。

「最早、我らの勝ちは、望めなくなりました。この上は、皆様を巻き添えにして討ち死にしては皆様の主家へ禍根を遺《のこ》すことになりましょう。どうぞ、お国へお帰りくださいませ」

深々と頭を下げる小笛の姿には、凜《りん》とした決意が滲《にじ》んでいた。

「最後まで共に戦いましょう」と呼び掛けるのは容易《たやす》い。

だが、それをやって討ち死にした後に、主家が幕府から言い掛かりを受けて御家断絶に追い込まれる結果が見える以上、小笛の言に従うのが唯一《ゆいいつ》の道であることは判《わか》り切っていた。

皆がどう返事したものか逡巡していると、左馬助が決意を秘めた表情で口火を切った。

「小笛殿。阿梅様、阿菖蒲様と黒脛巾組、雑賀の皆様、東郷先生は、そのようにしてもらうしかなかろう。だが、拙者は一介の剣法家に過ぎぬ。死に場所くらいは選ばせてくれ」

「先生、某も門弟として、どこまでも従《つ》いていきます」と山田浅右衛門が間髪を容れずに言ったが、左馬助は大きく首を振った。

「いや、浅右衛門。お主は、山田流試刀術の宗家として、後継者を育てるのが役目。そう育てると、亡《な》き御父君と約束したのだ……」

「いえ、それがしも剣法家として、自分の死に場所は自分で決めまする」

最も歳若い浅右衛門の決意を聞き、最高齢の藤兵衛が膝《ひざ》を打った。

「よか。よう申したぞ。おいも剣に生き、剣に死ぬると決めた身でござっと。ここに残りもっそ」

浅右衛門も藤兵衛も、梃子《てこ》でも動かない意地を示して説得は無意味だと思えた。

「儂も残る。雑賀孫市は名前が世襲されればいい。儂独りが死のうがどうしようが雑賀衆は、後々の世にまで続いていよう」

こうなっては、小笛としては各自の意思を尊重する以外にない。

「解《わか》りました。それでは、小猿殿。他の皆様を抜け道から案内してください……」

「小笛殿……どうか……くれぐれも……」

戦場で男に混じって薙刀を振り回すほど気丈な阿梅が、涙に濡《ぬ》れた顔で小笛を抱き締めた。ついに伊達家を動かすことの叶《かな》わなかった無念の心情が、ありありと伝わった。

「小笛殿、死んではなりませぬぞ。生きてさえおれば、次の機会は巡ってきますぞ。わらわは、其方《そなた》の姉と思うておるからの……左馬助殿、宜《よろ》しくお頼み申しますぞ」

「さっ、姉上、お早く……」

阿菖蒲も涙ぐみながら阿梅を促す。こうして原城の本丸に残ったのは、小笛、下柘植《しもつげ》の小猿こと森宗意軒、望月六郎太こと蘆塚《あしづか》忠右衛門、望月七郎太こと赤星宗帆《しゅうはん》、望月八郎太こと山善《やま》左衛門、松林左馬助、山田浅右衛門、東郷藤兵衛、雑賀孫市と雑賀孫六郎、孫九郎の雑賀衆、総大将の天草四郎と柳生刑部の十三人。一揆勢の中枢《ちゅうすう》は二ノ丸、三ノ丸におり、本丸に詰めているのは〝でうすの子〟たる天草四郎を護る御側《おそば》衆の〝十二使徒〟のみであった。

20

一月二十日、望月兵太夫が松平信綱の許《もと》に報告に来た。

「伊豆守様。どうやら一揆勢の中から何人かが、阿蘭陀《オランダ》船の砲撃の合間を縫って、密かに海賊衆の舟にて原城から落ち、何処《いずこ》かに去った模様にございます」

「そうか！」と信綱は膝を打った。

阿蘭陀船のレイプ号が砲撃を続けていてくれれば、一揆勢が食糧などの補充を受けていたとしても細々としか行えず、城内の飢餓状態は急速に進行していくはずである。となれば、主立った者の中には〝敵前逃亡〟する者も出るであろう。また、働きかけ方次第では、投降する者、こちらに寝返る者も出るかも知れない。

切支丹の信仰は堅固とはいえ、どこまで頑丈かには個人差がある。これまでも、踏み絵や拷問《ごうもん》などで転んだ（信仰を捨てた）者は数多出ているのだ。それは、クリストヴァン・フェレイラ、ジュゼッペ・キアラ、といった宣教師でさえも例外ではない。

ここにおいて初めて信綱は甲賀十人衆に強行偵察を下命した。

「よし。其方ら、今宵より原城に忍べ。敵将、天草四郎の正確な居場所を突き止め、また、残りの食糧がどれほどかを見極め、もしも投降や寝返りを希望しておる者の見極めがつくようであれば、我らが次の総攻撃に移った時の内応の方法についても打ち合わせい。この全部を成し遂げるのは無理であろうがな」

「できる限り、伊豆守様の御下命を果たすように相努めまする。我ら十人、甲賀の里を代表して来ておりますれば、たとえ十人が五人、あるいは三人、二人になろうとも、後世まで語り継がれんほどの働きをしてご覧に入れましょう」

「それは頼もしい。くれぐれも無理は……いや、かなりの無理働きをしてもらわねばならぬな」

「覚悟の上にござりますが、一つ、お願いがござります」

「何だ。遠慮のう申してみよ」

「今宵、月が西の山の端に沈む時（午後九時十八分）を待って、鉄炮の一斉射撃を原城に向けて、していただきたく存じます」

「なるほど。鉄炮の発射音と、銃口から微《かす》かに漏れる光で、城内に立て籠《こ》もっておる一揆勢の目と耳が眩まされる。それに乗じて忍び入る算段じゃな」

「御意」

そこで信綱は、兵太夫を下がらせるのと入れ替わりに、細川家の連絡係である道家七郎右衛門を呼んで、鉄炮隊に月没と同時の一斉射撃を命じた。

十二月十日、二十日、元日の大敗北に終わった三度の合戦のいずれも、細川勢は対岸で待機したままの状態で参戦せず、全く働いていない。

今夜こそ、働いてもらう時であった。まあ、鉄炮隊の空砲の一斉射撃などは働きの内に入らないが。

こうして宵の五ツ半、月がなくなった原城の星空に、三百発の空砲の斉射音が、殷々《いんいん》と轟《とどろ》き渡った。

21

さて、原城内では、時ならぬ一斉射撃の銃声に寝入り端《ばな》を起こされ、わっと響《どよめ》き立った。

「敵襲だ！」

「いや、これは、百雷銃という忍びの戦術だ！　音で驚かせておいて、その間に忍び入る策じゃ」と小猿や望月六郎太父子《おやこ》が、浮き足立つ一揆勢を宥《なだ》めて回った。

「松明《たいまつ》と篝火《かがりび》を点《とも》せ！　周囲に見知らぬ者がおれば、それは敵の忍びじゃ」

「そうじゃ。敵襲ではない。警戒すべきは、ほんの数人の忍びじゃ。放火などの攪乱《かくらん》戦術に用心せい！」

こうして混乱は程なく収まり、城内の各所に、次々と灯火が点された。

その時、鈍い擦過音が響いた。

「敵の忍びが、罠《わな》に掛かりおったぞ！」

何しろ城内には、名うての伊賀者の小猿に六郎太、この二人に鍛え上げられた薩摩の忍びがいる。

雑賀孫市麾下《きか》の雑賀衆も忍びだし、既に陸奥への帰国の途に就いた黒脛巾組も協力して、城内の至る所に落とし穴を掘ってあった。

素人《しろうと》が掘った〝忍び返し〟や落とし穴では忍びは引っ掛からないが、裏の裏を掻《か》くように忍びが掘ったり仕掛けた罠であれば、忍びといえども引っ掛かる。

とにかく小猿や六郎太は大坂の陣を経験している忍びである。それに対して敵の甲賀者は、ずっと甲賀の里で泰平の世の安寧を貪《むさぼ》ってきた者たちだ。小猿や六郎太にしてみれば、罠に掛けるのは造作もなかった。

城内の忍びたちは、音が響いた罠に向かって殺到し、松明で照らし出した。そうすると穴の底に植えられた逆茂木《さかもぎ》に足や腹部を貫かれ、半死半生の体でよじ登って逃げ出そうとする忍びたちが視界に入った。

小猿と六郎太は、すかさず半弓に矢を番《つが》えて射た。急所を射《い》貫《ぬ》いて死体となったら、朋輩《ほうばい》の忍びは骸《むくろ》を放置する。しかし、命があるようならば、助けて逃げる。重傷を負った忍びは、以後、忍びとしては役立たずの上に、治療で朋輩の手を煩《わずら》わせる分だけ足手纏《まと》いとなる。

こういう場合には、止《とど》めを刺さないことこそが肝要であった。ちなみに、この時に瀕死《ひんし》の重傷を負った忍びは芥川七郎兵衛と望月与右衛門の二名で、全治四十日。

傷が癒えて立って二名が歩けるようになったのは、二月二十八日、ちょうど原城が陥落して一揆勢のほぼ全員が死を遂げることになる、その当日であった。

22

それからの戦況は膠着《こうちゃく》状態となった。松平信綱が攻めを焦らず、損害を出さないために、厳重に包囲しての〝かつえ殺し〟に方針を転じたためである。

しかも、その後も、甲賀者の闇《やみ》に乗じての潜入は続いた。最初の侵入時に二人が瀕死の重傷を負ったことに懲《こ》りたのか、食糧を盗み去る、といった姑息な戦術に終始した。

それでも、阿蘭陀船が沖合に待機して、時おりは砲撃を浴びせるせいで、どうにも食糧の補給がままならない。城内の食糧備蓄は、着実に払底しつつあった。

ここに至って、小猿こと森宗意軒が言い出した。

「かくなる上は、我らに多少なりとも余力があるうちに敵将の松平伊豆守を暗殺するしか手はあるまいの」

小猿の意見に、皆が同意した。葡萄牙の支援が得られないとなった以上は、武器の供給も望めず、籠城《ろうじょう》戦も確実に限界に近づいている。そこで、信綱を討ち取って首級を晒すのが形勢逆転に繋《つな》がると考えての暗殺行であった。

こうして二月二十二日。一揆勢は夜討ちに出た。目指すは信綱が島原城下に構えた陣屋である。

小笛、小猿、松林左馬助、東郷藤兵衛、雑賀孫市、孫九郎、孫六郎が信綱の陣屋に忍び込んだ。四郎も同行すると言ったが、こちらの大将に何かあれば、万事休す。柳生刑部と山田浅右衛門、望月六郎太父子を警護に残して、暗殺隊を組んだ。

小猿と左馬助が先頭になって陣屋に侵入する。

と、そこには夜闇《やあん》に紛れて巨岩のような体軀《たいく》の侍が、身じろぎもしないで待っていた。

「宮本……武蔵か？」

左馬助が体型から憶測して名を口にすると、侍が大小二刀を抜いた。

「やはり、来たか。ここで待てば、いずれ、汝《なんじ》らのほうからやって来ると思うておったぞ」

宮本武蔵は、養子の伊織と共に小笠原家の陣屋にいるはずだった。だが、一揆勢が信綱を狙って夜討ちを仕掛けてくると考え、ここで毎晩、寝ずの番をしていた。

「生憎《あいにく》だが、ここに伊豆守様はおられぬ。汝らは、ここで逝《い》ね……」

腕を肩まで水平に左右に広げ、二刀の切っ先を向ける水形の構え。このまま攻めて相手を追い詰めて斬る。武蔵の得意な形である。

左馬助と小猿が左右に散って、同時に斬りかかる。

ところが、武蔵は小猿に向かって体転した。二人の刀を左右の刀で受けるとばかり思っていたが、左馬助の刀を避けて、小猿の刀を受け、同時に腹を串刺しにしていた。

「小猿っ！」

小笛が叫んだ時には、串刺しにされた小猿の身体《からだ》が宙に舞った。

左馬助の追撃を阻止するように、骸と化した小猿がぶつかった。左馬助も、避ければ避けられたかもしれないが、盟友の身体を抱き止めざるを得ない。そのまま後ろに倒れた。

武蔵は青竹を握り潰すほどの異常な握力があったと伝わる。刀で串刺しにした人間をそのまま片手でぶん投げるとは、恐るべき膂力《りょりょく》であった。

「左馬助様！　小猿を連れて逃げてっ！」

小笛が躍り込もうとするのを、東郷藤兵衛が遮って前に出た。

「ちぇぇぇいいいい！」

猿叫と共に、藤兵衛が武蔵に斬りかかった。雲耀《うんよう》と呼ばれる、雲間に稲妻が走る神速の太刀行きの速度で斬り懸かる。

流石《さすが》の武蔵も、後退せざるを得ない。藤兵衛が武蔵を抑えている間に逃げるのが賢明と咄嗟《とっさ》に考え、左馬助が小猿を負ぶって駆け出した。

「小笛殿っ！　ここは藤兵衛殿に任せろっ！」

左馬助が片手で小笛の腕を引っ摑《つか》んで外に出た。後ろも見ずに猛然と走る。必死で走って、追っ手がいないのを確認してから左馬助が小猿を降ろして、しゃがみ込んだ。

小猿は既に冷たくなっていた。即死であった。小笛は死骸《しがい》に取りすがって噎《むせ》び泣いた。高井野以来の盟友であった小猿の死は、親兄弟の死にも匹敵した。

そこへ、藤兵衛がやって来た。肩に血の染《し》みがある。腕を伝って滴《したた》り落ちている。

「森殿は……？　まだ息は、ござるか？」

左馬助が黙って首を横に振った。

「宮本武蔵……聞きしに勝る剣の鬼でごわした。おいも不覚は、とりもした……」

肩の傷は、前から後ろへ肩胛骨《けんこうこつ》も貫いていた。これでは剣を振ることもできない。

「そうだ。孫市殿は？　姿が見えなくなったが」

「ここにおる」

雑賀孫市ら主従三人が、どこからともなく現れた。いったい、どこへ姿を隠していたのか、とにかく様子がおかしい。この状況を見れば、信綱暗殺が失敗したことは一《いち》目瞭然《もくりょうぜん》。

なのに、孫市はニヤニヤと厭《いや》な笑顔をして、持っていた鉄炮の銃口を向けた。他の二人は、小笛の助っ人に入らないように、左馬助と藤兵衛に銃口を向ける。

「負け戦さでござるな、小笛殿。こうなっては、潔《いさぎよ》くされい」

「何ばするか？　気ぃでも狂うたか？」

藤兵衛が睨《にら》みつけると、孫市は真顔に戻った。

「小笛殿。親父《おやじ》は死に際《ぎわ》まで小笛殿に加勢してやれと言うておった。だが、そもそも親父たちを斬った刺客は、富田越後守だったのだ」

「えっ？　それは、真実ですか、孫市殿？」と聞き返そうとして、小笛は言葉を失った。

富田越後守重政は福島正則暗殺の目的で、密書を利用して一味に加わっていた。前田家のための命令だったとは言え、小笛をも騙《だま》していたのである。

密書が偽書であると知って、最期《さいご》は刺客団を率いる丸目蔵人佐と相討ちになって死んだが、確かに状況的に考えれば先代の雑賀孫市たちを始末したのも越後守だったと考えるのが妥当であったろう。

何故《なぜ》、そこに気がつかなかったのか……？

「親父の遺言だから、ここまで手を貸した。しかし、お前は、その親父の仇《かたき》の弟子。これから先は親父と仲間の仇討ちをさせてもらう」

孫市が小笛に狙《ねら》いを定めて、引き金に指を掛けた。

「解りました。確かに孫市殿の仰《おお》せの通りですね。どうぞ、御存分に……」

「言われるまでもないっ！」

ダァーンッ！　銃声と共に東郷藤兵衛が倒れた。孫市の突きつけた銃口を物ともせずに身を投げ出し、小笛を庇ったのである。

「東郷先生っ！」

「藤兵衛様っ！」

小笛と左馬助が、倒れた藤兵衛に駆け寄り抱き起こす。孫市も茫然《ぼうぜん》となっている。

「孫市殿……おいの命で、小笛様への恨みは忘れちくだされい。お頼み申す……」

虫の息で孫市を拝むと、静かに目を閉じて、そのまま動かなくなった。

「藤兵衛様っ！　どうか……どうか……」

小笛が藤兵衛に縋《すが》って泣く。後は、もう言葉にならない。小猿に続いて藤兵衛も……。

「貴様〜っ！」

左馬助が刀を抜いて、呆然としている孫九郎と孫六郎を撫《な》で斬りに、孫市に迫った。

「さあ、弾を込めるまで待ってやる！　次は俺が相手だっ！」

いつも冷静な左馬助が烈火のごとく怒り狂っていた。

だが、孫市は鉄炮を取り落とした。惚《ほう》けた顔をしている。

「左馬助様、もう、お止《や》めください！　孫市殿、これまでのお力添えに、感謝致します。このまま、お国に、水戸にお帰りください……」

小笛は、この刹那《せつな》に、決意を固めた。涙に濡れた顔も、今は能面のように感情が読めなくなっているに違いない。

孫市は、鉄炮を拾わぬばかりか、二人の息子の遺骸にも目もくれず、そのまま夜闇の中へ消えていった……。

終章　原城、陥落す

1

二月二十八日、原城側の夜襲の六日後、いよいよ包囲の幕府軍の総攻撃の日が来た。総指揮を執る松平信綱は、もう城内の食糧は尽き、一揆《いっき》勢の体力は忍耐の限界を超えたに違いないと見極め、総攻撃を下令したのである。

宮本武蔵は、原城総攻めの軍には加わらなかった。信綱麾下《きか》の甲賀者たちから、海岸に抜ける抜け穴の存在を聞き、ここから逃げる一団がいることを予測し、出口で待つ作戦であった。

ところが、抜け穴の出口の波打ち際《ぎわ》には、波飛沫《しぶき》を浴びながら悠然と立つ柳生十兵衛がいた。以前と比べて容貌《ようぼう》が変わっているが、隻眼《せきがん》が十兵衛である事実を何よりも物語っていた。

「ほう、先客がいたか。柳生十兵衛だな？」

「これは、宮本武蔵先生。流石《さすが》ですな。他の方々とは、いささか読みが違う」と十兵衛は笑う。笑いの意図が、那辺《なへん》にあるのか、武蔵にも読み切れない。

「諸国探索の隠密《おんみつ》との噂《うわさ》は本当であったと見える……」

「ふふふ……敢《あ》えて否定はせぬと致しましょう」

「過ぐる年、江戸の柳生道場へ、但馬殿との手合わせを望んで推参した。だが、他流との手合わせ無用と断られた。今、お主と剣を交えるのも面白かろうが……」

武蔵の全身に、剣気が満ちていく。初老の域にある並の者ではとうてい発し得ない野獣のような精気である。

「願ってもない申し出ながら、今は、お断り致す」

十兵衛も獣のような闘気を発散しつつ、言葉だけは丁寧に断った。

「何故《なにゆえ》に？　隠密であろうとも、剣に生き、剣に死するが兵法者。死を恐れ、臆《おく》すような其方《そち》ではあるまい」

武蔵の挑発に全く乗らない十兵衛の隻眼には、歓喜の色が見て取れた。

「それがしの目的の者が、もうすぐ、ここから出て参るはず」

「ほう、まるで想《おも》い人を待つような……」

「その通り！　積年の想い人でござる」と一声放って、十兵衛が大きく跳び退《の》いた。

着地と同時に三池典太《みいけてんた》を抜き放ち、撥草《はっそう》に構える。

武蔵も静かに二刀を抜いた。直後、抜け穴に微《かす》かな気配が生じるのを、波の打ち寄せる音に紛れながらも、はっきりと捉《とら》えた。

「来る……」

抜け穴の出口から、まず松林左馬助、次に山田浅右衛門が出てきた。

二人共、既に抜刀している。武蔵と十兵衛の剣気に反応したのである。三番目に出てきたのは、柳生刑部友矩《とものり》だった。やはり、抜刀している。

「左門。この愚か者めが……一揆勢に身を落とすなど、柳生の体面に泥を塗りおって」

十兵衛の顔に苦渋の色が浮かんでいた。では、十兵衛の〝想い人〟とは、異母弟の刑部であったのか？　いや、違うだろう。

武蔵が二刀を携えたまま怪訝《けげん》に思っていると、刑部の後ろから類《たぐ》い希《まれ》な美少年——紛れもない天草四郎が現れた。抜いてはいないが、大刀の柄《つか》に手を掛け、鯉口《こいぐち》を切っている。

その手を押さえて、四郎に酷似した女丈夫――明らかに母親の小笛が前に出た。それでは細川家に捕えられた、四郎の生母だという益田米という女は何だったのか？幕府側を混乱させるための囮《おとり》だったのか？

「柳生十兵衛様と、宮本武蔵様。その様子では、お通し戴《いただ》く訳にはいきませぬか」

小笛は、ここが戦場ではなく、あたかも月見の宴の帰りであるかのように言う。

ここで武蔵は、小笛こそが十兵衛の〝想い人〟だったのだと察した。

「小笛！　片目を斬《き》られてから、どれだけお前を探したことか！　いざ、尋常に勝負！」

十兵衛は、小笛しか眼中になかった。

狂喜の表情をしている。この刹那《せつな》、武蔵の推測は事実だと確定した。

「柳生十兵衛。そういうことか。ならば、他の者は儂《わし》の手柄にしてくれよう」

武蔵は、狼《おおかみ》のような、と揶揄《やゆ》される犬歯を剝《む》き出して笑った。二刀を大きく左右に鷹《たか》の羽根のように広げて威圧する。

「ぐずぐずしてはおれん。押して参る！」

左馬助が視線で合図して浅右衛門と共に武蔵の前に立ち塞《ふさ》がった。十兵衛の前には刑部が立ち塞がった。

「小笛様。四郎様を連れて先に行ってください。ここは我らに……」

「左門、どけっ！　邪魔するなっ！」

「いいえ、私は、この方々を、命に代えても護《まも》ります！」

刑部の剣尖《けんせん》が十兵衛の隻眼にぴたりと付けられる。目付けが殺されては打ち込めない。

「左門……小癪《こしゃく》な真似《まね》を……」

十兵衛が、山犬のように唸《うな》った。互いに剣風は違っていても同じ門流の刀法を修練してきた兄弟であるからには、お互いの手の内は熟知している。良くて相討ち。一瞬の油断が致命傷に繋《つな》がる。

2

この時、十兵衛は刑部に任せて大丈夫だと、小笛は判断した。

問題は武蔵である。左馬助と浅右衛門の二人がかりでも勝てまい。それに、長年の盟友だった小猿の仇《かたき》も討ちたい。

「武蔵様。富田《とだ》流小太刀二刀流、ご覧あれ！」

二刀を逆手に抜くと同時に、小笛は武蔵に向かって疾駆《しっく》した。一瞬も迷うことなく、剣の間境を超える。武蔵が二刀を鋏《はさみ》のように交叉《こうさ》させ、小笛の侵入を阻《はば》んだ。

その大小二刀が小笛の一刀を挟んだと同時に、小笛は挟まれた小太刀を放した。

小笛は連続動作で、下に沈んで一回転した。そのまま回転後ろ受身で離れる。油断なく半座半立ちの姿勢になって逆手に握った小太刀を構える。

太刀先からぽとりと血の滴《しずく》が落ちた。武蔵の巨体がぐらりと揺れ、挟み取った小太刀が落ちて地面に刺さった。

武蔵は、倒れそうになった身体《からだ》を刀を杖《つえ》にして支えた。だが、武蔵の両膝《ひざ》は斬られて、袴《はかま》の切り口から赤い染《し》みが滲《にじ》んでいた。立っているのがやっとで、一歩でも動けば倒れるだろう。

剣鬼、宮本武蔵、破れたり！　皆が唖然《あぜん》となって小笛を見た。

「武蔵様、お赦《ゆる》しください。富田流小太刀と、嘘《うそ》をつきました。富田流には、このような技は、ござりませぬ。これは忍びの技でございます。尋常の技ではとうてい敵《かな》わぬと策を弄《ろう》しました」

尋常の勝負では勝てない、と宣言することで、武蔵の矜持《きょうじ》を護る配慮だった。武蔵も当然、小笛の配慮が解《わか》らないはずがない。

「小笛殿という名であったな。無用の斟酌《しんしゃく》じゃ。策を弄するのは、この武蔵の得手とするところ。勝負は勝負。儂の負けじゃ。さっ、通られよ……」

一行は、原城から逃れて海路、小舟で天草に逃れて、そこで長野主馬麾下の大型海賊船を使って追っ手の来ない場所へ向かう手筈《てはず》になっていた。

武蔵の視界に、夜陰に紛れて近づいてくる小舟が入った。武蔵が身体を傾けて道を開けた。

武蔵は、島原・天草の乱で原城からの投石で脚を痛め、目ぼしい活躍をすることもなく、戸板に乗せられて運ばれた、という話が伝わっている。

それは、この時に小笛から受けた傷である。

乱の二年後、寛永十七年（一六四〇）に細川忠利の招きで熊本を終《つい》の住処《すみか》とし、求めに応じて『兵法三十五箇条』を著して兵法二天一流と号した。

しかし、それから程なく、忠利は五十六歳で没する。失意の中で武蔵は禅行に励み、『五輪書』『独行道』を著し、正保二年（一六四五）五月十九日に没する。享年《きょうねん》六十三。

3

さて、武蔵の思わぬ行動に、十兵衛が困惑顔になった。どう反応したら良いのか、判断が瞬時にはできかねる表情である。

「十兵衛。お主の今の腕では、小笛殿には勝てぬ。諦めよ」

苦笑しながら、武蔵が宥《なだ》める。十兵衛も武蔵と小笛の勝負を目《ま》の当たりに見て納得したと見える。口を真一文字に引き結んで、口惜しそうに刀を収めた。

「十兵衛様。お願いしたき儀があります。しばらく我らと同道を戴けませぬか？」

小笛が意外な申し出をしたので、皆がぎょっとした顔になった。

「母上？」

「小笛様？」

と、四郎、刑部、左馬助らが、予測できない顔で小笛を凝視した。

「良いのです。十兵衛様にしか頼めぬ儀があるのです」

十兵衛を見て、小笛は優しく微笑《ほほえ》んだ。

小笛を斬ることを人生の目的として生きてきた十兵衛が、小笛の覚悟を察知し、憑《つ》き物が落ちたような顔になっていた。

「今度《こたび》の戦《いく》さでは、大勢の者が、命をなくしました。高井野以来の盟友であった小猿殿も、東郷殿も、それ以上に何より、私がお慕いした豊臣の血筋を引く御方も、先日、亡《な》くなられました。私自身も多くの方の御命を奪って参りました。十兵衛様、貴方《あなた》様の眼も……」

小笛の言葉に、放心状態の十兵衛の隻眼から、涙が溢《あふ》れ出した。

女に負けたという恥辱が、憎悪《ぞうお》の炎を燃え上がらせ、剣の修行に邁進《まいしん》させた。胸の中の小笛に打ち勝つことのみに専心し、年頃になっても、他の女には見向きもしなかった。

ただ、もう一度、思う存分に剣を交えること。その執念に凝り固まって生きてきたのだ。

それは恋情に狂っているかのようだった。隠密として武者修行と称して諸国を探索していても、ひょっとしたら小笛と出くわすのではないか？　という期待感に心を慄《ふる》わせた。

そも、剣術の修行とは死と隣り合わせのものである。どれだけ苦しい修行を何年も続けてきたとしても、瞬《まばた》き一つの間に命を失ったり、回復不能の障害を負って剣を振るえなくなるかもしれない。

ひたすら、勝ち続けなければならない。それは「死ぬも地獄、生きるも地獄」の修羅道である。

小笛は、最初こそ耶蘇《やそ》教への入信は形式であったが、常日頃、聖書《ビブリア》に接し読経《どきょう》することで、剣士としては、かつて唯《ただ》の一度も疑ったこともなかった戦いの空《むな》しさに、いつしか気づいていた。

「豊臣の世を再び取り戻す、という夢は、本来、私の本意では、ありませんでした。東照神君様の密書を預かった身としての天命と思っておりました。が、切支丹の教えを信じて戦さに臨んだ方々は、無為に命を失いました。天下取りの野心に利用されたのです。私は、その方々に謝罪をするべきだと思いました」

「それは違うぞ。小笛殿一人の罪ではない」

と左馬助が顔面を紅潮させて前途を塞ごうとするのを、小笛は片手を挙げて制した。

「いいえ。左馬助様。誰かが、この地に大量の血を流した罪を、負わねばなりません。この戦さを終わらせねばなりません」

「それは――」

左馬助も次の言葉が出なかった。

「戦さを終わらせるには、大将首が必要です。刑部様、小桐をお頼み申します」

小笛は、接舷《せつげん》した小舟に近寄り、刑部と四郎（小桐）に、乗るように促した。小笛がいつも肌身離さず持っていた密書を懐《ふところ》から取り出して、四郎の懐中に押し入れる。

「母上、何をなさいます？」

「それを母の形見にしておくれ」

「小笛殿……そなた、まさか死ぬ気では？」

左馬助の質問には答えず、小笛は笑顔を向けた。

「左馬助様。小笛は、また貴方様に会えて嬉《うれ》しゅうございました……」

「いかん！　死んではいかんぞ！」

左馬助の叱責《しっせき》にも微笑するだけで小笛の決心は変わらない。

今度は十兵衛に言った。

「十兵衛様。私は切支丹でございます。自決すること叶《かな》いませぬ。私の首を天草四郎の首としてお持ち帰りくださいませ」

「何だと？　頼みというのは……」

小笛は、一揆軍の大将である天草四郎に扮《ふん》した娘たちの身代わりになろうとしているのだった。

「天草四郎の首がなければ、この国の切支丹狩りは未来永劫《えいごう》に続きましょう。多くの罪なき人の命が、いつ果てるともなく奪われる仕儀になりましょう」

「小笛殿……そなたは、そこまで……」

左馬助が涙ぐんでいた。

「私は、これまで数多くの人の命を奪った者です。死ねばインヘルノ（地獄）に堕《お》ちること必定でしょう。ですからせめて、最期《さいご》は人の命を救う役に立ちたいのです。十兵衛様、お願い申します……」

十兵衛の隻眼にも涙があふれていた。

小笛は跪《ひざまず》き、髪を捌《さば》いて後ろ首を晒《さら》して合掌した。

「さあ、お願い致します。十兵衛様……」

十兵衛が、一旦《いったん》は収めた佩刀《はいとう》三池典太を鞘《さや》から抜いて、大上段に構えた。だが、どうしても振り下ろすことができない。隻眼からはなおも涙が溢れて全身が震えていたのである。

「浅右衛門……十兵衛殿に代わってあげなさい……」

見かねた左馬助が浅右衛門に命じた。浅右衛門も唇を噛《か》み締めて激情を堪《こら》えていたが、黙って頷《うなず》くと、同田貫《どうだぬき》を抜き、大上段に構え、気合一閃《いっせん》、振り下ろした……。

「母上〜っ！」

四郎の絶叫が、潮騒《しおさい》に紛れてむなしく消えた。

4

その夜更《よふ》け、柳生十兵衛は布に包《くる》んだ小笛の首を抱き締め、松平伊豆守信綱の陣屋を訪ねた。

もう、とっくに陽も暮れ落ちて日付も変わる深更に達し、いくつも焚《た》かれている篝《かがり》火《び》も、いくつかは火勢を弱めつつあった。

「松平伊豆守様に、お目にかかりたい。柳生但馬守の倅《せがれ》、十兵衛、天草四郎の首級を持って推参つかまつった！」

怒りと悲しみで、つい大声となった。

「柳生但馬守様の倅の十兵衛とな？」

門番をしていた者が不審げに十兵衛を眺め回すと、首級を包んだ布に目を留めた。

「どれ、その首級、儂が検《あらた》めよう」

無遠慮に手を伸ばしてきたのを、平手で打ち払った。

「無礼者！　触るなっ！　この首級は、伊豆守様に直々にお目に掛けるのだ。どけっ！」

十兵衛のただならぬ怒気に気圧《けお》されて門番が後退する。と、中から「何の騒ぎだ？」と、押っ取り刀で、鎮圧軍の雑兵《ぞうひょう》が数名、出てきた。

「此奴《こいつ》が、伊豆守様に会わせろと、無理やり、押し入ってきたのでござる」

「何？　狂人か、こやつ？」

雑兵の一人が刀を抜くと、他の者も次々に抜刀した。

戦場で過ごした男たちは四ヵ月の余も生と死の狭間《はざま》で生活してきただけに、血に飢えていた。敵の城を落として祝いの酒でも飲んでいたのだろう。理性より本能が勝っていた。

「やあっ！」と喚《おめ》くや、いきなり斬りつけてきた。

十兵衛は斬撃《ざんげき》の軌道を躱《かわ》すと同時に、居合斬りに三池典太を一閃。素早く袖《そで》で刀身を拭《ぬぐ》って、鞘に収めた。

「うぎゃああっ！」

絶叫した男の右手は、刀を握ったまま肘《ひじ》から離れて地に落ちていた。雑兵たちも一気に酔いが醒《さ》めた様子で立ち尽くした。

「や、や、柳生、十兵衛？」

門番の男が仰天した顔のまま、陣屋の中に駆け込んでいった。

小半刻《こはんとき》ほど待たせて、松平信綱が現れた。

「これは、但馬殿の御子息の十兵衛殿か？」

江戸城の中で見掛けた頃からは別人のような無頼な姿に、信綱もあからさまに半信半疑の顔つきだった。

だが、斬りかかった雑兵の腕を一太刀で斬って捨てた腕前と、隻眼が何よりの証拠だった。信綱は、しばらく篝火に照らされた十兵衛の全身を凝視して、小さく頷いた。

この反応を確認して、十兵衛は小笛の首級を捧《ささ》げた。

「伊豆守様。一揆軍の総大将、天草四郎の首級を持参致しました」

「ほう、いくら探しても見つからぬと報告を受けておったが、十兵衛殿が討ち取っておられたのか」

「いや、流石は総大将。年は若くとも肝が据わってござる。腹を斬るので介錯《かいしゃく》を、と頼まれ申した。我が首級を伊豆守様へ渡してくだされ、との末期の願いでござった」

十兵衛は膝を突き、頭を下げたまま、信綱を見ようともせずに口上した。

「御苦労であった。それでは、その首級を拝見と致そう」

「はっ」

十兵衛は俯《うつむ》いたまま首級を正面に置くと、布を解いた。信綱は、まじまじと限界まで両眼を見開いて驚愕《きょうがく》を露《あら》わにした。

「何と――。これは、女子の首級ではないのか？」

「いいえ、間違いなく、天草四郎の首級にござる」

「確かに、御前試合の時に見た顔のようだ。だが、どう見ても、女子としか思えぬ」

「伊豆守様。天草四郎は、女子のごとき美少年でござる。されば、上様が心を奪われるのも無理からぬことかと――」

「十兵衛、口が過ぎるぞ」と信綱は苦虫を嚙み潰《つぶ》したような顔になった。

「ははっ」と十兵衛は大仰に平伏して見せた。

偽《にせ》首級と見破られては、小笛の死が無駄死になる。ここは何としても信綱を納得させなくてはならない。

「山田右衛門作《えもさく》を呼べ」と信綱が命じた。

原城内に潜入させた甲賀者の手引きで一揆勢から寝返らせた絵師の山田右衛門作に、信綱は首級の検分をさせることにした。

原城に立て籠《こ》もった一揆勢の生き残りは、右衛門作ただ一人。天草四郎を知る者は他にいなかった。

右衛門作は一揆勃発《ぼっぱつ》前には葡萄牙《ポルトガル》人に絵を習い、お抱え南蛮絵師として、有馬直純、その後に島原に入った松倉重政、勝家の父子に仕えていた。一揆が勃発したときには口之津に庄屋として住んでおり、村人全員が原城に立て籠もったので、行き掛かり上、右衛門作も籠城《ろうじょう》勢に加わらざるを得なかった。嫌々ながらだったので、甲賀者の働きかけに簡単に寝返ったのである。

さて、小笛と天草四郎は、母娘というよりも、歳《とし》の離れた姉と妹のように見えた。生きていて横に並べれば別だが、首級だけを単独で比べれば、間近に会う機会のない者に同一人物だと言い逃れることは難しくないと思っていた。

だが、一揆軍の中枢《ちゅうすう》にいた可能性のある右衛門作が別人だと言えば、計略は崩れる。十兵衛は内心で舌打ちしたが、どうすることもできない。後は運を天に任せるしかなかった。

ところが、連れてこられた右衛門作は、酷《ひど》く脅《おび》えている様子だった。目の焦点が合っておらず、小刻みに身体を震わせている。

耶蘇教の教えから転んで仲間を裏切り、口之津の村人全員を死に至らしめた罪の意識が、明らかに右衛門作の精神を蝕《むしば》んでいたのである。

「どうだ？　この首級は天草四郎か？」

信綱から問われて、おどおどと首級を見た瞬間、右衛門作が顔面を恐怖に引き攣《つ》らせて絶叫した。

狼狽《ろうばい》して、衝動的に逃げ出そうとするのを押さえつけられると、右衛門作は涙と洟《はな》水《みず》、涎《よだれ》を垂らしながら泣き叫んだ。

「ひいい～っ、四郎様～、許してくだせぇ～っ！　許してくだせぇ～っ！」

袴に染みが広がり、湯気が上がる。恐怖のあまり、失禁していた。

（ふん、裏切り者めが、乱心致しおったか）

十兵衛は俯いたまま心の内で嘲《あざけ》った。

この右衛門作の半狂乱の証言を信用し、信綱が「確かに天草四郎の首級じゃ」と認定。ここに島原・天草の乱は終結したのであった。

5

さてこの後である。

この物語の終わりにあたって、これも付記しておこう。

柳生十兵衛三厳《みつよし》は、この十二年後の慶安三年（一六五〇）に、弓ケ淵《ゆみふち》（京都府相楽郡南山城村）での鷹狩り中に急死した。享年四十四。

同年、如雲斎と号していた柳生兵庫助利厳《としよし》も死去している。享年七十二。

柳生但馬守宗矩は、この乱の八年後、正保三年に病没している。享年七十六。その後の柳生家は柳生又十郎改め、飛騨守宗冬によって存続された。

また、柳生刑部友矩は、島原・天草の乱の翌年、寛永十六年（一六三九）に柳生の里で病没したと、公儀に届け出られた。享年二十七。

しかし、柳生刑部友矩と天草四郎こと小桐ら豊臣秀頼の血を引く四姉妹は、長野主馬の海賊船で琉球《りゅうきゅう》へ渡って、数年を過ごしていたのである。

「耶蘇教では天国と申すのが、神の国でな。それは天にあるとされておる。しかし、この琉球では、海の向こうにニライカナイ《ハライソ》という神の国があるとされておる」

主馬は博識である。いろいろなことを知っていた。

「神の国をこの地上に齎《もたら》すことは、できるのでしょうか？」

刑部の問いに、主馬は苦笑いした。

「愚かな人の力では到底無理であろうな……」

「いえ、いえ、神の国の芽生えは、すでにここにありまするぞ……」

小桐が笑顔で、腕に抱える赤ん坊を誇らし気に陽光に向って差し上げた。
それは、刑部との間に生まれた、豊臣秀頼の孫に当たる男児であった。

編集後記

本作品は、小説新潮二〇一七年八月号〜九月号、二〇一八年一月号〜四月号に断続的に連載された。

著者である加藤廣氏が二〇一八年四月七日に急逝されたことにより、単行本化に当っては連載当時の記述を尊重して原文のままとした。

尚、作品完成に当たり、時代考証については若桜木虔氏に、武術面については長野峻也氏に助言を受けるとともに資料提供も頂いた。お名前を記して感謝申上げます。

この作品は平成三十年七月新潮社より刊行された。

安部龍太郎著 **血の日本史**

時代の頂点で敗れ去った悲劇のヒーローたちを描く46編。千三百年にわたるわが国の歴史を俯瞰する新しい《日本通史》の試み！

安部龍太郎著 **信長燃ゆ**（上・下）

朝廷の禁忌に触れた信長に、前関白・近衛前久の陰謀が襲いかかる。本能寺の変に至る一年半を大胆な筆致に凝縮させた長編歴史小説。

安部龍太郎著 **下天を謀る**（上・下）

「その日を死に番と心得るべし」との覚悟で合戦を生き抜いた藤堂高虎。「戦国最強」の誉れ高い武将の人生を描いた本格歴史小説。

安部龍太郎著 **冬を待つ城**

天下統一の総仕上げとして奥州九戸城を囲んだ秀吉軍十五万。わずか三千の城兵は玉砕するのみか。奥州仕置きの謎に迫る歴史長編。

網野善彦著 **歴史を考えるヒント**

日本、百姓、金融……。歴史の中の日本語は、現代の意味とはまるで異なっていた！あなたの認識を一変させる「本当の日本史」。

朝井まかて著 **眩**《くらら》

中山義秀文学賞受賞

北斎の娘にして光と影を操る天才絵師、応為。父の病や叶わぬ恋に翻弄されながら、絵一筋に捧げた生を力強く描く、傑作時代小説。

池波正太郎・平岩弓枝・松本清張・山本周五郎・宮部みゆき 著

親不孝長屋

—人情時代小説傑作選—

親の心、子知らず、子の心、親知らず——。名うての人情ものの名手五人が親子の情愛を描く。感涙必至の人情時代小説、名品五編。

池波正太郎・山本一力・北原亞以子・山本周五郎・藤沢周平 著

たそがれ長屋

—人情時代小説傑作選—

老いてこそわかる人生の味がある。長屋を舞台に、武士と町人、男と女、それぞれの人生のたそがれ時を描いた傑作時代小説五編。

池波正太郎・乙川優三郎・五味康祐・宇江佐真理・山本周五郎・柴田錬三郎 著

がんこ長屋

—人情時代小説傑作選—

腕は磨けど、人生の儚さ。刀鍛冶、火術師、蕎麦切り名人……それぞれの矜持が導く男と女の運命。きらり技輝る、傑作六編を精選。

吉川英治・池波正太郎・柴田錬三郎・海音寺潮五郎・佐江衆一・菊池寛・山本一力 著

七つの忠臣蔵

浅野、吉良、内蔵助、安兵衛、天野屋……。「忠臣蔵」に鏤められた人間模様を名手が描く短編のうち神品のみを七編厳選。感涙必至。

池波正太郎・藤沢周平・笹沢左保・菊池寛 著
山本周五郎
縄田一男 編

志に死す

—人情時代小説傑作選—

誰のために死ぬのか。男の真価はそこにある——。信念に従い命を賭して闘った男たちが描かれる、落涙の傑作時代小説5編を収録。

池波正太郎・藤沢周平・滝口康彦・山本周五郎 著
永井路子
縄田一男 編

絆を紡ぐ

—人情時代小説傑作選—

何のために生きるのか。その時、女は美しく輝く——。降りかかる困難に屈せず生き抜いた女たちを描く、感奮の傑作小説5編を収録。

秘録《ひろく》　島原《しまばら》の乱《らん》

新潮文庫　か－48－9

令和三年二月一日発行

著者　加《か》藤《とう》廣《ひろし》

発行者　佐藤隆信

発行所　株式会社新潮社

郵便番号　一六二―八七一一
東京都新宿区矢来町七一
電話　編集部(〇三)三二六六―五四四〇
　　　読者係(〇三)三二六六―五一一一
https://www.shinchosha.co.jp

価格はカバーに表示してあります。

乱丁・落丁本は、ご面倒ですが小社読者係宛ご送付ください。送料小社負担にてお取替えいたします。

印刷・大日本印刷株式会社　製本・株式会社植木製本所

ISBN978-4-10-133059-4　C0193